母言霊《ははことだま》に生《い》き湯灌《ゆかん》

大関 栄

東京図書出版

寝そびれる儘に……「さあ、今朝は快晴の友引だぞー。梅の香に白《しら》富士も見放《みさ》く。富士山頂を目差し一歩一歩頑張るぞ」と我が身に篤と言い聞かせて、心に日章旗を翻《ひるがえ》した。

富士市街地に聳《そび》ゆ富士山を店先で合掌に拝し仰ぐ光景の中に……群れ鳩が旭光に羽を透かし輝かせ、数回舞い飛んだのを、確《しか》と瞼に焼き付け。幸先《さいさき》が良《よ》いかもと判断した。

開店に備え、カメラメーカーや写真用品などの問屋さんから、誠に有り難く祝いに生花を頂き。化粧仕立ての妻が、念入りに店頭に出し揃え飾ったので、記念写真を撮り合った。

周囲を見回し万事此れで良しと、振り返りながら店内に入り。緊張した妻と目線を合わせた。

「お客様が多《おお》いと良《よ》いがなー」……と一言を、高鳴る動悸に苦笑《にがわら》い為合《しあ》った。

今迄の写真の趣味を生《い》かそうと、四十歳にしてやっとの思いで開店した、東海道線富士駅南口から徒歩二分、住居付借り店舗の写真店。

商号には、何時も新しくのイメージに、商売成功者など数人の意見も聞いて決定した。

屋号『オオゼキニューカラー』に電話番号「６４・１《ト》０《レ》８８《パチパチ》」、自家現像処理ＤＰＥに、七五三など撮影にスタジオも完備し、各メーカーのコンパクトカメラも数十台陳列した。

店内三十五坪に、家賃三十五万円。資本金五百万円（銀行借入）と……夫婦で今迄に蓄えた全財産を注ぎ込み、繁盛しなくば夫婦離婚の上に、二人の娘を各自一人ずつ引き取るなど、約束の条件を交わしての、開店日を迎えた。

写真材料も一部借入れ満載に、写真プリント短時間仕上げ、サービス大L判二十五円など新聞折込み広告も、裏は夫婦の写真掲載だけで、営業時間は、朝七時開店、夜八時閉店。日曜と祝祭日は、午前十時開店に夜八時閉店。但し、元日と急を要す以外年中無休とした。

期待と不安とに時刻がせまる。フジカラーのマーク入りのグリーンの背広に、ネクタイの曲がりを整える中に、妻も手鏡を覗いている。

早くも時刻通り……十時の時報と同時にシャッター四枚を、動悸《どうき》を耳に上げ開いた。

「やや、此れは何と」……店先から道路に食《は》み出して、夢かと信じがたい程、数珠つなぎに並んだお客様。七十人以上の会釈笑顔が目線に焼き付く中、直ぐ妻や娘が店内応対に急いだ。

先頭辺りの顔見知りのお客様から、私達夫婦の写真入り、二色刷りの広告散らしを翳《かざ》しながら……「オオゼキニューカラーおめでとう御座います」の声が掛かった。

「有り難う御座います。皆皆様いらっしゃいませ」と頭を下げ、機運《きうん》な人出に、嬉しさ込み上げて、言葉が詰まって仕舞った。

初日次次に並び来るお客様各位に、いらっしゃいを重ねる言葉に、目頭が熱くなる中、お客様接待に、手伝いに来て下さった数社の問屋さんに、頭を下げ店内に入った。

本日の開店祝いに、広告には入れなかったが、御来店記念に、益子町で陶芸を営んでいる長兄に依頼作陶した、梟《ふくろう》の楊枝入れとぐい呑みの益子焼を、妻は男女に振り分けて、笑みて頭を下げ手渡しし、お客様からの励ましの言葉に握手で親愛を深めている。

其れと、お手伝い下さるカメラメーカーや商品卸問屋さん達数人が、素早く祭り袢纏《ばんてん》を着込み。DPEを受け付けながら、フイルムやアルバムなど用品を、いらっしゃいませの声も高らかに販売に応対をして下さる。

其のような中、娘二人が時時店を覗き、交代で食事が出来るように、おさんどんに協力する姿に、日頃以上に有り難さが伝わって来る。

祭り事は一人二人では出来ず。個人が集い団結しての力の大切さを、今日は身に沁みて、絆の尊さを有り難く感じさせられた。

お客様に感謝。歓喜御礼の中で、昼食を交代で食べてから、午後からフイルム現像に入り。本日のスピード仕上げの分から、僕がプリントに専念し、色彩第一に仕上げて行った。夕方迄には、仕事が仕切れない程にDPEと、大伸ばしプリントに、外注品（スライド現像）などや、出張撮影や家族写真の予約も入った。

其の中で、お手伝いの問屋さんが、説明丁寧フイルムサービスに一眼レフや小型カメラを七台も販売してくれた。開店初日は機運にも、順風な船出に感謝した。

其のような一呼吸《ひと》の瞬に、亡き父の面影が浮かび、「父ちゃんの分も頑張るよ」と心に諭した。

夕方は茜に染め上がる白富士が、真向かいの書店二階のガラス窓に映るのを、プリンターの機上に見据え、大小の急ぎのプリントを熟《こな》し続け。御来店のお客様方に謝意をして、二十一時過ぎ閉店の戸閉《とじ》めをした。

お手伝いのメーカーや問屋《とんや》さん五名に、大入袋と兄が作陶の益子焼の梟《ふくろう》の楊枝入れを御礼とに、お土産にして、繁盛手締めに散開をした。

そして娘二人にも感謝を込め。商品券入りの大入袋を出し、店屋物で夜食をした。眺む星座の白富士に母の笑顔が浮き重なった。

やっと、夜なべに気持ちを解《ほぐ》し。妻とレジを目の前にしながら……今日の売り上げと、数人のお客様から、御祝儀を頂戴するなど、売り上げと別計算に、嵩む出費と利益の概算をしながら、一日《ひとひ》では分からないが、三十五万円の気になる家賃と、娘二人の当分と、四人の給料が果たして取れるかなど、今日の機運に膝を突き合わせながら、今後を篤と考慮してみた。

今日を顧みて思う事は、同種の他店に店長として勤め、現在では、何《ど》のような機種のカメラのメカニズムも、総《すべ》て知り尽くしているのと、趣味での富士山の写真や飛鳥路の写真などを、カメラ雑誌や他のフォトコンテストにも送り、我流ながら多少なりと、入賞していた事を、お客様も知って……何人かの写真好きから、撮影の仕方など教えてほしい、などの声も多く耳にしたので、スタジオを利用して、写真教室を開くのも一考かと、今日の開店雰囲気に、ふと其のような、無料で交流に努めるのも、店の展開にも良いのではないかと思った。

開店に合わせて美容院で髪をウェーブした四十歳の妻が、明るく奮闘しての、乱れ髪も初初しく見ゆ。残庫調べの店内で、機運にさせてくれた、お客様面面が走馬灯のように浮かぶ中に、ふと四十七歳にして、憎む閻魔様に、白黒のテレビも見る事も出来ず、彼の世に招かれて仕舞った父の面影が何度もアップされた。

其の父の愛用の長火鉢の引き出しにある、斑《まだら》に白に近くなった、黒の牛革の蝦蟇口の中に、木札の成田山の御守りと、父の全財産と言える、五十銭の銀貨二枚だけが入っていた。

棺の中に入れようと躊躇したが、形見として僕がほしいままに大切に保存してきた。

僕が東京都荒川区に所帯を持った際、同郷も慕わしく、先輩がひょっこり訪ねてきた。

暫く先輩と茶飲み話をしていた折に、気になっていた父の形見の五十銭銀貨を見せたら、じっと見入り。此のような有り難いアドバイスをしてくれた。

「ねえ、大関さん。銀貨を机の引き出しに大切と入れ込んでは、宝の持ち腐れとなるし、其の銀貨を日の当たる場所に出してあげると、お父様も屹度《きっと》喜んで下さると思いますよ」

「日の当たる場所とは、池田先輩」

「其れはね。今ね思い付いたんですが、銀貨を大関の認印に作り替え、肌身離さず指に塡《は》めて、お父様を慕い敬いの供養にもなって、五十銭銀貨が千金のお値打ちですよ」

「いやー、エリートな人は考えが違うな」

其のような、有り難いアドバイスに池田さん知り合いの、ジュエリー店で指輪に作り替えをお願いして、池田さんに銀貨を預けた。

後日話の通り。池田さんが結婚の御祝いにと、金一封を添えて下さり。其の上無料で指輪に作り替え、丁寧に桐箱入りに、余りは御守りにと、メモ書きをつけて送って下さった。

其のような思い出にも、ふと、浸りながらに、今日は味わい深く、領収書などに、指から外しては数多く、大関（行書）の銀の角印に父の顔を懐かしく重ね篤と捺印した。

妻も大役に遅《おそ》風呂となり。何《ど》のように心身の疲労を癒やすのか、四十歳に独立し妻の方が四カ月年上だが、頑張る姿に感謝の二《ふた》文字にて、船出初日は何とか順風に興奮し寝付かれぬ天井に、母の笑みた老顔が浮かんだ。

今日の結果を即電話と思ったが、少し落ち着いたら、手紙で開店の様子を写した、其の数枚の写真入りで送る事に決めた。

母も開店には、大《だい》に立役者となっているのは以前からだが、いつも身に沁みるのは、母が逢う度毎に、気丈な中に陽気に顔を引き締めては口癖のように言う、此《こ》の言葉だった。「なあ、栄《さかえ》よ。何時迄も人様に八方美人的な奉仕に働き、職替えに引っ越しばかりでは、梲《うだつ》が上がらず。子供等二人も幼稚園と学校も、転園転校に落ち着く隙がなかんべよ。其れ程に写真が好きならな、独立を考えたら良かっぺよ。況《ま》してや商売の好きな、お菓子屋の柔和な学力もある娘を口説き嫁にしながら、スミ子（妻）のやきもきしている姿が、此の母ちゃんには言葉尻でよく分かるが、そろそろ一家の為に頑張ってみてくろや。言うはやすくで、金銭など一円とて援助の出来ない、情け無《ね》え此の世に産みっぱなしの母親だが、父ちゃんの分までも生気の溢れている、若い時こそ一《ひと》踏んばりをしないとなー栄よ」

其のように、母に何年助言されてきた事か、其の報《むく》いが吉と出たかのような、開店日だったが……大事は体と、父を振り返った。

初日から、此の上ない、カメラメーカー卸問屋さん方方に、お手伝いと協力を賜り。以後も一週間以上客足の絶える事なく、感謝感激に、家族にも慰安と思い。此方からも客として、割烹店で開店祝いの会食を楽しんだ。

して、日増しに順調な商売運びとなり。詳細を手紙に開店時の写真やら、静岡名産の土産の数数と、妻がワンピースや下着など見繕って、ダンボール箱に詰め母に送った。

其れと同時に、長兄夫婦にも益子焼のサービス品に喜ばれたお礼の支払いと恩返しに、カメラ一台を記念に送付する事が出来た。

其のような中に仕入れや出費、諸諸《もろもろ》の売り上げ計算などがあり、以前に総理府統計局勤めをしていた妻も夜なべ仕事は限界と、銀行にも相談の上で五日に一度、税理士さんに任せる事にした。

とにかく日日の盛況を大切に、商売に一寸の気も抜けないので、早目に此のようなサービスを、今の売り上げなら出来ると考慮した。

妻と娘二人のアイディアに、フイルム現像同時プリントや、DPEなどの千円以上や其れに近いお買い上げの総てのお客様に、ポップコーンやうまい棒やかっぱえびせんなど一袋のサービスを、卸問屋に配達の了解を取って始めた。

して、週に一度の朝礼に、大切なのはお客様に心からのスマイルと、時間仕上げの厳守に、常に商品の知識に応《こた》えられるように日日に、家族包みで彼是知識を高めて行った。

近くには、以前からの競合店もあり。毎日が息の抜けない合戦だが……息抜きに店にダメージにならぬように、根っからの写真好きもあって、日光写真に始まり、日曜と祝祭日は店《みせ》十時開店なので、四季を通し裏富士（富士五湖など）を、車中泊で撮影をし、近間は夜富士や明け富士を写し、目覚まし時計を持参に、飲食はコンビニを利用、時間通りに店を開店した。

又は、ストレス解消にと一日《いちにち》一首（三百六十五日）富士山を短歌に詠み込み。其《そ》れをNHK名古屋放送局ラジオ番組朝一番の短歌に毎月応募、初回の作品が特選で放送された時の感動は、心身の健康に大きく繋《つな》がった。

其れと、NHK富士山写真コンテストでも、入賞などの写真も店内に数多《かずおお》く飾り。微力ながらアドバイスに、お客様のニーズにも応えられるように努めた。

だが、年中無休で何かと大変なのは家事迄熟《こな》す妻の方で、丈夫に生んでくれたと、彼の世の妻の両親に感謝、生前に親の菓子製造を手伝い見覚えもあるのか、自分に厳しく、お客との受け答えと迅速な仕事は親譲りなのか、御両親に見せてあげたい姿に、以前が慕《した》わしい。

其れと、開店以来、日に何回も領収書などに、薬指から外して捺印した、指輪の形見も背《せ》を押して下さる中で、若死にした父が何かに付けて言っていた「大切な物の置き場所は決して変えるなよ」という言葉など、今になって理解に慕わしい。

其れとか母が器用に得意とした、和裁の依頼の仕事だけで、五人の子供を養うは大変と、父の命日から、パワーを貰うように思い立って決心したとか、さすが気丈に念を抱いた母に尊敬するのは、男衆に交ざり、小柄な身体に鞭打って、木炭貨物自動車で東北方面などに、益子焼の日用品を満載しその中に縮こまり乗って行き、旅先では半月や一カ月を、納屋などを借りては宿泊し、リヤカーを引き歩きの販売と、地場産物と物物交換《ぶつぶつ》などもして、仕送りして一家を支えてくれたことだ。

戦後の品薄時代、益子が誇る『浜田庄司』先生の芸術作品は別格だが益子焼の全盛期には、少しの水漏れにセメントを詰めた用品や、傷物に変形した物まで、残らず捌《さば》けて行った。

今になって、自分で独立してみると、父母の言葉や物売りの大切さは、時が過ぎても身に沁み、助言として有り難く蘇り、働く甲斐もあって、顧客名簿も千を超え、ダイレクトメールを出すのにも、整理に嬉しい悲鳴。

そして年中無休の商売から、早くもオオゼキニューカラーも五年目を迎え、税理士さんの勧めで、有限会社の新たな船出となった。

以後、銀行からの借金も返済が出来て高額な家賃の方も少し気にならぬような、決算報告書に、頑張れての功に胸を撫で下ろした。

して、亡き父の歳を超え、開店から十年目を迎える年迄《としまで》に、母には仕送りはしてきたが、是《これ》を機《き》に、妻に店を頼み、彼岸や盆も怠っていた父の墓参りと母の顔を見に、娘二人も他社に其其勤めながらに、店手伝いのニュースや、近況報告を兼ね三月上旬に行くを決定して、店番に微風に梅の香の入り込むカウンターに、妻と交代で衝立《ついたて》利用し昼食中の時だった。

「郵便です」若い配達員さんのオートバイを見送り。郵便受けから封書を取り出した。

益子町に暮らす長兄（光《みつる》）からの速達に、何かな、電話ではお互いの近況の遣り取りに、心を温め合う中を暫く電話も掛かってこないので、兄にも近く逢えると、楽しみに思っていた矢先の事だった。

封筒は毛筆で、兄と一目で分かる。懐かしい達筆な分厚い封筒に、速達の赤い印判が目線に焼き付いた。

何事かなーと封書を開くと、粘土の粒で所所が掠れ汚れた便箋十一枚に、ぎっしりと近況の報告が……〈八十歳になる母親の事だが、日日は母を中心に孫達と和気藹藹に、何不自由なく暮らす中に、日頃お世話になる町医者が、治療目的に老人に開放した一部屋《ひとへや》に、部落などから最近、母の昔馴染みが四人入居して、其れに誘われもした。母も複雑な体の治療に、時折診察や薬を貰いに行くより、悪化入院ではないが、昔馴染みなどと語り合いながら、療養に専念するのも生き甲斐になるのではと、先日院長の許可が出て、待ってましたとばかり。風呂敷包み持参に、現在は益子町の松谷醫院の療養部屋の四人の中に仲間入りし、病院暮らしになったので、多忙な所を済まないが、日帰りでも良《よ》いから見舞ってほしい。〉……との内容だった。

手紙の内容を繰り返しに読み、詳細の云云《うんぬん》は二の次とし、母の身体に緊急を用するような、何かニュアンスに、隠されている大事があるようにも思えた。

手紙を妻にも読んでもらい、感情同感に、妻が明日に行く用意を始めた。

其のような中で、瞼に母の痩せこけた物悲しい面影が、手招くように浮かび上がった。

歳月の早さは無情にして戻らず。過ぎる日日は店の忙しさに託《かこつ》け。母とは何年も親不孝に、母を忘れたように逢っていない。

時折だが、妻が気を利かして仕送りはしていたものの、母親を長男夫婦に任せっきりの知らんぷり。母も高齢に何時何時《いつなんどき》に、何か起こっても不思議ではない。

夜までに手配り良く、温室栽培の緑茶や冷凍庫保存の蜜柑に桜えびなどのお土産を、枕元に置き、寝返りに寝付かれぬ儘にそっと、明るんだ早朝に身支度を整えた。

タクシーを妻が呼んで、「ねえ貴方。店の方は、二晩や三晩は私が何とか頑張りますので、道中を気を付けて、お母様に私の分も親孝行してきて下さいね」

「ああ、分かった。それじゃスミ子。無理をせずに頼んだよ」

タクシーのクラクションに乗り込み、新富士駅始発の新幹線（六時四十分）に乗車。快晴に聳ゆ紅染む芙蓉峰を後にした。

東京駅で東北本線の急行に乗り換え、小山駅で駆け足の乗り換えで水戸線に乗車。又も下館で、我が古里行きの真岡線（茂木行き）に乗り換え、やれやれと間怠《まだる》さからやっと解放され、深呼吸して関東平野の空気を味わった。

二両編成の列車に空席も多く。進行一両目の真ん中の右側の窓際に落ち着いて座った。景色を見た途端、少し見通しが気になり。指紋などでやたらと汚れた窓ガラスを、内側と外からも、ティッシュで拭き取り。先ずは、映る我が身の乱れ弛んだネクタイを締め上げ、タイピンの曲がりも直し、胸のハンカチも入れ直し、ばさついた髪を手櫛《てぐし》して座った。

車体はローカルに相応しい、草花模様をアレンジにデザインしたカラフル列車。

腕時計を見ていると発車予告ベルが時刻通り（十時）に、自動車のクラクションのような、軽やかな警笛を鳴らし、がたごとんと発車をし、ホームで駅員さんが、白い手袋で敬礼をして見送っていた。

走り出した車窓からは、陽光きららに車内を暖め。眺む関東平野の光景に、早くも彼方此方の田畑に、疎らに菜の花が手振る如く、咲き出した中に、逆光を目鼻に筑波山が青黒く浮かび、左の車窓遠方に、筋雪が滝の模様の如く、男体山の見放くを眺めながら、もう直ぐに逢える母の笑顔を景色《けいしょく》に重ねる中、列車は下館から二つ目の折本駅《おりもと》に到着した。

下館駅から乗った客に空席も疎らに、折本駅で下車する人の少ない割には、意外と数珠つなぎに乗客が多く乗り込んだ。

今迄が静かだった一両目車内に、野良仕事での帰りらしい、もんぺ姿にゴムの短靴を履《は》いた、三人のおっかちゃん達（四十歳前後）が乗り込み、その懐かしい方言《ほうげん》に耳を傾け聞き入った。

其れが、三人とは思えない程、大声での、がやがやな話し合いとなった。

「いやー今朝はよ、清子《きよこ》さん。真っ黒く筑波山が目ん玉に焼き付いたが、背中にねんねこ半纏を通してよ。男体山方向からの吹きっ曝《さら》しが寒くってさ、鳥肌が立って体が縮まっちゃったが、何とも列車ん中は、ちったー暖房が効いて暖《あった》けえなんや」

「私もね。和子さんが言うように、今朝は大霜で、庭の霜柱を踏んじゃしながら、風呂の湯で浸したタオルで、物干し竿を拭き取り。洗濯物を干してきたが、此所《ここ》んところ今朝は一番の寒さで、手が悴んで仕舞ったっけよ」

「そうだっぺ。私しゃね。ぶり返しの寒さが嫌《いや》でさ、折角治り始めたのに、此の頬っぺたの霜焼けだが、ほら、見てよ清子さん」

「あれれ、赤飯《あかまんま》のようにざらついてるね」

「わあ、清子さん。撫《な》でないで、ひりひりすっから、だからね。私しゃ化粧品も擦《なす》れねえで、顔に保護に付けているのはメンソレータムで、幾つあっても足りなかんべな」

「其れでかね。和子さんが紬絣《つむぎかすり》の防空頭巾を被ってきた訳ちゅうのは、でも和子さんは美人さんだから、霜焼けは兎も角さ。其の頭巾の被りっぷりだが、おでこにちょっぴり黒髪を垂らしちゃって、ナウなお似合いで惚れ惚れしっちまうべな」

「冷《ひ》やかすなよ清子さん。御前《おめえ》は私より些《ち》ったー若《わけ》えから、農協の手拭なんぞで、姉さん被りや頬被りだって似合うべが、今朝のような寒さが来るかもしれねえから、今度はな清子さんも、同じような頭巾を被ってきたら良かっぺよ。吹き曝しの農作業には暖《あった》けえぞ」

「そうだなー和子さんの言うように、納屋に仕舞ってある、古い桐箪笥の中を掻っ散らかせば、婆《ばば》ちゃまが機織《はたお》りで作った、見覚えのある防空頭巾があった筈だから、供養にもなるべしなー御下がりに被らせてもらうべ」

「こらっ、和子さんも清子さんも、二人で突っ立った儘で、でっけい声でくっちゃべってねえで、ほら。三人で座れる席を空《あ》かして置くのも、もったいなかんべ。其れよりほれ、さっき（先程）な、頂戴をしてきた天麩羅の匂いが鼻に付いちまって、昼食には未《ま》だ間《ま》があっぺが、ちょっくら余ったお茶でも飲みっこしながら、小昼飯《こじゅうはん》としてな。天麩羅を一口《ひとくち》ずつ摘《つま》み食《ぐ》いをしようと思うが、お二人さんの御意見は、如何なもんで御座んしょう」

「あらら、清子は家《うぢ》さ帰《けえ》ってから、昼御飯の御数に食べようと思ってたが、政江さん。早いとこタッパーを開《あ》けちまったのげ、だけんど、お箸がなかんべ」

「お箸はね。本当は手箸《てばし》が良《い》いんだが、濡れタオルが無《ね》えから、清子さん。帰《けえ》り際《ぎわ》になほれ、川っ淵《ぷち》でね。御先祖様の仏壇に供えようと思い、チンコロ（猫柳）の花芽の枝を、二《ふた》握り程な鎌でかっ切ってきたんで、根本の方《ほう》をな、列車ん中で刃物は出せねえから、今ね。此の大袋の手提げの中で、適当な長さに剪定鋏で、お箸に作り替えるから、ちょっくら待っていておくんなんしょ」

「まったく。政江さんは痩せっちょだが、食い気となると、全く目がなく人一倍要領が良《い》いなえや」

「私ね、和子さん。家族にも言われちまうんだが、得意なのは色気より痩せの大食いだって、だから側《そば》に食べ物があると、やたらと食べたくなるのよ」

「清子もふんわかな好《い》い匂いに絆《ほだ》されて、腹の虫が鳴き出したわ。和子さは如何」

「最早同じだっぺな……ところで政江さん。お箸を拵《こ》しらえた所で、其のでかいタッパーには、何《なん》と何《なに》の天麩羅が入《はい》っているのげ」

「ええーとね。先ず、花柄の包装紙を丁寧に開いてと、わあー開けてびっくり玉手箱だわ。食べんのが惜しい程に綺麗に入ってる。

先ず中身はね……楤の芽・田芹・蒲公英・花菜・蕗の薹・土筆・野蒜・大葉・餅草・其れと鮎の天麩羅が入って。十種類となる真ん中にな。桜草の花一輪が、綺麗に色取っているんだよ。さすがは、御大尽様《おだいじんさま》の御祝いの仕出しタッパーだわなー。勿体無《ね》えな」

「そんじゃ政江さん。食べるのを止《や》めて、家《うぢ》さ其の儘土産に持って帰るかね」

「いやいや、食い気と観賞は別っこで、御馳走になるべ。今ね、お二人さん。政江が関東蒲公英と思うのを摘んだから、チンコロのお箸付で回すからね。はい和子さんどうぞ」

「わあ、塩も在《あ》りで胡麻油《あぶら》の匂いが食欲をそそるないや、私は初物に楤の芽を戴きます。では、御待遠様。清子さんどうぞ」

「はい。有り難《がど》さん。まあー旨そうな色艶の好《い》い天麩羅だないや、私しゃ茎赤の田芹が何とも、噛み締めた時のじわっとくる歯応えの香りが好きでね。其れもこんなにでかいんじゃ、私は箸使いがお二人さんより下手糞だから、自分で言うのも何だが、楓《かえで》のような手箸でね。こう上品に摘んで大口で食べるのが、小昼飯の美味さだっぺな」

そう言った清子さんのがっつく、大きな口開けの剽軽《ひょうきん》な表情に、げらげらと仲間三人の大笑いに、乗客も聞き笑いする中で僕も楽しさに釣られ笑うとともに、一寸躊躇しながら、近寄って一声掛けて仕舞った。

「あのーお三人さん。和やかにお話し中《ちゅう》誠に済みません」

「ありゃりゃ、お客さん。お叱りは御尤も様で、只今は何とも列車の中で、ごじゃっぺ（でたらめ）な大声での、煩《わずら》わしい下等《げとう》な馬鹿っ話に、御迷惑を掛けました。三人を代表して、年上の私《わたし》政江が謝ります。御免なさい。ほれ、きょとんとしてねえで、二人共早《はや》ぐ頭を下げて謝《あやま》っちまえ」

「申し訳御座いません」

「いやいや、早とちりしないで下さい。頭を上げて下さいよ。実は今ね。奥様方三人の食べ掛けの、天麩羅を持った仕種でね。写真を四、五枚写させてほしいのですがね。如何《いかが》でしょうか、篤と、味わい深い奥様方の方言に楽しく癒やされました」

「いやー何とも喧《やかま》しさに小っ恥ずかしい。奥様だなんて上手い事を言っちゃって、不細工な、おばちゃん達を写して如何するのかね。若《も》しや小父さんの身形《みなり》は……下野新聞か栃木新聞の記者様《さま》なんだっぺか」

「いや、其のような立派な者じゃなく、僕はね。静岡県の富士市でカメラ店を営む、大関栄と申します。

此の懐かしい真岡線に乗る時も、先ず列車のカラフル模様を写し、目と鼻に見える筑波山も写し、遠くに見放く男体山も写しました。

其のように魅了する光景の列車内に、途中から奥様方お三人の、麦藁帽子に姉さん被りに防空頭巾にと、ローカル色も豊かに似合う、もんぺ姿もユニークなファッションに出合い。何《ど》のように話し掛けようかと、列車の進行に気になる中で小昼飯の天麩羅でしょう。懐かしい方言話の彼是を、楽しく聞かせていただきました」

「小父さんは方言が懐かしいと言うが、生まれは何処なのげ、些と何と無くだが、私等にも似るような言葉が、ちらっとある気がしたんだが」

「其の通りです。僕は皆さん、益子町が生まれ故郷で、今日は母親の見舞いに行く途中なんです。

此の車内で元気な奥様方三人の、仲良し会話に惚れ惚れです。本日の出会い話を母にも話し元気になってもらいます。

写した写真は店に飾らしてもらいたいと思い。思い出に是非ともお願いします」

「然《そ》うがね。斯《こ》うして出会ったのも、何がの縁だっぺから、少し汚れた野良着姿で、記念写真を写してもらうのも良かっぺ。なあー和子さんに清子さん。だが、小父さん。此の三人共にカメラを向けられると、下品な吹き出し笑いするけど其れでも良かっぺかな」

「笑う門には福来るで、初対面の打ち解け笑顔なら尚更に写す甲斐がありますよ。

只今、高感度のカラーフイルムに、車内の明暗を考慮して、小型ストロボを軽く日中シンクロしますので、眩しくはないと思いますが、瞬きの我慢をお願いします。ではスタンバイカメラのレンズに目線下さい。迚も好《い》いなー。

今の感じで撮りますので、天麩羅タッパーを、真ん中の和子さんの膝上に置いて、銘銘選んだ天麩羅を摘み持ち。口に近付けて其のポーズで写しますね。はい、表情和らげて、もう少し笑いをげらげらに肩を震わせ笑って、はい、シャッター連写しました。いやー迚も美人揃いで良かったですよ。笑い声までが写ったような気がします。

良かった雰囲気にね。次は個人でのポートレートを、是非にお願いします」

「いやーすっかり、小父さんのカメラに楽しく呑まれちまったが、誰から先に写してもらうべか」

「其れでは政江さん。左から座り並んだ順に、彼方《あなた》からお願いします。

では、政江さん。麦藁帽子の赤いリボンの結びを、此方に少し向けたら斜めに被り直して、今ね。鍔《つば》を一寸つまんだ感じが粋ですね。はい。其の微笑みにシャッター迚も良かったです。次は和子さんお願いします。細かい紺飛白の防空頭巾、清子さんが言うように、お似合いのファッションです。もう少し左右を広げて、林檎のような頰を見せて下さいな。いやー今のはにかんだ目線の表情良《よ》さにシャッターが切れました。

今度は清子さんお願いします。ローカル的で好《い》いね。下ろし立ての、真岡農協文字入りの手拭での姉さん被り。粋で茶目っ気な感じがいいですね。右手で一寸顎を触って、其の歯並みの笑いに、はい。シャッター連写しました。

あー良かった。今日は思い掛けずに、お三人さんの素敵で柔和な写真を写させていただき、深く感謝に有り難う御座いました。

只今写した写真ね。後日《ごじつ》、かならず思い出にお送りを致しますのでね。ええと、政江さん。此れは僕の名刺です。済みませんが、此の手帳に鉛筆が短いけど、代表して送り先の住所をお願いします」

「小父さん。此方こそ楽しく写真を有り難う様で、住所はね、私の文字は蚯蚓《みみず》のつたくりなので、手帳汚しになっぺがら、若さで達筆な清子さん。三人分を代表して書いてあげて下さいな」

「あれ、三人共に真岡市台町ですか、台町辺りじゃ益子とは隣り合わせ。親戚のようなもんだし、他人様とは思えないですね」

「私達三人も益子町には知り合いも多く。時偶《ときたま》ですが、三人で焼物を買いに行った時には、西明寺にも観光がてら御参りに行くんです」

「そうですか、それじゃ今度は兄の陶器所にも、是非《ぜひ》お立ち寄り下さい。私の名刺の裏に住所を書き添えましょう」

「ところでね。和子が聞いちゃうけど、小父さん。お見舞いに行くお母様の加減は悪いのげ」

「心配をしていただき有り難う。何《なん》でも兄からの便りだと、町の医院に知り合いの四人と、相部屋に療養とか、何年も御無沙汰の親不孝では叱《しか》られそうですが、列車が一駅毎に益子町に近付く風景に、母の痩せこけた顔が、目先に懐かしく浮かんできちゃってね」

「そうでしたか、遠方からの心配《しんぺい》な早立ちじゃ大変でしたね。そんじゃ二人共さ、此の年上の政江に免じてね。天麩羅を食べるの中止にしておくんなんしょ。食べ掛けはしょうがねが、私ね。大関様に此の天麩羅の一箱をお母様にお見舞い代わりに、お土産としてあげたいのよ。

それで二人の分をさ、後で三人で分けっこしてもらいてえが如何だっぺ」

「政江さんの心根に、和子も清子も賛成だから、天麩羅の事は、食いしん坊の政江さん心配《しんぺい》すんなや」……と三人のあっけらかんな仕種や言い回しに、車内は小爆笑となった。

「そんじゃ小父さん。天麩羅は戴き物で、手の付けてねえ清子さんの分を、包装パックを新聞紙包みの儘で気が引けるんですが、お母様に貰ってやって下さい」

「いやー、御親切に折角戴いてきたのに、母のお土産とさせて頂き、有り難う御座います。母も好物なだけに迚も喜ぶと思います。

ところでさ、お三人は折本駅から乗った筈だが、失礼にお聞きしますが、何のお仕事をなさってのお帰りなんです」

麦藁帽子を被り直しながらに「私《わたし》、政江が、ちょこっと説明しますね。大《たい》した仕事じゃ無え《ね》んですが、毎年今頃になるとね。折本の大《おお》地主様の声掛かりで、お蚕《かいこ》に食べさせる桑畑の葉がみっちり茂るように、やたらとごちゃごちゃに伸びちまった、其の枝のきっぱらい（剪定）に昼の御飯《おまんま》付きで出掛けて行くんです。

今朝は霜柱も立って、しばれましたが日和も良く、何でも次男坊様の足入《あしい》れの祝いとかで早仕舞いとなり。祝儀の膳にも添えられる、季節を彩った天麩羅が仕出し屋さんから届き。私等にも気を使って下さり。地主の奥様から祝いの縁起物だからと、御裾分けに一パックずつ天麩羅を頂戴してきた帰《けえ》りなんです」

「そうだったんですか、其の縁起物を母に頂戴できるなんて、此の上ない感謝です。

其の代わりと言っちゃ何ですけど、皆様に写真を送る時には、御礼に八十八夜の富士山麓の手摘み新茶を、一緒にお送りしますね。

あれ、車内放送に、何とも名残惜しいですが、早くも真岡駅に到着ですね。

今日は思い掛けずに、皆さんに楽しさを貰い。車中有り難う御座いました」

「何の何の、此方こそ楽しく普段は写せない貴重となる写真を、本当にありがとうさんでした。お母様にお逢いなさったら、御身体《おみがら》を御大切にと、三人分のお見舞い仰って下さい」

そう言いながら、微笑む三人と握手し、別れて下車する中で……真岡で降りる客までが、お母さんお大事にと、声を掛けて下さる土地人に、ローカル列車の良さを、感謝をしながら其其の背中を見送った。

真岡駅で茂木から来る単線に停車待ちの中に先程の三人が改札口で、車窓に振り向き大きく手を振り帰って行った。

ふと、其のような雰囲気の中で、真岡での三歳の時の思い出が蘇《よみがえ》った。

益子駅から汽笛一声、麻疹《はしか》の診察に真岡駅まで、生まれて初めて乗った蒸気機関車（ＳＬ）の座席では、母のお乳の匂う温かい胸に泣き嘰《じゃく》り。病院帰りには、注射が痛かったと、駄菓子屋の前で地団駄に泣きねだって、黄色い砂糖入りの薄荷パイプを、買ってもらったのは、昨日の事のように目頭に浮かぶ。其れと、汽車ぽっぽの車内に特に目に焼き付いたのは、大きな額の中の地図のような物や、艶艶に赤茶に並んだ漆塗りの客席だった。

其の頃の藁屋での我が家は煤《すす》けがひどかったせいか、余計に車内が綺麗な色だったと、脳裏に印象が懐かしく思い出される。

現《げん》に見渡す市街地の光景には、往にしを追い遣《おや》るように、カラフルな真新しい住宅などが、煌めき増して見えている。

待ち合い十分間に発車の車窓に近付く、益子町シンボルの高館山《たかだてさん》（標高三〇一・八メートル）の徐徐に迫る山河のパノラマの風景に、どっと、思い出が脳裏に走馬灯のように駆け巡り始めた。

春には、大樹の桜吹雪を追い掛け燥ぎ、散り桜を男女和気藹藹針糸に突き通し、長さを競い合っては、幾重かの花輪に作って、女の子の首に掛けてやり嬉しがられた。

男の子同士では、蓮華田などで駆けっこや相撲ごっこに、痩せた体であまり勝った事はないが、其其に仲良し仲間等の、バリカン刈りの坊主頭の幼顔《おさながお》が目先に浮かんで来る。

夏には、素っ裸で川や池で泳ぎ。彼方此方を蛭に吸い付かれて、互いに毟《むし》り取り合いの大騒ぎやら、山に出掛けては、鍬形虫や兜虫を捕り。其の数匹を、女の子にブローチだと胸に付けて大泣きもさせた。

宵からは、四方《よも》を無数に飛び交う蛍を競って燥ぎ追い掴み。麦藁で編んだ捩《よじ》れ籠に、露草などに蛍を数匹入れて、緑の麻蚊帳の中に吊して、「ほっほっ蛍こい」の歌など、メルヘンな心《ここ》地《ち》で兄弟と口遊み蛍火に浸った。

枕木に走る音に思い出すのは、蛍火とは逆に、日日に発生する雷様の轟きに逃げ込む蚊帳の外で、父方の祖母が縁側に浴衣姿で正座し、香炉に線香を四、五本立て、香煙揺らぐ中に、南無阿弥陀仏ナムアミダブツと合掌に繰り返す。雷様鎮めの訛声と、乱れた白髪に香煙《こうえん》絡む姿を、豪雨に雷鳴の轟く中に、雨戸の隙間から射し入る稲妻が、異様に祖母を蒼白に映やし、日頃は迚も柔和で朗らかな祖母が、般若の面にも見えて、蒲団を被った事は今でも懐かしい。

秋になると、落穂拾いに始まり。戦争中だっただけに、少しでも食べる物の役に立てたらと、仲間に誘い誘われ。近くの山に茸採りや山栗採りに出掛けた。

子供心に、山に入って逸《はぐ》れないように、其其が篠《しの》で作った笛を鳥の鳴き真似などで呼びあい、競い採取の山歩きは迚も楽しかった。

して、自分で採った種種な茸だらけの味噌汁を啜る醍醐味は、自分を誉め御代わりした。山栗も麦だらけの御飯に混ぜ合わせて食べた味は、御代《おか》わりしながら迚も美味かった。

冬になると困るのは雪で、隣家を繋ぐ県道からの道筋などを、日の出前に起き出して、皆に誘い誘われて、じゃん拳《けん》で紅白に分かれて、最初は雪合戦から始まった雪掻きも、途中で藁草履が寸寸《ずたずた》になると、裸足での雪掻きに、近所の人達が地下足袋を貸してくれる。そして雪掻きが終わると、少しの駄賃を皆で分け合って、鉛筆やノートを買った往にしが何とも懐かしく蘇ってくる。

其れと、冬が待ち遠しく嬉しいのは、何の取り得もない己等《おいら》だが、我が家の側《そば》には農業用水池（須田ヶ池）があったせいもあり。

三歳の頃より下駄スケートを履き、見様見真似で小学三年生の頃には、大人と同じように滑れる技も種種覚えていた。

日頃スケート滑りをする時は、母が手縫いしてくれた、井飛白《いがすり》模様の羽織を翻しながら、種種な小技《こわざ》を取り入れて滑り、池にスケートに集まった皆さんや友達から、迚も上手と誉めていただいていた。

或る日の事、誉められた滑りに、調子にのり過ぎて、夕日の差している薄氷の方に滑って仕舞い。恥も不覚に氷が割れ、どぼんと落ちて、無様《ぶざま》にも物干し竿で助けられた。

泣きべそに寒さに震え、焚火で乾かしながらの中で、焚火から取り出した焼芋を、先輩（上級生）が慰めてくれながら、何と、大きな半分を差し出してくれた。其のほっかほっかな味は、心の温《ぬく》さと共に忘れられない。

今に、芋を食べても、其の情景が蘇る。

其のような往にしを掻き消す如く、ごーっと列車が、野火の跡から少し芽生えた土手に映ゆ、小貝川の赤いアーチの鉄橋を数秒で渡る音に、椋鳥の群れが煌めき飛んで、陽射しを瞬きに隠し、列車左カーブに町並みが見えてきた。

「次の停車駅は益子です。御荷物などお忘れ物の無いように御仕度下さい。御出口は進行右側です」の、耳に爽やか女性アナウンスの車内放送に躍る気持ちと不安とに下車した。

降り立った客も疎らなホームからは、遠ざかる列車に線路の枕木の間間《まま》に、蒲公英が群れ咲き。小旗を振る如くに見え心が和んだ。

「よう、こっちだよこっち。早早と乗り換えながら良《よ》くこられたなんや、暫くっぷりできょろきょろしてえだが、俺の顔が老《ふ》けちまって、分《わ》かんなかったんだべが、まんず出会えて良《え》がった良《え》がった。

田舎者の俺と違って、御前《おめえ》の方は垢抜《あかぬ》けの都会人になって、大分若返っちまったな」

僕の出迎えではないが、迎え人《びと》のあからさまな方言の懐かしさ。心地良い温《ぬく》い言葉を聞いて、安堵感に心を癒やした。

我が古里、オアシスの空気の旨さに、深呼吸を繰り返し、下車も疎らな人達の後《あと》につづいて改札を通り抜けた。

益子駅構内の待合室には、我が町をでんと誇れる、観光に相応しい益子焼らしい、茶色を主色に釉薬とした、色艶の良い大きな飾り皿数点が、満月を思わすように展示され印象に残った。駅舎を出て振り返り。益子駅名を再度目線に焼き付け、ふと、タクシーの文字に躊躇したが、利用する程の距離でもないかと、鞄を肩に手提げ布袋を右手に持ち、往時懐かしい笠間街道を背《せ》を温める春風に歩き出した。

今の笠間街道からは役場も新開地に移って仕舞い。旧街道となって、益子氏が築いた城下町の町名との、街道に新町・田町・内町・城内などと残っていた旧名も、郵便番号制度になってからは、古名が殆ど益子町の番地の地名に変わった所が多いが、今も町筋には往にしの建物や老舗の名残が目を引く。

目に入る老舗の酒屋なども、惜しむ豪邸も閉店し、燕の巣作り板が一枚黒ずんで残る軒下に、一層侘しさを感じさせている。其の一方に、駅から近く、便利な万屋も商《あきな》ってはいるものの

「塩」や「たばこ」の青や赤の鉄板の看板も、錆びて文字の剝がれなども目立ち、手巻上下のテントも、御用済みのように見え、一《いち》代限りの商いなのかと寂しく見えていた。

其の店頭に、種種な煙草を陳列した、タイル張りのガラスウインドーに、色褪せ正座の福助人形が、今も可愛らしく招来《しょうらい》している風体《ふうてい》に「久しいね」と小声で通り過ぎた。

其のような往にしの風情を眺め歩き十分足らずで、矢印を目線に仰ぎ左に入った。

目に止《と》む、大谷石《おおやいし》の太い門柱に、大きい厚板の塡め込みの表札『松谷醫院』と、墨文字大《おお》きい「醫《い》」も、昔に今も同じだなと、泣いて絡み付いた院長の顔が目先にアップした。

そして陽光に温もった文字を懐かしく撫でながら、風雨に晒された門を見据え通り抜けた。

目先に何と、往にしから二階建ての豪壮な瓦屋根の館《やかた》がでんと、丸んだ飛び石に続き行く、手直しも同じ菱形模様の玻璃戸《はりど》の玄関。昔に粗《ほぼ》、同じ景色に一瞬たじろぎ、どっと往にしに、激痛に辛く泣きしゃがみ、耐えた当時の思い出とが、今は懐かしさとなって、込みあげ周囲を篤と見渡し、立ち尽くして仕舞った。

時が過ぎても脳裏を埋め尽くした手術の恐怖心は、未《いま》だに消え失《う》せる事は全く無い。

幼少の頃より、親の遺伝の扁桃肥大炎で苦しみ、初めて手術をしていただいたのが、此の名医の松谷醫院だった。

幼少の頃に発病して小中学校（益子町）では、扁桃炎に左右巨大な腫れに、四十度以上の高熱で飲食通《とお》らず。我慢との闘いに悩み、授業途中や学校帰りに、松谷醫院に一人で行っては、何十回となく、軍医だった院長先生に、言葉優しく麻酔を使わずに、切開手術で膿《うみ》を出してもらい。手術室を出て残り嗽《うがい》に、此の藪椿の根元に、膿と血混《ちま》ざりの唾《つば》を、何度吐き捨てたか知れない。

今、見据える藪椿は老木となって太り、四方《よも》に根が蛸足のように露出し、滑っとした幹には、大小の臍《へそ》のような窪みも出来。花柄の苔がワッペンを付けたかに各所に見え、末広に生い茂った枝には……彼の時の僕の膿と血混ざりの唾が、肥料となったかに、唐紅《からくれない》に咲き誇る花花に、目白が群れて蜜を吸い。地鳴きに燥《はしゃ》ぐ姿に、今は心を癒やしてくれる目白に一言……「昔を知ってるかい」と尋ねたくもなった。

タイムスリップに目頭が潤んだ。

そして思い出が次次と浮かぶ小中学校時代には、常に火照《ほて》った顔をしていたので、不名誉にも「赤いぽう」と、からかう渾名《あだな》での呼び名になって仕舞ったとは、今は椿の笑む花に、学友達の赤いぽうと、囃す声やバリカン刈りの坊主頭の剽軽《ひょうきん》な顔が懐かしく浮かんで来る。

其のような、悩み苦しんだ思い出やらに、一時《いっとき》を浸って見詰める、足元の飛び石にも、自分で編み上《あ》げた藁草履で躓《つまず》きながら、数多くを泣きで通院をしてから、時は早くも、四十年以上も前の事になって仕舞った。

今は、何とも丸《まろ》んだ雑草の囲んだ飛び石を伝って、母親を案じた見舞いに、革靴の音も鈍《にぶ》く玄関に向かうが、親子共共《ともども》同じ病院に、お世話になろうとは思いも寄らなかった。

玄関をそろりと開け、受付の前で、木目の柱や菱形の格子戸などに、名残懐かしく撫でながらきょろきょろし、見渡していると、

「ねえ、其所《そこ》の小父さん。如何《どう》かなすったんでしょうがね」

背《せな》に若い看護師さんの声にどきっとした。

「あ、あの私《わたし》はね。大関菊野の息子なんですが、此方の病院に、母がお世話になっているんでしょうか」

「あれれ、何だ。息子さんだったのげ、失礼しちゃいました。何方《どちら》からのお出掛けなんですか」

「静岡県の富士市からきました」

「まあ、遠いどころから、早い御到着で、お母様はね。当院で元気に療養してますよ。遠方からの息子さんの御面会じゃ、大関のおばちゃん、突然の息子さんの顔に、魂消《たまげ》で腰を抜かさねど良い《い》が、ささ、二階の五号室に気の合った仲間と一緒に居ります。面会は御自由なんですが、そろそろ昼食の時間になっちゃうので、ねえ、息子さん。大《てい》した物はこしゃえてないんですが、宜しければ食事を御用意しますが、お母様や皆さんと御一緒に、お食べになられては如何ですかね」

「いやー其れは御親切に、何とも有り難く感謝します。一番電車を乗り継いできたので、腹ぺこに遠慮せず宜しくお願いします」

「ははあ、お聞きして良《よ》がったー。そんじゃ息子さん。靴は私が仕舞って置きますので、此方の茶色の縞柄のスリッパを履いで、ささ、お母様にお逢いしておごれ」

方言も気さくに、終始笑顔を崩さず、林檎のような頬っぺの看護師（三十歳前後）さんを背《せな》に、上がる階段の踊り場からは、音を軋《きし》ませないように忍び足となり。五号室の前に些《ち》と躊躇し、耳を欹《そばだ》てながら立ち竦んだ。

ラジオらしい音に、何人かの高笑いがしている。引戸に深呼吸をしてから、軽くノックをした。

一瞬、笑い声などが止《や》み……「誰《だれ》なんだや、洒落《しゃれ》て戸なんか叩いちゃって、此の部屋には昔の娘ばっかりだから、遠慮なく顔を見せておくんなんしょね」

何と、以心伝心《いしんでんしん》に通ず。懐かしい母ちゃんの声に、さっと戸を開け部屋に入った。

「あれ、よく顔を見せろや……栄《さかえ》か、栄だな。よく来たないや」

呼んだ一声と同時に、母が嬉しそうに蕩《とろ》けるような恵比須顔となった。

カセットテープなのか、ラジオのお笑い放送だったのか音声が止《や》んだ。

「今日《こんにち》は皆さん。療養に母がお世話様になります。僕は大関菊野の倅《せがれ》の三男坊の栄です。お元気な皆様方と、お逢いする事が出来て迚も嬉しいです。団欒の中《なか》お邪魔させていただきます」

小さく拍手が鳴り。僕に目線が集中した。

「ねえ、お菊やん。私とも子供の頃から良き知り合いの栄ちゃん。遠方からの御面会で、今日はお菊やんの傘寿《さんじゅ》の誕生日。盛り上がりにでっけえ花が咲いて、お盆と正月様が一緒に舞い込んできたような、願ってもねえ喜びだっぺよ。おこんころ持《も》ち（お気持ち）は、如何《いかが》でござんしょうお菊様」

どっと、ちゃかし笑いをさせたのは……御河童に白髪を掻《か》き上げる池田照子老婆ちゃんだった。昔は須田ヶ池を目と鼻に、益子でも池田屋で知られた、手焼煎餅製造販売店だった。だが、四人の子供を残し、御主人は笠間の妾《めかけ》と所帯を持ち、帰ってくることはなかった……以後閉店から細細と一人商《あきな》いで家族を養い。季節に対応（草団子・心太・欠氷・焼芋・御田）した考慮に、其れと間口が広かったので、映画や芝居のビラを張り出す、指定店にもなり。其のビラに添付される、無料ビラ下券《したけん》の籤引きで賑わい。

其の頃の人気スター「榎本健一」（エノケン）の「孫悟空」や「片岡千恵蔵」の「七つの顔」に「嵐寛寿郎」の「鞍馬天狗」などの映画だった。

庭では紙芝居も楽しめて、開放した広い座敷では、子供から若い衆が入り交じり。浮世床のように集《つど》い癒《い》やせる。僕も池田屋の同年に近い二人の子供と仲好しで、しょっちゅう出入りにお手伝いやら、誰彼《だれかれ》持ち込む本棚に楽しむ中、御握り差し入れなど、優しく接《せっ》してくれた。迚《とて》も懐かしい小母ちゃんの一人と言える。

今では黒髪も白にと変わった照子老婆ちゃんの言葉からは、何と、今日は母の傘寿の誕生日だったとは、我が商売の忙しさに明け暮れて、心が荒《すさ》んで仕舞い。三月十一日の母の誕生日を忘れていたとは、親不孝を心に恥じながら、一瞬、頭の中が真っ白になり。母の微笑んだ横顔を見据えた。

だが、兄は忘れる事は無く、此の日も考慮に入れて、態《わざ》と手紙を速達にしたのかもしれないと苦笑した。

そんな中に老婆ちゃん達ばかりと思っていたら、パジャマ姿の男の人が、笑みて金歯を覗かせ、気さくに言葉を掛けて近付いた。

「ねえ、息子さんは一寸白髪交じりで、お母さんの頭髪には、何とも不思議でさ、白髪は一本足りともねえが、栄ちゃんは面相からさ、政やん（政吉）親父さんに似たんだわなー」

「いやー然《そ》う仰るお顔は……何と、何十年ぶりかな平野（平野広吉《ひらのひろきち》）の広《ひろ》やんですよね。奇遇《きぐう》にも逢えて懐かしく、迚も嬉しいです」

「栄ちゃんの今の一声。覚えていてくれて、何とも涙が込み上げる嬉しさだっぺな」……と僕の手を握り締めた。

「覚えているどころか、忘れもしない。今日は突拍子に懐かしいタイムスリップですよ。子供の頃は何かとお世話になって、僕には生涯忘れられない御仁《ごじん》です」

目の前にする広《ひろ》やん。父の存命中の戦後には、我が家にラジオ（釣鐘型）があり。浪花節の放送日には決まって、手打ち饂飩《うどん》や麬《ふすま》作りのパンなどを持参して、食難を一緒に夕餉もした。

同じ釜の飯を食べた他人とは思えぬ仲と言える『平野広吉』さん。

当時は父が「広やん」と目の前で呼ぶ口癖が移り。僕も慕って、広やんと呼ばせてもらったので、現《げん》に、目先に父も一緒に居るような、錯覚すら感じる懐かしさだ。

ゆったりと胡坐をかく広やん。今は療養の生活だが、何とも羨《うらや》ましい程に老いなど、然程《さほど》感じぬ元気な気力が漲《みなぎ》っている。

其の半面。父の寿命の短さに悔しさが募る……父はラジオ放送しか知らず。白黒テレビの映像すら見ずに、貧乏病弱な生活から四十七歳にて、閻魔様に呼び出され涅槃《ねはん》となったが、今頃まで存命でいてくれたら。広やんと三人でちびり酒に、多種な話に花が咲いたかと、広やんの姿に父が重なり目頭を押さえて、往にしが懐かしく蘇ってくる。

「今日は我が子のような、栄ちゃんに逢えて嬉し涙だよ。人生長いようで、瞬《まばた》き一《ひと》つで往にしが戻ったようでな、広やんの目の前に大関政吉さんの倅。栄ちゃんが居るなんてなあー。立派になった栄ちゃんの姿をな、茂子かかあにも見せてやりたかったが、流行《はやり》病で六十五歳になったばかりで彼の世に送って仕舞ったが、人生は共に長寿を全《まっと》うしてこそ、幸せだと思うんでな、栄ちゃん。夫婦欠ける事なく、早死した父親の分まで長寿する事が、子供として最高の親孝行になっからね。

常に、お母さんから聞いている、カメラ店の御繁栄を、命の有る限り、此の広やん、療養をしながら、禿頭を光らせ篤と祈っているからね」

然《そ》う言って、毛糸の帽子を脱ぎ、一寸涙ぐみ恥じらうような笑みを見せ。僕の手を両手で握り、再会を此の上なく喜んでくれた。

「皆さん。母がお世話になります。只今は、男同士の逢えた喜びに、話が弾んで仕舞いましたが、此処に手土産に、温室栽培の藁掛け茶と、冷凍庫保存の寿太郎《じゅたろう》蜜柑を持参しましたので、お茶飲みに富士山の景色など思い見ながら、小玉ですがどうぞ味わって下さい。

あっそうだ。此れを開《あ》けますね。ほら、真岡線《もおかせん》の車内でさ、一寸したハプニングの事から、真岡の三人の小母ちゃん達と出会ってね。

益子町の母に久しぶりに逢いに行くと話したら、無作法ですがと、ほら、下野新聞に包み。今が旬だとの天麩羅の種種な一パックを、お母様の御土産にどうぞと、戴き物をしてきたんです。

母一人じゃ食べ切れないのと、皆さんと御一緒に食べた方が、より一層美味しいと思うので、手箸でもけっこうですので、どうぞ。お好きな物を賞味して下さい」

「栄よ。ちょっくら母《かあ》ちゃんが聞くが、電車の中で出会ったという其の御三人様は、昔っからの知り合いでもあったのげ、迚《とて》も香りと色艶の良い、でっけえ天麩羅だが、其れも気が利いたタッパー入りでな、こんな玄人跣《くろうとはだし》な天麩羅を、そう易易《やすやす》と他人様が、何かの義理でもなければくれなかんべと思うよ」

「其れがだね。母ちゃん」……と、電車内での滑稽《こっけい》な、あらましを耳元で聞かせた。

「へへへー全《まった》く昔っから、人見知りのしねえ、カメラを向けての八方美人は、幾《いく》つ歳《とし》を重ねても、御前のする事は、全《まった》く相変わらずだないや」……と、母が呆れ顔で微笑んだ。

「さて、それじゃ茶袋の封を切った序《つい》でに、僕が御愛想《おあいそ》に、其所の魔法瓶のお湯からお茶を入れますので、皆さん。銘銘の湯呑みを前の方にお願いします」

「そんじゃな、栄よ。折角の藁掛けの茶じゃ、新茶のような色だっぺから、緑が彩《さい》っぺがらな、此所の茶簞笥に磁器で中の白い、瀬戸の湯呑み茶碗があるが、使ってみるがね」

「母ちゃんの言うアイディアは迚も好《い》いが、其れは後の楽しみにして置き、皆さんの懐かしい方言のように素朴で、益子焼の茶黒い特徴のあるさ、此の土瓶のような大きな急須に入れ。今、愛用の分厚い、益子焼に勝る湯呑み茶碗は他には無いと思うよ。

　其の湯呑み茶碗のさ、冷《さ》めやらぬ分厚さを唇に当て、じっくりと、茶を飲み啜る時の味は、誰かと熱熱のキッスをしているような、感触を思わせるから、益子焼での味は堪《たま》らないんだよね」

「まあ、栄ちゃん。ロマンチックにキッスだなんて、昔を思い出させるような愉快な事を仰って、栄ちゃんも好色になったのね。

　そんならばね。栄ちゃん。文子老婆ちゃまの、此の愛用のお湯呑みで飲んで頂戴。お願い」

……と、先程から母の隣で、にこにこ話に聞き入っていた、大塚文子老婆ちゃん。白髪頭の雀の巣のようなパーマネントに立て膝となり。金縁の丸い眼鏡を掛け直し、右手で湯呑みを翳し、金切り声で皆を笑わせた。

今の文子老婆ちゃんの燥ぎから、往にしを顧みれば、かつての我が藁屋の家主であり。生活の面も何かと援助してもらった。

其の大塚文子さんの人生も、若くして、戦後の酒不足が齎《もたら》した、一夜《いちや》にして気の毒な悲劇となった日の事を、今以て、ぞっとする気持ちで、思い出して仕舞った。

其れは、祖先から受け継いだ、車屋《くるまや》と屋号で呼ぶ精米所、昔は川の辺《ほとり》で水車で精米をしたのが、屋号の発端とか、人も羨やむ地域一番の富豪（田地と貸家など持つ）な家庭に子供四人にも恵まれ、御主人は我が家の病弱な父と違い、米俵をひょいと担《かつ》ぐ程、体の頑丈な大男で気性は優しく、部落でも頼れる人気者で、肩車をしてもらった思い出もある。

姓名は「大塚源次郎」だが「源やん」「源さん」などと親しく呼ばれて、戦後は逸早く。源やんなどから、渾名で、誰もが、マッカーサーと気安く呼ぶようになった。

其の大塚家族の旅行前日の午後。

終戦から三年後。僕が小学校六年生の夏休み、約束待ちをしている時だった。

一つ年下で、僕より体格の良い、長男の清章《きよあき》君が、下ろし立てな、おしゃらく（余所行き支度）な姿で、嬉しそうにやってきた。

「栄さん。遅くなって悪かったけどさ、明日から家族で泊まり掛けでよ。塩原温泉に行くんで、約束の鍬形や兜虫を捕りに行かれねえのが、悪くってさ、其の代わりに栄さん。お土産沢山買ってくるから、どんな物が欲しいか、言ってみてくれや」

「清《きよ》ちゃん。急にそう聞かれても、俺は益子町から出た事がねえから、御前が行った所の温泉場のさ、絵はがきか栞《しおり》のような物でも良《い》いよ」と言いながら目線に、町に行って買ってもらったらしい、白い鍔広帽子に白い半袖の開襟シャツと半ズボンにズック靴が、何とも眩しく、些と羨《うらや》ましく見入った。

「清《きよ》ちゃん。探検に行くような御洒落なスタイルが、迚も似合って、恰好が好《い》いよ」

「俺は、あまり気に入ってねえが、親の言うが儘に、買ってもらっちゃったから、じゃ、行ってくるから、土産を楽しみに待っててよ。あっ然《そ》うだ。鍬形や兜虫だが、沢山捕ってきたら、俺にも分けてくろやな、栄さん。そんじゃ、仲間の皆に宜しくね。さえなら」

嬉しそうな清章《きよあき》君の手振りする背《せな》を追いながらに、自分で編み上げた藁草履に、駒下駄ぐらいしか履いた事が無いので……清章君のズック靴を見ながら「土産はいらないが、其のズック靴を、御下がりに貰いたいよ」と心根に恥ずかしくも呟いて仕舞った。

コケコッコウ矮鶏《ちゃぼ》鳴く朝焼けとなり。大塚家族一家の幸先の良い旅行日となり。雇用人が見守り見送る中、艶に磨かれた、黒塗りの木炭自動車を見入る中で、やっとエンジンが掛かった。源次郎さんが運転士で、燕が宙返りし青田の蛙が、一斉に鳴き止むかに、エンジンの音が山間に轟き木霊する中を、車窓背面《はいめん》のガラスに、陽光をクロスに輝かせながら、塩原温泉に向かい家族六人の乗った乗用車が砂塵を巻き上げ遠ざかって行った。

して、我等は誘い合って、陽光ぎらぎら蟬時雨の雑木林で、藪蚊に刺されながら、鍬形や兜虫が数多く捕れたので、清章君の分もじゃんけんして分け合い、己《おら》が預かった。

難無く一日《ひとひ》が過ぎ、蒸し暑い蚊屋の中でやっと寝付き、一番鶏の鳴きに目覚めた。

薄暗い中に、何か、部落の彼方此方に、丸い提灯が動き回り我が家にもやってきた。

「お早う御座います。部落の青年団の者です。子の刻頃に急遽《きゅうきょ》、塩原温泉の旅館より、大塚源次郎様が食中毒で急死されたと、組合長宅に、電話と電報の訃報が届きました。

詳しくは追って、直ぐ様に回覧板を四方《よも》に出すとの事です。皆様信じ難い事柄に、部落を手分けして回っています」

其の知らせに……「話が間違いなら良《よ》いがな」と報告を聞いた父が、ショックで顔を青ざめ、おろおろし土間に泣き崩れた。

小窓から旭光差し映ゆ部屋に、おどおどと沈黙に待つ中、届いた回覧板を読む手が震える父に代わり、母が読み。仰天に涙し読み返した。

〈訃報、大塚源次郎様御一家。塩原温泉の旅館に滞在中に、夕餉時《じ》に酒不足から、源次郎様だけが、メチルアルコールを飲み食中毒となり。医者や家族の手当て介護の甲斐もなく、四十五歳で急死されました。事の無念さを、慎んで御報告致します。合掌。組合長〉

回覧板の毛筆を繰り返し読む真実に、肩を落とした父が独り言に……「病弱で何の役にも立たない俺が生きて、頑丈な体で百歳までも、人の為に元気で生きてほしかった、其の源《げん》やんが死んだなんて、代われるものなら代わってやりたかった」……と回覧板に涙を落とす父に、母が寄り添い肩に涙を流した。

して、主人急死後の車屋には、暗中模索に、文子奥様は下男の方と恋仲となり。親戚や周囲の人達の猛反対に耳を塞ぎ、独断で下男の方と再婚し一男一女を儲けたが、徐徐に田地や貸家など手放して、大塚家は惜しまれながら寂れて行ったと聞いている。

其のような往にしから、何と瞬き一つ、奇遇にも今を目の前にする文子老婆ちゃんには、店《たな》子《こ》を忘れ、僕は仲好しの息子清章君と一緒《いっしょ》に、我が子同様にお世話になった恩人。

本日の出会いに目頭が熱くなり。今の姿を想像すら出来なかったが……全《すべ》て過去を胸中に深く秘めて、今の姿は痛ましく感じた。

只今は十二畳の部屋を共同に、茶簞笥や整理簞笥を使用、立って半畳寝て一畳程を、五人が共に同じ宗教に心を癒やすなどで、お互いを尊重為合う仲間となり。端《はた》から見ても極楽な療養の生活をしているように思えた。

其の文子老婆ちゃんの途轍《とてつ》もない、燥いだ金切《かなき》り声に反応したのか、僕を歓迎して、口から先に生まれ出たような一人が、男かと思うような渋い声で、油紙に火の付いたかに喋り出したのは、昔に変わらぬ粋な老婆ちゃん。

「ねえ、皆様方よ。栄ちゃんが富士山の麓からな、遙遙《はるばる》御越しになったんじゃ、元気な療養会に、昔を懐かしんでいただきやんしてよ。一節〈瞼の母〉でも唸りたいと思うが如何だっぺかな」

其の声と顔に、僕は思わず拍手した。

すると、母が……「其れは御前の十八番だから、栄に何年ぶりかで聞かせるのも好《い》いが、時子よ。ほれ、折角の藁掛けの色良いお茶が、御前の濁声の一声で濁《にご》っぺな、くっちゃべって（喋り捲る）ねえでな、一番茶で喉を湿《しめ》しながら、先ず唸るのは後にして、美味しい天麩羅を食べてな、喉の奥までをつるっこつるっこにしてから、一節唸ったら良《よ》かっぺ」

母が皆を笑わせて湯呑みにお茶を注ぎ、零《こぼ》すなやと言うふうに、丁寧に時子老婆ちゃんに笑みて手渡した。

一節唸りたいと言ったのは、姓名は鍛冶浦時子《かじうらときこ》さん。此の方《かた》は中中の芸達者で、太棹の三味線で弾き語りの義太夫節は玄人跣。

町や村祭りの演芸会には、何時も引張り凧で、真打登場に御捻《おひね》りが飛んだ。人気者のおっかちゃんだった。

家族は一男一女で、次女は僕と同年。御主人は腕利きの大工さんで、迚も器用で建具もする。宮大工的な仕事に信頼されていた。

しかし、終戦直前に赤紙一枚で召集され、僕等も、手作りの日の丸と旭日旗を、ちぎれんばかりに振って見送ったが……国の為に何と名誉の戦死（四十四歳）で泣いた。

其のような時子さんに、母が親しみを込めて、ぞんざいな口を利くのは、母の大《だい》の親友でもあり。往にしは益子焼の日用品を、貨物自動車にリヤカーと一緒に積み。東北（福島、岩手、秋田県など）地方に数多く、男衆等に交じって出掛けては、民家や納屋などを借りて宿泊をして、義太夫などで人を集めながら、母の煽動役《せんどうやく》となり。終戦後は各自でリヤカーを引いて、益子焼の日用品と地元の産物などとの、物物《ぶつぶつ》交換もしながら、仕送りして家族を養い、二人で知恵を絞って頑張って生き抜いたのだった。

僕が成人になった時に、秋田県での心中《しんちゅう》に秘めていた、意外なエピソードを、母から聞いて、感銘して、どっと涙を流した事があった。

其れは、時子さんと秋田県の山沿いの部落を、小雨降り出した中を東西に分かれて、リヤカーを引き売り歩く内《うち》に、小雨が雪にと変わり。何とか売り切れた迄は良かったが、宿の民家に帰る野路で吹雪となり。木の枝から落ちた雪を諸《もろ》に被り倒され。足を挫《くじ》いて、辻のお地蔵様の所まで這い辿り。お地蔵様に肩を借りて、休む中に日没となって仕舞った。

徐徐に薄暗くなって来る中、津津《しんしん》と降り積もる雪の速さに、膝まで埋まり焦《あせ》りながら、何台かの車に手を振ったが通り抜けられ、まったく通る人も見ず。遠くに灯《あかし》の見ゆ人家に助けも呼べずに、見知らぬ風土は恐しいものと、若しや此所でお地蔵様を抱っこに、生き仏になるかもと、凍え震えくる身に、雪を払い払いのけても積もる雪に、お地蔵様助けて下さい。何度も哀願する中で、今頃は益子で我が子等は如何しているか、案じる目先に浮かぶ銘銘の顔、我が身が生きて帰らねば、病弱な夫《おっと》と子供が飢《う》えて仕舞う。

何としても生きて、帰りたい帰らねば、雪は止まずに腰まで埋まり動けずもう駄目かと、虚ろな耳に自動車の音が、真向かいから聞こえライトが見えた。

「お地蔵様一緒に叫んで下さい」……お地蔵様の赤頭巾に雪の玉を入れて夢中で投げ、お地蔵様の涎掛《よだれか》けと、頬被《ほおかぶ》りの襟巻を振りに振って、叫ぶに叫ぶ中にエンジンの音が近くに唸《うな》り止まった。自動車のライトが、眩しく目の中に広がり、ぼやけた瞬間だった。

「お菊ーお菊でねえのか」と叫ぶ声によろめき勇み、雪を力《ちから》一杯撥ね除けのめった。

「わあ、時子ー時子。此所に居るようー」……と泣き叫びながら手が握れた。

「わあーお菊、出っかせ（出会え）て本当に良かった。宿に帰《けえ》ったら御前《おめい》がいねえ、此の大雪じゃ大変と、彼方此方捜し回り。運良くヘッドライトに赤《あか》い玉《たま》が浮かんだ。やっと見付かり良《よ》がった良がった。体は何ともねえが、歩げっかね」……の時子さんの労《いたわ》りに、抱き合って大泣きに涙を流した。

近くで「リヤカーも荷物も見付けたぞ」と運転士さんも声を詰《つ》まらせ目頭を拭った。

お地蔵様の赤頭巾と涎掛けを元に戻し。九死に一生を得る事の出来た御礼に、頭に賽銭を載せ、自分の綿入れ頭巾を被せ、毛糸の襟巻を供え巻いて、震える凍えそうな泣き声で、

「お地蔵様助けていただき感謝致します」三人で頭を下げ合掌に篤と拝礼をした。

其の時の様子を、〈見知らぬ土地での雪の恐怖心、見付けてくれた時の感動、対面した時の喜びは、体験者でないと分からないと思うが、鍛冶浦《かじうら》時子さんと運転士さんはな、母や家族の

恩人なんだ。人生喜怒哀楽は常だが、世の中の勉強を確りと学び。貧乏人でも怠け者でない限り、何時かは屹度実を結ぶ時が来る。数多い良友を作って、信頼を高め、煙草など止めて暴飲暴食を避け頑張れや〉など成人した時に僕を諭し、「餞《はなむけ》」となる話をしてくれた母ちゃん。

今は療養をしながら、目の前にいる時子老婆ちゃん。白髪交じりの頭髪を、芸人らしく五分の角刈りに、浴衣に飛白半纏を粋に引っ掛け。ハスキーな声で仲間を取り持つ、辿も心根の優しい気丈な時子老婆ちゃんに、改めて目先の姿に、尊敬と感謝を抱いた。

皆様との茶飲み話に、往にしの御礼を、誰から切り出して良いか困惑する程。目の前の一人一人には数え切れない思い出が多く、当時が懐かしく走馬灯のように蘇って来る。

今は療養を忘れたかに、歓迎に身振り手振りの、ほっこりな浮き立つ馴染み話に、老いても同じ個人の癖なども思い出してくる。

「栄よ。療養の皆の達者な姿は、今日の佳《よ》い記念になっぺと思うから、御前も一緒に入って、ちょっくら写真を写してくろや」

母の一言を、待ってましたとばかり。和気燥《はしや》ぐグループを、セルフタイマーで互いに肩の温もりに入れ替わりして、爆笑崩れをしながら数カット連写もした。

其のような中で、時子老婆ちゃんが……「皆を代表して言っちゃうけんどね。栄ちゃん。若しかしてだけれどさ、只今の写真が御影となっちまうと思うが、これっ切りで、栄ちゃんとも逢えなかったら、大変な事なんで言うけんどね。此のグループがおっちんだら（死んだら）顔触れの墓地は北寺様《きたでら》の一緒の丘にあるので、益子町にお出掛けの時は忘れずに、悪いけんどよっこより（道草）して、人数分の線香を持って話し合いにきてよね」

時子老婆ちゃんの義太夫節の調子と、丸《まろ》んで合掌した一芝居の仕種に……一同が肩に波打ち、どっと腹を抱えて大笑いとなった。

其んな感喜の中。益子町役場の正午を知らせるポー（サイレン）が鳴り響いた。

「さあ、昼のポーに鳴き出した、御中《おなか》の食《く》いしん坊の虫を静めに、毎日の栄養士さんに感謝をして、御馳走《ごっそ》が冷めねえ内《うぢ》に、参《め》いりやんしょう」

池田照子老婆ちゃんが、御河童の髪を手櫛しながら……「どっけいしょ、さあ」と四人を急《せ》き立て、着物の裾前を叩き直した。

して、車屋の文子老婆ちゃんが、平野の広やんに眴《めくば》せをしたように思えた。

「菊野さん。一寸待っとごれや、俺がちょっくら師長さんに話をして、息子さんの昼食分を見繕ってもらい。運んでくるから、久しぶりに親子水入らずで、此の部屋で一緒に病院食を食べるのも思い出になって良かっぺ。其の儘座って、ちょっくら待っていておくんなんしょ」

広やんが、宥《なだ》め立ち、心遣いをして下さった。

「そう言えば広やん。受け付けてくれた看護師さんが、僕の分を用意するとか仰っていたので、僕も御一緒させていただきますよ」

「まあまあ、栄ちゃんは我等にとってもな、本日は大切なお客様だっぺよ。此の部屋でお母さんと、一分一時《いっぷんいっとき》が大切だっぺや、篤と食べながら歓談しておくんなんしょ」

そう言い残し部屋を出る姿に……お互いが永い年月を逢わずにいても、逢って直ぐに我が子のように打ち解けて、気軽に持て成してくれる有り難さに、此《これ》が古里に育った温かさかと、胸がきゅっと熱くなった。

して、部屋のノックに母が返事をすると、

「今日《こんにち》は、先程ね。昼食の御膳をお仲間の方が運んで下さると、仰ったんですが、療養の方に、有り難いお言葉だけいただき、私達が持参致しました。

大関の御婆ちゃん。傘寿の御誕生日おめでとう御座います。

今日は息子様と最高の日ですね。ごゆっくり召し上がって下さいね」

目の前にそっと角膳を置き、母と僕に会釈の笑顔を向け、若い看護師さん二人が、白い歯を綻ばせながら「食後のお膳は私達が下げますので、ごゆっくりお寛ぎ下さい」と戸を静かに閉めて戻って行った。

「なあ、栄よ。年老いての誕生日とやらは、何とも片足を棺桶《かんおけ》に入れているようで、小《こ》っ恥ずかしいが、栄の顔を見た途端に嬉しくなり。思わず夢じゃないかと、頰っぺたを抓《つね》ったが、御《お》前《めえ》にえきゃいた（行き逢った）事はな、何事よりも母ちゃんは嬉しいよ。ただな、栄が折角富士市からきてくれたのに、今《いま》も親が家も無くて病院暮らしでは肩身も狭く、古里の土を踏んでも泊まる所にも困っぺ。今夜は栄よ。院長様と仲間にも了解を取るから、今夜は此の部屋の端《はし》っこの方にでもな、我慢をして泊まってもらいてえが……如何《どう》だっぺかな」

そう言い聞かせながら、目頭を潤ませ、僕が手持ちの碗の御飯の上に、好物の紫蘇の実のたまり漬けを、母が箸で摘んでそっとのせてくれ、僕の顔を見据えた。

「母《かあ》ちゃん。此の部屋に泊まれるなんてさ、願ってもない事だよ。兄貴《あにき》の家に泊まるつもりだったが、喜んで泊まらせてもらうよ」

「そんじゃ良《よ》かった。此所の院長先生は迚《とて》も理解のある方で、老いの寄り合い所のような、規則はあるが居心地の良い、外国の言葉ではオアシスと言ったっけか、極楽様なんだよ。栄が泊まるんで安心をしたが、病院での昼御飯は如何だや、旨《うま》がっぺかな」

「先に言いたかったが、迚も美味しいのと、年輩の方に気を遣った柔らかめの御飯に、干瓢の味噌汁や山菜の御浸し、其れと紫蘇の実のたまり漬けと今では珍しい蝗《いなご》の佃煮など、懐かしい珍味に感無量の食事に感謝ですよ。母ちゃん」

「そりゃ良かった。栄。母ちゃんには此の鯖の味噌煮や卯豆腐は、食膳に多過ぎるので、半分は食べたが、余らしては勿体無いしな、御前が食べちまってくろや。

其れとほれ、此の傘寿の誕生祝いに出してくれた紅白の饅頭を、御前も御健勝様で長寿するように、半分こずつ食べっぺや」

母が微笑みながら、紅白の其其《それぞれ》の饅頭を両手でふわっと割り。紅白を一つに合わせて、最初から態《わざ》と、大きくした方を僕に手渡し、茶を湯呑みに注ぎ足してくれた。

「母ちゃん。療養の生活も何かと大変な事もあろうと思うが、今《いま》さ、何か困っているような事はないのかね。

栄に手助け出来る事があれば、何でも協力をするからね」

「まあ、何も困った事はないがな……一《ひと》つだけ気になる事があるだけなんだ」

「気になる一《ひと》つってさ、どんな事かね。直ぐに解決の出来る事なら、善は急げだよ」

「そんじゃ栄。食べ終わった所で悪いが、ちょっくら日が差し込んでいる、三畳程先の窓際に立って、顔に日が当たるようにしてな、母ちゃんの方を見てくれっかな」

「えっ、窓際の所とは、何なのかね母ちゃん。こんな横向きの格好で、顔に日が当たっているが、此れで良《い》いかな如何なの」

「ああ、其れで良《よ》いがもっと顔だけ母ちゃんの方に向けてくれや。やっぱり何と無くだが、少し暗いかなー」

「何が何なの、暗いって母ちゃん。自慢の目が如何したって言うの、白内障じゃないのかね。栄の顔が、今さ、どんなふうに見えているの、もう一度でも何度でも、よく見直して御覧よ」

「栄の顔だから、一日中見ていても好《い》いが、真っ昼間でもな、以前と違ってだが、少し暗くなって見えるようなんだよ」

「ええ、母ちゃん。何か大分目が悪そうだが、一度専門の眼科医に篤と診てもらおうよ。

松谷の院長先生は日頃の薬の中に、目薬なども症状に合わせ、出してくれているのかね。早目に先生に再検査のお願いをしようよ」

「まあ、栄の言うように、目薬も出てはいるが、何が如何《どう》効くか分からず。粉薬に錠剤やカプセルを手の平一杯《いっぺえ》になる程。お腹が満ち足りるぐれえは、飲んではいるんだがな」

「そうか」……とは言ったものの、薬を手の平一杯と、聞かされた途端に鳥肌が立ち、母の五体は可成り悪化しているのではと、推察に背筋がぞっとなり。戸惑いながら柱に掛けてある楕円形の鏡に、母の横顔を見据えながら、往にしは和裁《わさい》を得意に針穴に糸を、難無くすっと通《とお》した母の眼が暗く見辛《みづら》いと聞き、母をほったらかした歳月は最早返らず。

何たる親不孝な三男なのかと、目先の瓦屋根で陽光を目にキャッチし、雀のファミリー等の、燥ぐ姿が目線に羨《うらや》んで見ゆ。母の眼を覗き込んで、目の玉が如何なっているのか、篤と、確認をしたかったが、何か戦《おのの》く恐ろしさに見る事すら出来ず。兄と篤と相談し一時《いっとき》でも早く、眼科専門医に診察をしていただくのが先決と思った。

「ねえ、母ちゃん。目の方は少し暗いでは、心配はないと思うから、昼食後は気晴らしにさ……僕も屋号が好きで覚えているが、眼鏡や時計など貴金属を商う正確屋さんに、病院から目と鼻だし、散歩がてら行ってみようかね。今日の誕生日の祝いの記念にさ、僕も気にしていたんだがね。ほら、結婚した時に、父ちゃんが鍛冶屋で作ってもらったという、大切な真鍮《しんちゅう》の結婚指輪を紛失した代わりに、似た金の指輪をプレゼントさせてもらいたいが、如何かね母ちゃん」

「老いぼれには、指輪もいらなかっぺが、昔っからの馴染みの店だから、お茶でもよばれながら、御前《おめえ》の顔を見せに足を運んでみるのも良かっぺ」

そう言いながら、にこっと立ち上がったので、僕が食膳を食堂に運び戻し「迚も美味しく残らず戴きました。御馳走様です」

返却室に一声掛けて、皆様の集いに会釈をし、母と肩を並べ藪椿の目白鳴きを耳に、病院の門を出た。

消毒液の匂いから空気は一変。雲の散らばる青空からの日差しが、東風《こち》の温い風に混じって、菜の花らしき香りが心地良かった。

門を左に曲がり三百メートル程先、寂れた商店街だが、今も往にしから残る、正確屋の時計店。懐かしいショーウインドーには、数個の置時計大小の真ん中に、色は褪せているが、福助が眼鏡を掛けさせられ、剽軽《ひょうきん》に座っている姿に昔が懐かしかった。

「今日《こんち》は」……と母が先に、時計の広告の張った、ガラスのドアから一声掛けて入った。

「いらっしゃいませ」……長閑な声に、柔和な見覚えのある顔が頭を下げた。松谷醫院の行き帰りに店の前を通り、店主を見掛けたが、彼の総総《ふさふさ》だった頭髪が今は見る影もなく店内の蛍光灯に艶となって輝いていた。

「あれ、まあーお久し振りで、お菊さん。お達者様で何よりです。本日はおばんちゃん。若い男性とアベック様での御越しとは嬉しいこんですね。何所かでお見掛けしたような、気もしましたんですが」

「ほれ、静岡県の富士市でカメラ店をしている、三男坊の倅だっぺな」

「いやー、以前に話に聞いた事のある、何でも、カメラが人一倍好きな方《かた》だとの、其の息子さんですか、いらっしゃいませ」

「母が何時もお世話になっております。よろしくお願いします」

「今日《きょう》は生憎《あいにく》と、家内と息子夫婦で、茂木《もてぎ》の町に急用が出来て留守をしていますが、早速お茶を入れてきやんすから、打《ぶ》っ散《ち》らかった店ですが、物を手に取って、ゆっくり見てておくんなんしょね」

「なあ、栄。眼鏡をちょっくら掛けてみると、少し明るく見えるような気がするよ」

「それじゃ母ちゃん。今ね、使っている老眼鏡は濁っていると思うので、度数をよく合わせて、此の際一つ新調しようよ」

「ささ、お菊さんも大関の息子さんも、待たせた割には、番茶に大《たい》して口に合う摘《つま》み物もねえんだが、一服してからゆっくり品定めして、遊んで行っておくんなんしょね」

包装台と兼用の木製の机をテーブル代わりに、洒落た鎌倉彫の大盆を置き、益子焼の湯呑みで茶を飲み合いながら、店主の温い方言と、古里ならではのしもつかれ——(酢憤《すむつかり》)の味に、話題が解け合った。

して、母が彼是と気になる眼鏡を掛け直しながらに、「此れが一番よく見えるな」と店内をきょろきょろ見渡した。

「大関のおばんちゃんよ。其の眼鏡でよく見えるんじゃ眼鏡違いだっぺな、其れはな、老眼鏡じゃなく近眼の眼鏡だっぺな」

「親爺《おやじ》さんよ。何で此の眼鏡が近眼なのかね。此の店が正確屋じゃなく、でたらめ屋になっちまうべよ」

「なあ、お菊さん。老眼を近眼に掛け違えて見えるようじゃ、おばんちゃんを返上して、未だ未だ若いって証拠だっぺな、間違いなかんべよ。なんや息子さんよ。ハハハハ……」と店主の体を丸めた、陽気な笑いの誉め言葉に、どっと三人で店内は大笑いとなった。

「そんじゃ栄。一時《いっとき》の凌《しの》ぎにな、皺で強張《こわば》った顔も丸い縁付きの方が、優しく見えて好《よ》かっぺと思うが如何かね」

「いやー母ちゃん。金色《きんいろ》の縁も細いし、上品によく似合って、迚も選び方上手だよ」

母自身の好みの選び方で、満面の笑みに再度、鏡を見つめ確認し買う事にした。

其れと同時に、結婚した時に父に鍛冶屋で作ってもらい、大切に塡《は》めていた真鍮《しんちゅう》のマリッジリング（政吉の名入り）の紛失に気落ちしていたので、傘寿の誕生日の御祝いを兼ねて、指輪のプレゼントも考慮に勧めた。

母に似合うと最初は気分的にプラチナの方を勧めたが、篤と見比べながら、ゴールドの方が真鍮の色に、そっくりだなと、嬉しそうに、サイズぴったりの、金の指輪を左薬指に塡め入れたので、其の儘抜かないでプレゼントにした。

「ねえ、母ちゃん。僕も今日の良き記念にね。外《そと》のウインドーに飾ってある、置時計を買いたいと思ってね」

「何時《いつ》の間《ま》に見たんだね」

「店に入る時に一寸見て気に入《い》ったんだよ。

御主人さん。外のウインドーに置いてある、大理石とかの白い振子の付いた、達磨形の置時計を求めたいんですが」

「彼の時計は止《や》めた方が良かっぺよ」

「如何して、デザインが気に入ったんですがねー」

「時計は舶来物で、目覚ましにオルゴールのような音色付きの高級品ですが、今は全く乾電池やクオーツ流行《はやり》の時計に負けて、手巻を買っても、修理なども私《わし》の代で終わりですので、態態《わざわざ》手巻を好んで、誰も買ってくれない代物の、置時計になりました」

「そういう事なんですか、そう聞くと、尚更買いたくなるのが、僕の性分でしてね。彼の時計を求めさせていただきます」

「ええ、本当に宜しいんですか、有り難くって涙が出ちゃいますよ」

「一《ひと》つお願いがあるんです」

「何でしょう」

「彼の時計は大理石で少し重いかと思うので、持って帰るより、僕の此の名刺のカメラ店の住所に、御主人の都合の良い時にでも、宅配便の着払いで送って下さると有り難いのですが、宜しくお願いします」

「何のお安い御用です。荷物は元払いでお送り致しますが、日数を少しいただいて、元箱は綺麗で保証書も付いているんですが、時計をよく点検をして、一部始終磨いてから御発送致します」

「では、そうと決定をした所で、御主人お会計をお願いします」

「いやー値切りもしないで、気風の良さは、父親の政吉さんに似たんですかね。昔の政吉さんが一緒にござらっしゃるようにも見えてますよ。なあ、大関のおばんちゃんよ」

　正確屋さんが上機嫌で冷やかした。

「さあさあ、栄よ。正確屋さんのごじゃっぺ（でたらめ）な口車に乗せられると、値《ね》が上がっちまって大変だぞ、此の辺でお暇《いとま》すっぺや」……とグレー霜降りのワンピースの紐を結び直し、和洋ちぐはぐに駒下駄を足踏みに鳴らした。

　そんな、母の言い回しと、動作の滑稽さに大笑いをしながらお支払いをお願いした。

「あれ、御主人はお会計に、五珠の算盤《そろばん》を使っているとは珍しいですね」

「昔っから此の方が遣り易く、太《ぶっ》い指にはどうも計算機は苦手でしてね。さてと、高価な品を御買い上げ有り難う様です。

ええーと、其れでは、お菊様の誕生日を御祝いして、値引きの方は、店の定価格より三・五割引きとさせていただきました。

さて、問題なのは置時計ですが、富士市からござらっしゃって、売れなかった時計の御買い上げ、此の際、私《わし》も……清水の舞台から飛び降りたつもりで、半額以下の御奉仕計算をさせていただきました」

「ええ、其れじゃ申し訳ないですよ。仕入れは可也高値《かなり》に思いますがね。御主人さん」

「何の、本日は今日日《きょうび》には無い、お菊様と息子の栄様に、大安吉日となった商《あきな》いに、やっとこさ、時計の嫁入りが出来て感謝です」

「では、御主人。お言葉に甘えて、算盤で弾いた分《ぶん》お支払い致します」

「早速ながら、手の切れちまうような御札を確かに、あら、一寸多いです。お釣を……」

「其れは気持ちです。送料の足《た》しにでもして下さい。お蔭様で好《よ》い買い物の思い出が出来ました。手放す時計は大事に使用しますね」

「お礼の言葉、誠に有り難う御座います」

会計も済み。終始にこやかな店主の人情味を背に……最初の茶飲み話から、奥様手作りの酢憤《すむつかり》の味を嗜めた見返りに、「富士市に置時計を送る時は、一緒に酢憤を沢山入れて送ります。益子にきた時には、よっこより（道草）をして、茶飲みに店に寄って下さい」など、気さくな温《ぬく》い商売の肥《こ》やしを、心にいただき、ウインドーの置時計を見せ「母ちゃん。彼《あれ》だよ」と指差しながら、正確屋を後にした。

肩を並べ歩く、母の清清しい笑顔に、好《よ》い買い物が出来たと、胸を撫で下ろし病院に戻った。

二時三十分頃より昼寝の時間との事で、調度間が取れて都合が良かった。

タクシー依頼して父の墓参と決め。途中で酒店に立ち寄り。清酒二本（箱入り）を兄の土産に買って、清酒一升瓶のコルク付の、空瓶を一本サービスに貰い受けた。

して、益子町のシンボル高館山《たかだてさん》の山裾深田《ふかだ》の谷に入った。

往にしの葛折《つづらおり》の山道へも、今では益子焼の個人陶芸家の窯元も増えて、近くまで便利に車で行けるようにもなった。

地名、深田の山裾、我が家から近かったので、子供の頃、父の体調の良い時には、蕨や山菜採りと、沢蟹捕りに谷川に入った。

咲いていれば谷沿いを黄金に彩る山吹、時季早く鶸色に芽生え始めた光景だった。

父が特に好んだ山吹の枝を、鋏やペンチを器用に使い、運転士さんが一緒に、一抱えも切り取って下さる中。懐かしさに下りた谷川の水源は、今も変わる事なく「ぴちょんぴちょん」と、岩清水となって濾《こ》し流れ、大小の岩に松葉の散り重なる間を、陽光煌めく冷水を手柄杓《てひしゃく》で数回、口濯《くちすす》ぎ飲み干した。

何と、其の咽を潤す清水の美味《うま》さに、益子古里の土壌の匂いが、篤と五臓六腑に染み渡り。仰ぐ藍にも近い、天空に深呼吸した。

其のような山間を時と吹き抜く、松風の騒《ざわ》つきが頬を撫で、我が名を父が呼ぶようにも聞こえて、暫し立つ身に耳を欹《そばだ》てて偲んだ。

して、一升瓶に谷川の水を口切り入れてのユーターン。高館山をバックミラーで見ながら、乗る寸前に気が付いたが、タクシー会社は「ながお」運転士は長尾一郎さん。

我等と地元の短歌誌（たかだて）を、角海武先生を中心に共に学び、投稿に競い発表をしながら、三十代の若さで亡くなった、長尾怜子さんの自家《じか》は確か運送業だった筈。

運転士さんの顔写真が、何と無く怜子さんに似ている。若しかすると、弟さんに違いないと思うが……語らずして、当時の山河やらの投稿に、懐かしく耽《ふ》ける事にした。

タクシーを北《きた》向きに地名は道祖《さや》土《ど》の地域。

往にし懐かし、腰弁当で通学に学んだは、益子中学校。其の隣接地の丘にある、北寺《きたでら》の墓地下に、タクシーに待機していただいた。

荷物抱えて、墓所の彼方此方に土筆の群れを見ながら、大関家の寂れた墓地に立った。

先ず、山吹の枝を菜種梅雨が降れば、一本でも多く根付くように期待を込めて、抱えてきた全部を、墓地の周囲が垣根になるように挿し木して、近くの墓地内にある水道から桶に水を取り。柄杓で充分に水を与えた。

そして、墓石《はかいし》の前に線香代わりに谷川で集めた小石を、父との思い出にケルン状に供えて、一升瓶に入れてきた谷川の水を、墓石の父の名に掛け流しながら、長い年月の御無沙汰を篤と詫び、母の見舞いにきた事を合掌に報告をした。

そして、今は母が眼病で悩んでいるので、これ以上悪化しないように守ってほしいと、再度手を合わせ祈った。

ぴいかんの日差しに温みを感じる。父の名を墓石に撫でながら、往にしの思いは募るばかり。心中《しんちゅう》に蘇る父が御影に残した、たった一枚の無精髭の白黒写真だが、何所で写したのか五分刈りに、外套姿の上半身のスナップ的な名刺判程の一枚に、今の世に存命でいたら、我がスタジオで母と一緒に、せめて背広ぐらいを着込んだ姿で撮影をしてあげたかったと、無念さがどっと込み上げてきた。

父の亡くなった年齢（四十七歳）を超えて数年となり。

我が身を墓石に映しながらに、父が生前、常に食事時などに、我等五人兄弟を前に訓示した言葉が、今も懐かしく蘇ってくる。

其の訓示とは……〈貧乏な家に生まれ、他の人とは違い。生《う》んでもらわない方が良かったと親を恨むだろうが、親とて、申し訳が無いと思わぬ日日は一度もない。

日日心に大切と思うのは、此の世に生まれた命に、御天道様の日差しを裕福も貧乏人も分け隔て無く、浴びられる幸せなんだよ。

生きて行くには、決して人様を羨むな、人を頼るな頼られるなよ。人に親切にしなよ。

学ぶは、学校だけが勉強じゃない。教養は自分で身に付け、新聞やラジオの人の良き意見は、我が身の生き辞書とし、捨てられた書物があったら拾ってでも読むが良い。

『浜田庄司』先生は、益子の粘土は二流品と語られたとか、茶飲み話に聞いた事があるが、其の粘土で、先生の手から生まれた益子焼の作品は、芸術特級品として世に歓迎されて出て行く。

御前達も、今は二流三流かもしれないが、何《いず》れ世の中に出たら、自分の五体を徐徐に磨き、良き友を数多く作り。決して怠け者にならず。酒や女や博打に溺れるなよ。

世の中には、自分に合う合わないの仕事はあるが、何《ど》の仕事に従事しても、上下甲乙《じょうげこうおつ》の隔てなどはない。

真心で裏表なく一身に働けば、人の信頼厚く必ずや梲が上げられる。

世の中は魔の手も多く。旨い話に誘われて、悪事には絶対に手を出すな、人を危《あや》めるな、手を汚せば一生御天道様を拝めなくなる。

何時も、またかと聞かしているが、父のような病気をせず。命は篤と自分流で守れ、悪い物を食べて中毒で苦しんでも、親とて腹の中まで手を入れて治してはやれない。

健康と一口で言うは容易いが、一生維持をして行く事はな、本当に大変な努力なんだ。

先ずは暴飲暴食深酒を慎み。睡眠をよく取り。早起きは三文の徳なりで、朝日に向かって、拍手を打てる幸せを感じながら、其の日の事を始めてみると、どんな御守りの御利益より、日日の健康に勝るものは無いと身に染みる。父ちゃんはそう思い生活をしている。

御飯《おまんま》と一緒に、父の言葉を善《よ》く噛み締めて、少しでも体の栄養素になるようにしてくれや〉

其のように、何かに託《かこつ》けては、自分の死を感じて言うのか、子供には日夜小言幸兵衛であった。反面手を上げるので、母が抑えた。

父に生前聞かされた意見は山程あるが、諺の〈親の意見と茄子の花は千に一つも仇はない〉の文句《もんく》も今以て、我が身に実行は乏しく、生かされない親不孝が恥ずかしい。

墓石の「政吉」の文字を再度摩り。込み上げる往にしの思い出に、中中立ち去れずに、一升瓶に残る一滴の水を掛け直し撫で「父《とう》ちゃん。また来るからね」と見返り後にした。

暫く待たせて仕舞った運転士さんに、一言お詫びとお礼を申し述べ、車に乗り込んだ。

次に行く、墓地から四キロ程先、長兄の家に向かう道路沿いの畑左右に、菜の花が三分咲きとなり。香の立つ蛇行して行く車窓左側、人間国宝の陶芸家『浜田庄司』先生住まいの、長屋門の前に通り掛かった。

ふと、往にしの愉快な思い出が浮かんだ。

小学六年生の夏休みの時だった。

部落の仲良し先輩後輩と、釣り針や貝独楽《べいごま》など、町に買いに行った帰り。コッペパンの種種な味を分け合い。頬張りながらやたらと、大騒ぎに午後一時過ぎ、浜田邸の長屋門の前を通り掛かると……「おおい、皆さん。一寸お待ち下さい」と手招きで呼ばれた。

「あっ、庄司先生が呼んでいる。何かな、此の中の誰か、悪い事をしていないかな」

そう言った中学生の先輩に続いて、門から恐る恐る入って行くと、麦藁帽子に紺飛白の作務衣姿の庄司先生が、にこっと、一、二歩我等に近付いた。

「何か用だっぺか……ね」と緊張しながら先輩が尋ねた。

「皆さんにお願いがあって、お呼びしたんですがね。明日は大切なお客様を迎えるので、母屋の前庭の草毟りをしているんですが、人手不足で困っているんですが、済みませんが草毟りを手伝って下さらんかね」

「何だ、そんなこってすか、はい。先生分《わ》かりました。此の七人の仲良し仲間で草毟りを、一所懸命頑張っちゃいます」

「其れは迚も有り難い。午後の蟬時雨に一層蒸し暑く、蟆子《ぶゆ》や藪蚊も飛んで大変と思いますが、野球帽で大丈夫かな、時時麦茶で咽を潤しながら宜しくお願いしますね」

先輩の、突拍子も無い、張り切り口調に皆が笑みて賛同した。

直ぐに、小母ちゃん達数人と、今日《こんにち》はの挨拶に交じり。軍手を左手に塡め、汗だくで鋸鎌などで横一列となって、我等には……先輩の一所懸命の一言が頑張りに繋がり。我武者羅に競うように根刮ぎ毟り取って行った。

其の甲斐もあってか、小母ちゃん達にも誉められ、僅か三時間足らずで、大きな茅葺きの母屋の広い庭が、殺虫剤の散布も手伝い。箒目も綺麗に仕上げ、満足に皆で見渡した。

早速、小母ちゃんの報告に、先生が見にこられて、「いやー暑い中を綺麗な庭にして下さり。御苦労様に皆さんに感謝します。有り難う」と頭を下げられた。

して、井戸端で手洗いを済ませ、母屋近くの木陰に花茣蓙を四枚敷いて輪になって座り。小昼飯を集《つど》って食べる事になった。

小母ちゃん達の手伝いで、井戸水で冷やし置きの、大きな二個の西瓜やトマトなどが、切って運ばれ、その色取りとに唾を飲み込んだ。

母屋から奥様も手作りの竹皮に包んだ、木の芽和えの御握りを、お盆で運ばれる中で、何と、庄司先生も、自ら「夏負けしないようにね。此れを飲みながら清清と戴きましょう」

梅酢に蜂蜜入りのソーダ水を、お弟子さんと一緒に運んで下さった。

テーブルの代わりとなった簀子の上に、沢山並んだ色取りの食べ物に、一人の小母ちゃんが……「此の御馳走では、私しゃ痩せっちょだから、小昼飯どころか夕飯になっちゃいますね」

すると、もう一人が……「何で何で、昔っから痩せの大食いとも言うわよ。あんた」と二人の遣り取りに、大笑いの明るい座席になった。

「さあ、今日のお骨折りに、遠慮なさらずに食べ合って下さいね」

庄司先生の一言に、手を合わせ戴きますをして、部落の顔見知りの良さに、和気藹藹に食べ始めた。

先生と奥様が「外の微風《そよかぜ》に食べるのは迚も美味しいですね」と御握りと西瓜を食べて、梅酢を飲み干して立ち上がった。

「皆さん。今《いま》は日長ですので、蟬時雨や山鳩などのコーラスを御数に交えて、ごゆるりと小昼飯に、歓談なさって下さい」

そう和やかに、車座の顔ぶれに会釈され、お弟子二人と、先生御夫妻が母屋に戻った。

暫し、初物の御馳走を燥ぎ飲食をして、腹の膨れた頃合いを見ての、小母ちゃん達の親心もあってか……「今日は、兄《あん》ちゃん達七人の頑張ってくれたお蔭で、草毟りが助かりました。遅くなると親御《おやご》さんが心配をするから、後の片付けは、小母ちゃん達五人に任せて、早目にお帰り」と親切に言って下さった。

即座に答えて、小母ちゃん達五人に「有り難う」の会釈をして、今度は、母屋に向かい我等七人横並びに、先輩の合図にて、「どうも御馳走様でした」大きな声で御礼を述べて、長屋門に引き返し歩き出した。

其の背《せな》で「皆さん一寸お待ち下さい」と庄司先生が「気持ちのお礼です。勉強の手助けに使って下さいな」と鉛筆二本と分厚いノートを一冊ずつ銘銘に下さった。

其の当時は、未だ庄司先生は人間国宝ではなかったと思うが、常に話題の偉いお人からの戴き物に、迚も心が弾んだのと、丸い眼鏡の優しい笑顔が、今になっても、タイムスリップするように迚も懐かしく蘇る。

其の浜田邸の長屋門の前の道も、今では舗装道となり。一瞬に通り抜けて、突き当たりの三差路、益子駅からと続く笠間街道に合流。其所を左折して、此《こ》の辺りから三キロ程の左が『浜田庄司』邸の裏山方面から続く丘陵地帯。益子町が誇る……益子焼有数の窯元が点在する。益子町道祖土《さやど》の登り窯（十段以上）を、陶器製作所が所所《ところどころ》に保つ名立《なだ》たる部落。其のような、笠間街道沿いに、生まれ故郷として、十六歳まで育った思い出が山程ある。

笠間街道は、通学路に遊び場にもなった。

物不足の時代。一台の棒《ぼう》タイヤ（ゴムだけで固めたタイヤ）の自転車を交代で三角乗りから覚えた道、思い出は尽きないが、大人から子供まで、悪い人一人居なかった。道祖土《さやど》の部落……陶器製作所で働いた父の面影から、野山に田畑や池に小川など、道端の大小の石や雑木にまで見覚え懐かしく、通り抜ける彼方此方の、家の表札に戸戸のファミリー様の顔までもが、車窓に流れ回る景色に、逢いたさが込み上げてくる。

其のような思い出に懐く右側を見た。生まれ育った藁屋の我が家が、……無かった。思い出が一瞬に消え失せたかのように、夢かと唖然となる更地《さらち》に悲しみが胸を突き上げた。

小さな藁屋に座敷二間（十畳）に縁側と台所に、父の造り付けの掘建て小屋の風呂場。親と兄弟の思い出は、数《かず》尽《つ》きぬ程あった。

今は母と一緒に、松谷醫院で療養している、大塚文子（車屋）さんの借家だったので、解体を知れば、写真に残して置きたかったのと、せめて少しでも思い出の物、目に浮かぶ手作り下駄スケートや、古本の江戸川乱歩や野村胡堂のシリーズ物に、母が拾ってきた数冊の、リーダーズダイジェストなど、持ち出したかったが、今は何方《どちら》の所に、何所《どこ》に行って仕舞っているのかを、母に聞くも酷かと思うし、大塚文子御婆ちゃんに、何気無く聞いてみるかと、思う心の中に、子供の頃躍起《やっき》になって遊んだ貝独楽《べいごま》の思い出が浮かび上がった。

小学校六年生の冬休みの時だった。

日日、納屋などの庭先に、日向ぼっこに集い。貝独楽遊びをする中で、先輩が何処で手に入れてきたか、聞いても教えず。

其の貝独楽だが、上部の絵柄が旭日旗《きょくじつき》で、普通の貝独楽より一回り大きく、縁は五角形で、其の縁を紙鑢《かみやすり》などで光らせ、軸も尖らせ旋回させると迚も綺麗だった。

其の当時の貝独楽絵柄には、アルファベットが多く型流し込みされていたが、プロ野球で人気の川上や大下などの、名選手の名入りの柄が出回り始めていた。

だが、形には角形や丸形もあったが、際立って大きな物は玩具店には無かった。

して、貝独楽には、売られている紐はあまり使わず。布切れや麻などを、自分流に細い縄状に編み上げ、長さ三十センチ程の紐を巻き込んで、バケツや瓶《かめ》などに、ゴム布などを被せ、浅い擂鉢形にした中に、四、五人で入れ回し、弾き飛ばしの勝負遊びだが、紐によっての回転率の違いで勝ち負けもある。

しかし先輩が使用する、でかい、旭日旗の絵柄の貝独楽には、誰もが勝てず、全て弾き取られての泣き寝入りだった。

貝独楽遊びには、大小を使用する。規則があるわけじゃなし、其の貝独楽を使用する先輩は常に心優しく、勉強なども教えてくれる、頼れる人だけに不服を言わず。誰もが内心に意地を張り。でっかい貝独楽に勝てるように、普通の貝独楽を鑢《やすり》で角ばらせたり。変形をさせての工夫に挑戦もするが、其れでも弾《はじ》き飛ばせず。何とか先輩の鼻を明かしてやろうと、たかが一個の貝独楽だが……B29に戦いを挑む、零戦までの違いは無いにしても、かならず勝つ方法は有る筈と、実地に試験を重ね、考えに考えたのが……此の事だった。

友達の中に一人左利きがいた。だが、彼奴《きゃつ》が場に回す時には、内側に手回しで入れるので、右回りの筈に違いない。

右手で強烈な左回りを、篤と練習してみよう。実地の結果は、右回りに左回りが、勢い良くぶつかると意外や飛び出る率が多かった。

良し是で挑戦してみようと、練習に練習を重ねた。

して後日、先輩を交え。乾燥芋を和気藹藹頰張りながら、八人で場を交代しながら遊びが始まった。

最初は胸中をさらけ出さずに、負け込んだ所で、自分の物で、一番強い工作をした貝独楽に、望みを掛けて左回しで託す事にした。

「さあ、大分負けちまって、己《おら》は此れが、今日の最後の貝独楽なんだ。今な、一寸鼻の油を付けたぞ、それ勝てっ」と場に強烈な左回《ひだりまわ》しで入れ込んだ。

其の中には、其其の勝ちを意識した、変形もさせた五個の貝独楽が、円の縁の方から、互いに逃げては突かれ飛び出て仕舞い。己等の勢い付けた変形四角っぽい貝独楽と、先輩のでか軍旗柄の貝独楽が残り。場の中央付近で鉢合わせ、火花が散った瞬間に、先輩のでか貝独楽が場から飛び出た。

「わあ、栄ちゃん。勝った勝った。やったねー栄ちゃん」

友達全員が手を叩いて大いに喜んだ。

場の側で、先輩がしょぼくれて、地べたに座り込み項垂れて仕舞った。して、取り勝ったでか貝独楽を使い、勝ちに勝って、しこたま種種な貝独楽を、野球帽に入れて帰る途中の事だった。

先輩と肩を並べながら……「ねえ、先輩、此のでか貝独楽は、先輩にお返しをして置くよ」

「如何して、折角、勝ち取ったんだろ」

「でもさ、何所にも売ってない貝独楽だし、先輩が何時も帰る時にさ、宝物のように迚も大切そうに、仕舞い込んで帰って行くからね」

「実はな、そう聞かれちゃうと答えるが、我が家の蔵の中に置いてある、祖父《じい》様の机の中に、入っていた貝独楽だったんだよ」

「それじゃ、形見じゃないの、尚更返して置くよ。俺が持っていても無意味だよ」

「いや、栄ちゃん。今日の勝負に自分の宝物にすると好《い》いよ。祖父ちゃんは多分、其の貝独楽を文鎮代わりに使っていたと思うよ。俺には硯箱を残しているから気にしないでくれ。今日の栄ちゃんの戦略には兜を脱ぐよ。其れよりか栄ちゃん。不器な俺の下駄スケートの刃を磨き調整してくれたり。今度はさ、新しい滑りの技《わざ》を篤と又さ教えてくれや」

先輩のさっぱりな心情に、温い親近感に肩を並べ暫し撥釣瓶井戸で眺め見た、真っ赤な夕日の落つ詩趣は特に忘れ難い。……だが、気になる彼の時のデカイ貝独楽は、今は何処《いずこ》か、そんなタイムスリップに、我が家のあった場所を過ぎ、下駄スケートで滑った須田ヶ池を車窓にちらり見て、笠間街道から、兄の住む山間の部落、大津沢の細い道を左に入った。

道は葛折に一キロ程で兄の家の、一寸手前でタクシーを止め、少しのリベートを支払い。落日後の迎えを頼み戻ってもらった。

して、庭先の方から抜き足差し足で、兄の細工所の小窓の障子をそっと透かし、中の様子を黙《だん》りに窺《ま》った。

兄が裸電球一灯《いっとう》の下で、今や、電動轆轤《ろくろ》に大きな花瓶が緩やかに回転し。表面に浮き出た螺《ら》線《せん》を、鞣《なめ》し革のような物で、艶やかに滑《なめ》され、底面《ていめん》を糸で切り。轆轤が止まった所で、此方の気配に目線が合った。

「よう、栄。早速きてくれたのかい」

「兄さん。暫くです。相変わらず轆轤の見事な特技を、こっそり拝見させていただきましたよ」

「何の人様よりか、良い作品を手掛け販売をと頑張っているが、努力実らず未だ梲《うだつ》上がらずだよ。益子焼の知名度で何とか生活はしているがな、ささ、中に入って話そうや」

兄の笑む手招きに応じて、作陶が棚に大小陳列してある、朝晩の冷え込みで凍《こお》り付くを防《ふせ》ぐために少し煙《けぶ》す小部屋に明かりを点け入った。薪が囲炉裏に燃ゆ、自在鉤の鉄瓶に湯が蒸気していた。兄が即にお茶を入れながら座り。

「まあ、栄。何も茶請けはないが、莚に敷いた座布団に胡床でもかいて飲んでくれや」

「ねえ、玉枝姉さんは留守なのかね」

「今日は婦人会の寄り合いでな、生憎《あいにく》と午後に出掛けたが夕方早目に戻れると言っていた。雑談をしている内に帰ってくるべが、玉枝の奴、栄の顔を見たら喜ぶよ」

「久し振りに、兄さんに御目《おめ》にかかり。僕からは何も土産らしい物もなく、益子町で買った此の酒ぐらいしか持参しなかったが、早く逢って近況の話などしたく出掛けてきましたが、……姉さんには此れを渡して下さい」

「花柄も綺麗な包装紙の包み箱だが、何を買ってきてくれたのかね」

「僕からじゃなく家内（スミ子）が、玉枝姉さんに買い置きの香水とコンパクトを、差し上げたいと預ってきたので、姉さんが戻ったら手渡して下さい」

「なに、香水だって、そんな縁遠い品物を、俺はプレゼントもした事もねえから、玉枝の奴、飛び上がらんばかりに喜ぶぞ。何時もながらのスミ子さんの御好意、有り難く頂戴するよ。ところで栄。益子駅から俺の所まで、何処にもよっこより（寄り道）をしねえで、真っ直ぐにきたのかね」

「いや、昼前に益子駅に着いて、松谷醫院内《ない》で、母ちゃんと一緒に昼御飯を食べ、午後は昼寝の時間との事で調度良く。父《とう》ちゃんの墓参りをして、タクシー利用で此所にきたんだよ」

「そうか、そりゃ良かった。御前《おめえ》の顔を見て、お袋さん、喜んでくれたっぺよ」

「ああ、迚も喜んでくれたが、何か表情にね。今一《いまいち》さ、すっきりしない翳《かげ》りがあり。目に見える物が少し暗いなどと、心配をしている様子だったが、目の方はどんな具合なのかね。兄さん」

其の問《と》いに、普段は陽気で口数の多い兄が、一寸躊躇するかに、お茶を入れ直しながら、表情を曇《くも》らせ口重く言葉にした。

「なあ、栄。我が大関家の系図は特に目の方は良い方なのでね。俺は最初、お袋さんの目は白内障かと思いながら、此の間《あいだ》な、早急に手術が出来ればと、茂木町《もてぎまち》の有名な眼科医に連れて行ったんだよ。

其の時の精密検査の診断の結果は……何と、思いもしなかった。

お袋さんの眼球は、此方の目から見える風景が、真っ暗くなる程のびっくり仰天だった。

今のお袋さんの目はな、残念な事だが、長年自己の身体の使い過ぎと、無理を我慢に押し通しながら、多種多様の抗生物質などの薬品に、どっぷり浸《つ》かっての副作用もあり。重度な視神経炎となって、最早《もはや》、手術も不可能な手遅れとの事だった。

だがな、今は希望を持つ事が大切と、気丈なお袋さんには知られぬように、段段良くなるからと、松谷の院長先生も日日心掛け下さって、命のある限り、盲目にならないように、万全を期して、眼薬や他の処方で出来る事を、してくれている現状なんだよ」

「そうだったんですか、母ちゃんの目が、そんなに悪化しているとも知らず。兄さんや姉さんの苦労や負担には、恥ずかしさに、申し訳なく頭が下がります」

「頭は下げないでくれ。栄になな話の序《つい》でに聞いてもらうが、そんな眼病のお袋さんがな、ぼろぼろになった我が身より息子を庇《かば》い、俺の町会議員の当選にと、小さく縮んだ痩せた体（五尺足らず）に鞭打って、一票でも多くと、早朝から夜遅くまで、自転車も乗れないお袋さんが、とぼとぼと応援に清き一票をと、彼方此方と出歩いてくれた。

選挙後に、母の温情は並じゃなかったと、多くの人達から耳にした。

其の母親に今は息子として、何としてでも目を治してやりたい。だが、神仏無情に、今は如何にも手の施しようがないんだよ」

そう言いながら、兄は、以前に母が手縫いをしてくれたという紺絣の作務衣に、跳ね乾いた粘土の粒を摘み払いながら、座った膝にどっと涙を落とした。「腑甲斐無い兄を勘弁してくれや」と以前より、薄くなった頭髪で項垂れながら僕の手を握った。

「光兄《みつるにい》さん。頭を上げて下さい。勘弁をしてもらいたいのは、母ちゃんのことを全て兄さん夫婦に任せている、僕や古里を離れている兄弟の方だよ。何年も正月やお盆に、自分の恰好付けだけに、少しばかりの仕送りなどで済ませ。兄さんに負《お》んぶに抱《だ》っこで、母親の日日の生活は如何《どう》かとも顧みない。身勝手だった。親不孝者の弟こそ許して下さい」

兄の手を握り返し、どっと涙が溢れ出た。

「まあ、栄。そう自分を責めるなよ。母親一《ひと》つの胎内から生まれても、兄弟其其が社会に巣立って行けばな、他人様との良縁に家庭を持てば、身内になるが、環境に生活や仕事も異なるし。誰もが多種多様に儘ならぬを調整しながら、次第に子育てから教育にと、自分の考え通りに行かぬのが、葛折《つづらおり》な人生行路の世間だと思うよ。

今、長兄として言える事は、兄弟の各家庭が日日を幸せに……世の中の人に後ろ指を差されずに、普通に暮らしてくれていれば、良い親孝行ではないかと思っているよ。

話が湿ったが、なあ、栄。折角久しぶりに我が家にきてくれたんだ。お袋さんの事は後でよく相談をするとして、今夜は玉枝（妻）に腕を振るってもらい。何か御馳走を作ってもらうから、何年ぶりかに泊まって、父の思い出もあるし、ちびり酒でもしながら、ゆっくり話し合う事にするべや。なあ、栄」

何時会っても、兄の変わらぬ温い気持ちの優しさに……「其れは有り難くそうしたいんですがね、兄さん。母ちゃんが今夜は病院で、夕飯を食べてね、一緒に枕を並べようと言ってくれたんだよ」

「そうだったのか、お袋さんも久しぶりに御前《おめえ》に逢えて、嘸《さぞ》かし積もる話が山程あるんだっぺよ。

それじゃあ、お袋さんを優先にして、明日はな、昼御飯を差し入れながら、玉枝と一緒に顔を出すが、栄にな、一つ頼みたい事があるんだよ」

兄が言い掛けて、一寸躊躇した。

「兄さん遠慮なく言って下さい。僕に出来る事なら、何でも喜んで精一杯させてもらいますが……どんな用件ですか」

「実はな、此の事は、栄にしか出来ない。お袋さんの件だが、栄が近く富士宮市に新築するという家にな、父が早死して、お袋さんが大変な苦労をして子供が育ったが、未《いま》だに兄弟は俺を筆頭に、我が家を建てた者は誰もいない。

其のような中で、誰彼の援助も無く、一軒の家を新築するのは、お袋さんが夢にまで念願をしていた。

其れを実現させるのは、栄が一番先だ。

お袋さんに、木の香漂う新築の家の、富士山を目と鼻に見える部屋での、極楽な生活をな、一週間でも十日なりとも、させてやりたいと思っているんだが……如何だろうかね。栄よ。其の相談やら、お袋さんの今後の事を、諸諸考慮したいと思い、手紙を速達にしたんだよ」

「兄さん。他人行儀な事は言わないで下さいよ。其の事なら、栄の方からお願いをしようと思っていたんです。

父ちゃんの位牌を持参して、一週間どころか、母ちゃんには、永住をしてほしいと願っているんですよ。

年月は早いなー。女孫二人が成人出来たのも、母ちゃん同士の、産後の産湯の手伝いのお蔭もあり。数多い引っ越しの際も手伝ってもらい、良い思い出が沢山あります。

結婚当初から、僕がスミ子（妻）の両親と気が合ったようにね。母ちゃんとスミ子は、馬がよく合っているし、家族包みで喜んで迎え暮らせるよ。

新築は二階建てだが、一階に母ちゃんの部屋も設け、風呂場やトイレなども、特に年寄が快適に使えるよう。彼是と家族で設計に考慮し、青写真が出来ているので、母ちゃんの目の事を考えて、建築の方を早目に段取りをするよ」

「そうか、栄にそう言ってもらい、俺も肩の荷が大分軽くなり。玉枝も一緒に連れて行く日を楽しみにするだろうよ」

「母ちゃんにはね。兄さん。篤と富士山を焼き付けられる目玉で、富士宮市に、来てもらいたい。それが家族のお土産になるからね」

「そうと決まれば、なあ栄。此の兄も新築祝いに腕を揮《ふる》って、お袋と一緒にアイディアを出し合い、益子焼の大物をでんと焼き上げるのを楽しみにするよ」

「其れは此の上ない、有り難さです。自慢の兄さんの作陶の芸術品を、日日心待ちにしていますね。

あれ、兄さん。先程のタクシーがきちゃったようで、早くも夕暮れだが、此の地で久しぶりに見る撥釣瓶のシルエットの光景も、新たな思い出の土産となるが、何かな鴉の群れが不吉に鳴き悪いね」

「今日日《きょうび》はな、子供等の賑やかな声が少なくなったが、其の分鴉がいやに増えちまってな。昔は、鴉鳴きが悪いと、人が亡くなるなどと、不吉な迷信や人の噂から、病人を見守ったが、其の迷信も偶然に重なる事もあってな、此の間も一山《ひとやま》越した隣部落で物知りの老人が、惜しまれながら亡くなり。大きなじゃんぼ（葬式）をしたばかりなんだよ。

益子町は三万足らずの人口だが、今も気の毒にな、四方《よも》に寝た切りの老人男女が多く居る。町会議員になってから、特にお見舞いに力付けをする事も多く。鴉鳴きに一日《ひとひ》を心配になる方《かた》もいるが、老人の皆様は掛け替えのない、人生の知恵を授かる実用辞典とも思い。一日でも長く寿命を延ばしてもらうことを、俺のモットーにしている。議員活動の一つでもあるんだよ」

兄を尊敬しながら、話を聞き入る間《ま》をタクシーが待ち侘びたか、突如、クラクションの木霊に、鴉の群れが一斉に騒《ざわ》めき飛んで、夕焼けの茜空を一瞬黒く塗り潰した。して、兄の温い分厚い手に、些と名残な握手を交わして、「玉枝姉さんに宜しくね」と手振り兄の家を後にした。

待ちあぐねたタクシーに一言《ひとこと》詫びて乗車。

山間の部落を蛇行する車内に、往にしのような松葉焚《た》きの、夕餉の煙《けぶ》の香を心地良く嗅ぎ、大津沢の部落を後《あと》にし。笠間街道に出てゆっくりな走行のお願いをし、帰途に再度通り掛かりに見る、生まれ育った道祖土《さやど》の部落。薄暮の野山や田園なども、家屋化して新旧の変貌した光景を複雑な心理で見た。今も宵の明星の煌めきは、何も変わる事はないが、時を止める事は出来ない。其の過去に慕う人生の変化を顧みると、日日を自由奔放に方言で語り育った、知らぬ人なしの、部落の老若男女の顔と、皆皆様の声が、嫋嫋《じょうじょう》な余韻となって耳に今以《いまもっ》て、懐かしく四方《よも》から蘇って、彼方此方の家屋の灯《あかし》が目線に染みて来る。

其の部落の辻には、小中学校の通学に皆と燥ぎて撫で合った、未《いま》だ年を取らずに、友に出会ったように菜の花の供えに立つ、赤い頭巾と涎掛けに笑むお地蔵様に……「お久し振りです」と心の言葉で車窓より頭を下げた。

して、道祖土の部落を抜ける辺りから、緩やかな登り坂の頂点となる所に、益子焼の量販で有名な協販センターが右に有り。シンボルの巨大な狸の立像が、残照の空にスポットライトに映え。ぎょろ目を異様に輝かせながら、どかっと入口に浮かんで見えていた。

其所を通り過ぎると、今度は緩やかな五百メートル程の下り坂、町名は城内《じょうない》、此の坂道の左右は往にし疎らだった益子焼の販売店も、現在は隙間がない程に、賑やかにずらっと軒を並べ。店舗屋号はともかくに、ぼんぼり風の大小の灯《あかし》や、ネオンなどのライトアップに、明かりの装飾を競うを車窓に流し見る。益子焼を盛り上げる人気の町筋となっている。

将来は此の道筋、景《そこ》を損ねぬよう電線など埋設する構想と聞く。活気の坂道を過ぎ、町名は内町＝田町＝新町となり。駅に続く町道は暗く、往にしの賑わいは、脳裏と心に蘇るだけで、今は、表街道《おもて》は裏通りとなって仕舞い。小学校に通学する児童には、少し安心な道路にもなっているようだが、今は往にし便利だった古本屋や玩具小間物屋は、現在どのような商い《あきな》の場所に移動したか、気になる変貌した道路に、閉店して残る種種な看板に、今は懐かしく蘇る。

其れは扨措き《さておき》、運転士にお願いして、昔の思い出の地や跡地を見たく。先ず、父が世話になった医者の館《やかた》や漢方薬局や魚《さかな》の粗買《あらが》いをした魚屋、己《おのれ》が只読《ただよ》み只見をした本屋《ほんや》に映画館。散銭《ぜん》握って駆け込んだ駄菓子屋など、少時間廻《めぐ》り走ってもらい笠間街道に出た。すると田町の辻に横文字（長崎屋）の、カステラにケーキ店が目に付き停車していただいた。入店に些《ち》と品選びに躊躇しながら、ショートケーキ六個を求めて。運転士さんに二個と、カステラ二本入り一箱に「御仏前　大関栄」と、内熨斗を付け包装をしていただいた。

して、益子町の旧商店街（田町）の中心に鎮座する、通称鹿島様（鹿島神宮）の前でタクシーを、再三に止めて下車をした。

「運転士さん。今日《きょう》の午後から細細《こまごま》と大変な御面倒に、お手伝いとにお世話いただき、誠に大助かりに有り難く感謝申し上げます。……此れは車の代金です」

「お客さん。メーターより大分多いです」

「其れは感謝の気持ちですのでお納め下さい。ねえ……長尾一郎さん」

「はい」

「不仕付けで大変失礼と思いますが、此の二個のショートケーキを貴方にと、此のカステラなんですが……怜子お姉さんの供養に仏壇にお供えをしていただきたいんです」

「いえ、貴方は何方なんです。姉の名前を知っているとは……」

「やっぱりそうでしたか……僕ね、申し遅れましたが、中学校の同級生の大関栄と申します。クラスでも長尾さんは成績優秀で、怜子の名前の如く賢《かしこ》いお人で人気もありました。

中学卒業後は、角海武先生主宰の短歌誌の『たかだて』を、怜子さん達と同人仲間で、一緒に投稿しながら勉強をしていたんです。

僕も東京に出てから、何度も住所変わりなどする中でも、勉強に短歌を詠み続け。NHKの朝ラジオの放送で、特選に放送されたのを、角海先生に手紙に書いた返事で、長尾怜子様が以前にお亡くなりになった事を知りびっくりしたんですよ。心より御冥福をお祈りします。

今日は変な客を乗せて仕舞ったと、不愉快だったと思いますが、益子町の往にしの光景やらの、懐かしさに篤と浸っていたんです」

「そうでしたか、奇遇な出会いとお話に感謝します。

長尾タクシーの方《ほう》も、大関光町《みつる》会議員さんには、何《なに》かと迚《とて》もお世話になっているんです。弟さんとは知らず。此方こそ大変失礼を致しました。

今日の大関様の事を、姉の仏壇に此の上ない供養として報告をさせていただきます。

機会が有りましたら、次回も御乗車いただきたく思います」

……と握手に軽いクラクションで別れ走り去った。

一人降り立った鹿島様の前。石の鳥居を潜り。外灯に赤いトタン葺《ぶき》の屋根がひっそりと浮かぶ。本殿の紅白の捩れ紐で銅鑼を鳴らして、賽銭をするのに、携えたケーキの包みを賽銭箱の端に置き、拍手に拝し。母の眼病を篤と祈願した。

然程広くない境内に、往にしより生き延びる老樹の欅は途中から折れて、ずんぐりとなり。大きな瘤が彼方此方に無数に出来て、朽ちた部分には大小の穴も開き、其の穴を雀や椋鳥が塒《ねぐら》にしているらしく、外灯の差す明かりに蠢《うごめ》く鳥の影がちらついていた。

其のような老樹の瘤を撫でながら、御神木に我が身に活力をと、小穴に賽銭をして、御神木の生命をも永らえるように祈願した。

境内を出て、ぶらりする町並みには、鈴蘭形の街灯も距離間隔は長く、通る車や通行人も疎らに、侘しさは拭いされないが……往にしは毎年決まって七月二十五日、益子氏を偲ぶ城下町名残の祇園祭りがあり、堤灯明かりに彫刻も自慢の絢爛な屋台が、各町内から数十台、盛大に勢揃いして、引き回しが見られたが、今も此の鹿島様の町筋で、年に一度の活気に満ちた、気勢を競い合い、老若男女が酔い痴れて、屋台の綱を引くのだろうかと、然《そ》う思いながらに、足利銀行の辻に立ち。此の辺《あた》りだったなと、小学校に入学した年の夏休みの時のことを思い出した。

祇園祭りのごった返す中。鼻に付くカーバイドの燃える灯《あかし》の露店で、父に軽目焼と金太郎飴を買ってもらい。

「迷子になるなや」……と父の一言と、汗ばんだ手の温もりを思い出しながら、屋台を眺めたは此の角《かど》かと、振り向く町の暗さと、今も変わらぬ天空の満天の星座に、深呼吸して夕餉の香の立つ病院の門を戻り通《とお》った。

外灯に浮く飛び石を伝って、玄関をそろり開け閉め、誰にも会わずに、戸開けの二階療養部屋に入ると、皆さんの笑顔が出迎える中に、何と食膳が運ばれて来た。

兄が病院に連絡を取ってくれたらしく、院長先生から看護師長さんへと、特別な許可をいただく事が出来。夕食は食堂ではなく五人の療養部屋で食べる事になって、皆が手を叩き大喜びとなった。

兄の差し入れの刺身も後から届き。其其の膳に添えられて……師長さんがにこにこしながら「此れは、アルコール分の少ないワインですが、大関栄様に届いたものです」と瓶を翳《かざ》し、銘銘に笑顔の眴《めくば》せをしながら「ごゆるり楽しく召し上がって下さいね」と戸閉め静かに戻って行った。

して、僕もショートケーキの包みを母に手渡し、母が嬉しそうに銘銘に手渡した。

会食は、柱時計が六時を打ったのを合図のように、車座となって始まった。

先ず、僕がワインを翳し、笑みて戯れに、

「皆さん。此のワインは僕が飲む物ですが、御裾分けしちゃいますね」

母が気を利かせて、茶箪笥からコップを嬉しそうに六人分出してきた。

僕が即座に、銘銘にコップを手渡しながら、少量ずつを注ぎ終わると……「栄ちゃん。親父酒を注がしてくれや」と平野広吉さんが、僕の手を取り。実父になったかの心胸で、コップにワインを注いでくれた。

「では、皆さん。栄ちゃんから一言ね。今日は午後に父の墓参と兄の家にも、タクシー利用で行ってきましたが、其の往復の道筋から、皆様の家を車窓に眺め、可愛がっていただいた昔を迚も懐かしく思い出しました。

今夜は又又ね。昔の様《よう》にお世話になります。

皆さん。是からも、何時何時迄も元気でいて下さいね。では、御健勝を御祝《おいわ》いし、乾杯」

と、張り上げた声も詰まりながら頭を下げた。

五人の温い拍手喝采に、懐く思い出の人達を身近に「じん」として夢かと頬を抓《つね》った。

昔は洟垂《はなた》れ小僧で可愛がってもらい。今は、一人前の大人として相対し、時《とき》が流れての、不思議な巡り合わせで、コップに銘銘から少しのワインの返杯の遣り取りに、顔をほんのり染めての無礼講と、戯れに肩を叩き手を握り合い。懐かしい方言語りに笑い転げ、此の上ない夢のような会食が盛り上がり。時子老婆ちゃんの義太夫節（瞼の母）の触りも、太棹の三味線撥捌きも、何十年ぶりかで、村の演芸会の舞台を思い出しながら、弾き語りの音色と渋い声に、笑いと涙で拍手して、確と耳に残し、皆様の盛り上がりを、数枚スナップをストロボに連写した。

そんな中で、大塚文子（屋号車屋）老婆ちゃんが、僕にそっと寄り添って、「栄ちゃんの生まれた家が無くなっていたっぺ。此の文子の腑甲斐無さから如何にもならず。取り壊して、謝っても謝り切れないけど、文子が馬鹿だったから、御免ね。此の通りです」と僕の手を握って、大家《たいけ》の奥様が頭を下げ涙した。

「文子老婆ちゃんの苦労は、母も僕も皆さんが承知だから仕方無いよ。今夜は有り難うね。ほら、池田屋の照子老婆ちゃんが、時子老婆ちゃんの三味線で安来節を踊って、皆を笑わせているよ」と笑みて肩を撫でて、僕のハンカチを預《あず》けて席に戻ってもらった。

幼い頃から、大家の店子《たなこ》で貧乏人とが、目と鼻だったせいか、我が子同様に文子老婆ちゃんには、何かと接してもらった。

或る日、此のようなひょんな思い出もある。

小学校に入学したばかりの頃、息子の清章《きよあき》君と、庭で石蹴り遊びをしていると、文子お母さんが、縁側に赤ちゃんを寝かせてから、お乳が張って痛いからと、衣を捲り上げ、己等《おれら》に左右の大きなお乳を見せて、吸ってほしいと頼むので、二人で大笑いしながら、吸ってあげて一円の駄賃をもらったのは、昨日の事のように思い出すが……時は止《と》められ無い。慕わしい人生の過去に、遣り切れぬ思いがした。

其のような様様な中にも、母と文子老婆ちゃんも一時《いっとき》は、犬猿の仲にもなったと聞くが、まさかに此の病院にて、栄枯盛衰《えいこせいすい》な過去を宿し、今日居合わせるとは思わなかった。

文子老婆ちゃんとだけではなく、近所の方方とも同じように、今夜同席する事が出来て、往にしを慕い、何とも不思議な巡り合わせと思う、不思議な千載一遇《せんざいいちぐう》の面面《めんめん》との出会いだった。

其の療養者との集いを、許可をしていただいた院長様の温《あたた》かさ、看護師さん達の心遣いと、兄の器量に、心で感謝した。

其のような機運となった療養部屋は、ワイン一本を分け合った微酔《ほろよ》いに、平野広吉さんと母までもが、手を取り合って花笠音頭を歌い踊る。意外な余興を讃美に連写した。

誰もが、盆と正月様が一緒にきてしまい、もう、何時閻魔様に招かれても良かっぺなどとクライマックスとなり。次次と続く歌や昔話に花が咲き、僕を盛り上げ楽しくさせる。

して、栄ちゃんも昔の取って置きの話を聞かせてと言うので、僕からは今では全く信じがたい、己だけが知る、稀も誠に珍《めず》な話を聞いてもらった。

約三十五年も以前となる事だが、益子焼も民芸品を其方退けに、彼是《あれこれ》もと種種な日用品全盛期の頃だった。

全盛期と言えるのは、戦後の品不足からで、想像以上に、焼き上がった種種な日用品の陶器（茶碗類・皿物・蓋付の壺の大小・急須や土瓶・擂鉢・水瓶・土鍋・火鉢・変わった物では水枕や湯湯婆《ゆたんぽ》）などが、登り窯から大量に窯出しされ、検品で傷や罅《ひび》割れが見付かると、水漏れの製品などは、セメントを流し込んで、修理したと判るB級品までが、片っ端からめちゃくちゃに売れた時代だった。

其のような中、猫の手も借りたい人手不足に、僕も素焼に釉薬を塗ったり。本焼の登り窯には、夜明かしで火穴に薪を入れ焼《く》べたりを、古本を読みながら手伝った。

学校が休みとなる冬春夏《ふゆはるなつ》休みともなれば、待ってましたとばかり。食事付きで呼びに来るので、何カ所もの製陶所に、大人に交じって手伝いをした。

其の彼方此方の登り窯（八段から十段以上）から、焼出される益子焼の色合いには、松に含まれる脂《やに》が左右するとかで、近隣の松山は薪にするために伐採され、坊主山となって仕舞った。

坊主山となって困ったのは、薪も取れない中に、好きな茸が採れなくなったことだ。

だが、自然界の驚異なのか、坊主山に花白く芽生え出たのが……知る人ぞ知る、足の踏み場もない、群れ出る千振（当薬）だった。

中学一年生の土曜日の事だった。学校帰り友達と別れ「只今」と見る光景に、零戦を思わすような、赤蜻蛉が無数に止まっている。撥釣瓶の井戸端で、姉さん被りで洗濯をしていた母が、己等の只今の声に……「お帰り」と笑みて振り向き、古惚けた洗濯板を立てて立ち上がり。胸に付いたシャボンの泡を振り払いながら「栄《さかえ》」と手招き呼んだ。

「何か、急用なの母ちゃん」

「急用という事でもねえんだが、先ず茶箪笥の中にな、小昼飯用にでっかい山椒味噌を擦《なす》り付けた御握りが皿にのつかっているから、土瓶の湯冷ましを飲みながら、食べ終わったら、栄さ。

帰《けえ》ったばかりで済まねえが、日が暮れねえうちな。是許《こればっか》りは、山好きな御前にしか頼れねえと思ってな。今日は町から着物の仕立てを頼まれた人から、逆《ぎゃく》に千振が欲しいと頼まれて、栄なら造作無かんべと思い。気安い返事をしちゃったんだが、ちょっくら行って採ってきてほしいが、どうだっぺ」

「ああ、良いけど、其の人は何《ど》のくらい欲《ほ》しがっているの」

「そうよな、生《なま》で、一貫目もあれば喜んでくれっぺと思うが、如何だや」

「其《それ》っ許《ばか》りじゃ大《たい》した事はねえから、父《とう》ちゃんの分も無《な》くなる前に、余分に採ってくるとして、握り飯は山に登って清清と食べてから、採ったら早目に帰り、友達の所に一緒に勉強がてら遊んでくるよ」

「それじゃ栄。蝮《まむし》に食い付かれねえように、運動靴を脱いで、母ちゃんの地下足袋に履き替えて、面倒臭いだろうが、巻脚絆《まききゃはん》を付けて、気を付けて行ってきてくろや」

「ああ、そうするよ」……と応えながら、母の笑みを背に、目籠を背負い。すたこらさっさと、勝手知ったる坊主山に登った。

百舌の高鳴きの木霊に、竹皮に包んだ御握りの、山稜での頬張り食《ぐ》いは、秋風《しゅうふう》香るを御数に特に美味しく。母に感謝をしながら、竹筒に入れた湯冷ましを咽に、飯粒を一粒さえ無駄にせずに、ぺろりと食べ、手に付いた山椒香りを嘗め終えて、手を合わせ御馳走様をした。以前は茸狩をした山も坊主山かと、湧き流る鯖雲の流れを追いながら、株《くいぜ》から深呼吸して立ち上がり……「さあー採り捲《まく》るぞ」と一声木霊させ、花が霜降模様に咲き群れる、一面の千振に軽く尻餅を付きながら、手を伸ばし届く目の前から時計回りに、両手で鷲掴みし、根刮ぎ土を振り払いながら、徐徐に一回りして、立ち上がり尻餅の部分を抜き採る。

其の同じ繰り返しを、鼻歌交じりで、七箇所も素早く採り終えれば、造作も無く二貫目くらいの、千振は忽《たちま》ち目籠山盛に収穫ができた。

其れ程に、誰かが山に種を蒔いたように自然の恵みに採れ、軒が暗くなる程干し吊るした事があったが……現時点では本人しか知る由《よし》もない。夢のような真実も、タイムスリップの光景は、惜しくも、カプセルに封じた個人の話だけとなって仕舞った。

〈未練がましく余談になるが……、中国（宋《そう》）の御伽噺の竹の子ではないが……父親が病弱だったので、山好きな己等に自然が千振を、恵んで下さったと、今となっては奇跡のようだと、自分の心の中での笑い話のように、父を懐かしみ、それが供養ともなっている〉

今は、其の坊主山だった辺りも、がらっと変貌し、益子焼を目差す外来の作陶者達の住居や、小型の電気や瓦斯窯が増えて、其の周辺は益子町の観光地（峠の森）となって、ホテルも出来ている有様となった。

今では益子町のシンボル高館山《たかだてさん》山中でも、千振を探し採るのに、一握り程でも半日は掛かると同窓会で友が話してくれた。

其の千振の思い出話から、明日、僕が富士市に帰る時には、銘銘が自宅に大切に保存の千振を、此の儘では宝の持ち腐れになるから、お土産に下さるとの話にまで発展して、実の有る大きな花を咲かせていただいた。

六人での微酔いに、夜通しでも語り合いたく、話題の尽きる事の無い、和気藹藹とした会食を気にする腕時計に惜しみながら、早くも制限時間を超え、八時二十分となって仕舞った。

看護師さん三人が、時間を気遣って笑みて、食膳の後始末を難無くしてくれた。

燥《はしゃ》いだ二時間の余韻に、銘銘が楽しみに残した、ショートケーキのデザートを持参して、笑みて握手を交わし、「おやすみなさい」の言葉を残し、特別に宛《あ》てがわれた各部屋の方に、看護師さん案内に四人が立ち去って行った。

「なあ、栄。今夜は一緒に枕を並べられ、夢じゃなかんべかと思う程に、迚も嬉しくなっちまったよ。

其れからな、普段は仲間と大風呂に入り。お互いに背中を流し合うが、週に一度は交代でな、下の離れの庭にこしゃえた（造った）個人風呂に入れるんだが、今夜は菊野さんのほれ、バースデーとかに引っ括《くる》めて、個人バスに親子水入らずで入って下さいと、師長さんが洒落て親切に許可をしてくれたんだよ。話の種に御前入ってみろや」

「いやー上げ膳据え膳に、有り難い話なので土産話に入らせてもらうよ」

「それじゃ良かった。栄が湯に温まった頃合いをみて、母ちゃんが入浴に行き、思い出に背中でも流してやるが、……栄。如何だっぺ」

其のような話し合いをしている所に、部屋に軽くノックがあり。其の返事に、若い看護師さんがタイミング良く、小型の風呂用の丸籠に、タオルや歯磨きセットなどを持参して、白い歯並を覗かせ「どうぞ此れをお使い下さい」と戸口に置いて、母のお礼の言葉に、V《ブイ》サインの笑顔を残し去って行った。

「さあ、母ちゃん。僕が先に入浴するのも良《い》いが、風呂場を案内してほしいし、一緒に行ってくれないと」

「そうか、栄は知らねえもんな、じゃ風呂場を案内しながら、序でに着替えを持って行って置くべと思うんで、ちょっくら待っておくんなんしょ」

母の身支度が出来て、廊下途中にある、中《なか》階段の入口に立った。

「ねえ、母ちゃん。此の階段の明かりが少し暗く感じるから、下《くだ》りは危ないから風呂場まで手を引いて行くよ」

「何の、慣れた病院の中だもの、目を瞑ったって下《お》りられっぺな、母ちゃんが先に立って、案内をするから付いてきておごれね」

態《わざ》と気張ってか、目の不自由さも無いように、蛍光灯に赤茶に浮いた木目の階段を、元気な姿を見せようと、自分の着替えを抱えて、難無く下りて行く、母の背《せな》を見守りながら付いて行った。

「ほら、栄。此所だよ」

「いやー母ちゃん。病院の方《ほう》から、屋根付きの渡り廊下で繋《つな》がり。周りは竹林《ちくりん》の一戸建ての湯殿か、其れに丸太に凝った檜皮葺きの屋根とは、何とも好《い》い風情だよね」

「最初はな、先代の院長様が造り。迚も御気に入りで入浴したが、今の院長さんが以前を残しながら改造されてな、入院患者にも使用出来るよう、小判型の檜の風呂桶を大きくして、自動温水器付きの、洒落たお風呂場になっているんだわ」

「へえ、先代の院長先生を尊敬しているが、二代目も親譲りで太っ腹な温厚な人なんだわなー。斯うして見渡すと、電球を竹籠に入れ、格子窓から竹林の中に、今夜の月も眺められ、何とも粋で風流な趣に気に入りましたよ。母ちゃん」

「栄よ。観賞も良《い》いが、気に入ったら早く風呂に入っとごろね。さあ、母ちゃんがな、背中を流してやっから」

「直ぐに入らせてもらうが、母ちゃん。今さ、思い出してるんだがね。我が家に父《とう》ちゃんが造ってくれた、彼《あ》のトタン屋根の掘建て小屋の板張りも、節だらけで見通しの良かったお風呂場だった。けど、此の風呂も好《い》い、其れ以上に素晴らしさが、浮かんで来るんだよ」

「父ちゃんの造った風呂場な、母ちゃんは当たり前の入浴で、栄のように感じなかったよ」

「そうかね。だが、杉桶も小判型で、真っ黒い半円の釜が湯に浮くように付いて、下の焚口から松葉や枯木を焼《く》べて、燃えない時には、火吹き竹で吹き燃やし、湯が沸き上がってくると、釜が『きゅーん』と鳴き出し知らす。其の音が、今も耳に残っているんだよ」

「そうだ。其の音を聞いて、母ちゃんも風呂に入れやーなんて怒鳴ったっけなー」

「そしてさ、四季の風情が、板間や節穴の透《す》きが功を奏して山笑う春には、百鳥《ももとり》の鳴きに菜の花や蓮華の香が、仄《ほの》かに漂って来た。

夏には、無数の蛍火を楽しみ、蟬時雨の中に蛙が覗きにきたり、雷雨が打つトタン屋根の音は、滝壺に入った野天風呂を感じたり。

其のような中で、夕立が上がり覗いた山間に、郭公の木霊に、彼《あ》の鮮明に掛け渡った虹の色を見たのは、今以《いまもっ》て忘れられない。特別な日昭雨《そばえ》の光景だったなー。

秋には、がちゃがちゃに松虫や鉦叩きに馬追や種種な蟋蟀《こおろぎ》などの野外コンサートを寛《ゆったり》と、湯桶に堪能しつつ、茸《きのこ》の匂《におい》くる秋風に癒やす事が出来たっけよ。

冬には、板の透き間を塞ぐ氷柱を、湯気が溶かす虹のような煌めきを、映やす裸電球の下で、じーっと、逆上《のぼ》せ上がる程に見詰めて入ったっけなーと、蘇ってくるよ。

ねえ、母ちゃん。其のように春夏秋冬、一口《ひとくち》では種種様様を話が出来ない程さ、父ちゃんの造った風呂場の風情も趣にとんで、迚も好《よ》かったよね」

「へえー貧乏をしてても、栄には粗末な掘建て小屋の風呂場の入浴だったが、そんな好《い》い思い出となる事柄があったと、思い出してもらい、此の母ちゃんも嬉しいがね。今夜は父ちゃんの良《よ》い供養になったなー。

ほら、栄よ。彼の満天のお星様の何《ど》れかでな、父ちゃんも二人のいる此のお風呂を眺めながら、嘸《さぞ》かし喜んでくれていっぺよ」

　母が天空の星を眼《まなこ》にキャッチしながら、頰皺《ほほじわ》に涙を光り流した。

「ささ、栄。温まり過ぎねえ内に、ほれ、此の木《き》の小《ちい》せえ椅子に腰を掛けろや、母ちゃんが背中を流してやっから」

「母ちゃん。背中を流してくれるのは有り難いが、其の儘じゃ衣服が濡れて仕舞うから、入浴は後先は別として、母ちゃんも裸になっちまった方が良《い》いよ」

「母ちゃんはな、下着が区区《まちまち》なのと、古惚《ふるぼ》けた鎧《よろい》を身につけているかのように、彼方此方《あっちこっち》に膏薬を大小《だいしょう》貼っているので、剝《は》がしながら裸になっから、其の前に濡れねえように、腕捲りをして流してやっからな」

「母ちゃん。それよりかね。栄が湯に良《よ》く膏薬《こうやく》を浸して、そっと剝がしてあげてから、母ちゃんの背中を先に流してあげるよ。ささ、早く裸になって下さい」

「そう言われても、何だか、ちょっぴり極まり悪いないや」

「母ちゃん。此のお風呂場には、親子二人しかいないんだから、今夜の思い出に背中を流しっこしようよ。後《うし》ろを向いている内に早く、此の籠に脱いで、木の椅子に座って下さい」

　湯気霞みに丁寧に衣《い》を脱いだ、母の裸身には、首根っこや肩に背中と腰や太股や膝など、全身至る場所に、大小の膏薬が貼ってあり。

　其れより目立つは、皺に弛《たる》んだ皮膚に蚯蚓《みみず》腫《ば》れのように、浮き出した太く青黒い血管で、ぼろぼろな骨と皮だけのような肉体で「どっこいしょ」と座る姿に、此れが今の母なのかと、胸が裂《さ》ける程に痛《いた》ましかった。

「さあ、それじゃ母ちゃん。栄が何度もお湯で膏薬を湿らせながら、痛くないように剝がしてあげるよ」

「そんじゃ頼むよ。何時もはな、仲間の誰かと剝がしっこをして、枚数を少しでも減らそうと、お互いに話をするが、其れも、言うは易く行うは難《かた》しになり。膏薬も段段多くなっちまってな、歳には勝てねえもんだなー」

「何で何で母ちゃん。未だ未だ現在の傘寿の年齢では、若い若いですよ」

そう言いながら、皮膚までもが一緒に、べろっと剝がれてきそうな膏薬を、シャワーの微温湯を、タオルに掛け湿らせながら、そろりそろりと丁寧に剝がし終え、石鹼の泡で撫で撫で滑らせ流し洗った。

「母ちゃん。如何《どう》、大方剝《おおかたは》がし終わったが、ひりひり跡が痛くなってこないかね」

「何の、彼方此方を気持ち良く、剝がしてくれたんで、さっぱりと体全体が一皮剝《ひとかわむ》けたように、軽くなっちまった気分だよ」

「それじゃ、前の方も剝がしてあげるよ」

「前の方は枚数も少ないし、自分で剝がせるから大丈夫だっぺな」

「其れでは母ちゃん。全身にシャワーのお湯を掛けますよ。さあー此れで良しと、ねえ母ちゃん。栄の首に右手でも左でも好いからさ、腕を回してくれる。其の儘《まま》抱《だ》き上げて湯船に入れてあげるよ」

「いえ……とんでもねえ。そんな事をしねえでも、何時もはな、老人用にこしゃえた（作った）ほら、其所にある、此の木の台に乗って、楽に跨いで入れるから心配《しんぺい》ねえよ」

「母ちゃん。今夜は息子と一緒に、風呂場にいるんでしょうよ。そんな事を言わないで、ささ、栄の首に腕を回してよ」

「そう言われても、何だか少し、小《こ》っ恥《ぱ》ずかしくってなーそんな事まで……」

「親子なんだから、そんなに恥ずかしがらず。栄の首っ玉に早くさあ」

怖《お》ず怖ず躊躇しながら、やっと、はにかみ縮《ちぢ》こみながら母が、僕の差し伸べた両腕の中に、右腕を首に巻いたので、小さく萎《しぼ》み、些《ち》とざらついた身体を、大切に抱《だ》き抱《かか》え、そっと湯船の中に入れる事が出来た。

何と……母の身体のあまりの軽さに戦《おのの》きながら、若死にの父に代わって、子育てに身を削り通してきた母の尊い身体を初めて抱っこさせてもらった。小柄で膨《ふく》よかだった母が、是迄に小さく萎み衰えながら、我が子に不平不満も言わず成長させて見守り。慈愛に満ちた余生《よせい》を送ってきていたとは、母の重みある恩の心子知らずを、今日の傘寿の誕生日に気付くとは情けなく、悔し涙が止めどもなく、温水が増えるかのようにどっと溢れ出るを、タオルで押さえ拭った。

僕が生まれた時には……「栄《さかえ》」と命名し、父も和《にこ》やかに寄り添いながら、母に抱かれて木の盥《たらい》などで、睦まじく産湯《うぶゆ》をさせてもらったに違いない、と姿が浮かんでくる。

其の時の往にしの様様な情景やらとが、タイムスリップして彼是と見えるようで、親子としての絆の想像イメージが、順次《じゅんじ》重《かさ》なって走馬灯のように浮かび、熱いものが込み上げてくる中で、時の流れた無情に心で詫びた。

今夜は立場が逆となって、ぼろぼろになった母の身体を湯船に抱き入れた。

「へへー栄に小っ恥ずかしく湯船に入れてもらったが、母《かあ》ちゃんはなあ、今日の誕生日に御前と一緒に、差し向かいで風呂に入れたなんて、今夜のような事は夢にすら見る事のない。嬉しいを通り越して、極楽様な感喜にさせてもらっちまっている。

どれ、栄。母ちゃんの方さ向いて、顔をよく見せてみろや」

「そう面と向かって言われると、母ちゃんじゃないが、何と無く矢っ張り。ちょっと、小っ恥ずかしいないや」

湯を揺らし二人でくすくす笑い合い。タオルで顔を拭《ぬぐ》い直し、電球の明かりによく見えるように、母に顔を近付けた。

「いやー斯うして見ると、血筋を引いて、父ちゃんの亡くなった歳《とし》（四十七歳）はちょっぴり超えたが、栄の顔は何所《どこ》と無く、父《とう》ちゃんに生き写しのようだないや。

貧乏で陸《ろく》な物も食べさせてやれなかったが、父親と違い、丈夫な身体に成長し良かった。

だが、斯うして栄の咽《のど》を撫でると、母譲りの扁桃腺炎が持病となり。幼少の頃より今になっ

ても心が痛むがな、喉仏《のどぼとけ》がなー、なくなっちまった程。並じゃない高熱と巨大な腫れの痛さ
に、飲み食い出来ずに、嘸や母の遺伝を、其の都度恨《うら》んだ事だろうが、今以《いまもっ》て勘弁してくろや
なー栄」
「勘弁してくろだなんて、其んな勿体無い言葉は言わないでよ。それより母ちゃん。俺の喉仏
だが、無くなっているのを知っていたとは、思いも寄らなかったけど、母ちゃん」
「そりゃ栄。我が子の体の事を知らなきゃな、親と言いなかんべよ。御前が成人してからは余
計にな、此の歳になるまで、男の人の喉仏を見る度に、栄が苦する喉を思い出しては、懺悔《ざんげ》な
心痛は拭い去れずだが、今は扁桃腺炎は心配ないのげ」
「現在は心配ないと思うので話すがね。大阪に就職で住み、大阪万博に母ちゃん姉妹が一週間
は短かったけれど、我が住居に泊まってくれて、見物をして帰った後で、本当に良かったがね。
僕の扁桃腺炎の腫れに、会社の社長が日赤を紹介してくれてね。其の時の医師がびっくりし
たかに『こんなに巨大な扁桃腺炎の腫れを見たのは初めてです。二度と再発をしないように、
根刮ぎ手術をしますね』と、左右の梅干のような膿《うみ》腫《ば》れを、長時間掛けて、アイスクリームを
掬い取るような、スプーン形で丹念に切り取って下さり。其の肉腫《にくしゅ》を見せてくれたのを最後に
ね。大阪から富士市に引っ越して、カメラ店を開く前に、一度小さく腫れたような気がしたが
……大阪から、今はもう二十年は腫れる事もなく。
子供達が風邪を引く度に、扁桃腺炎を心配したが、母ちゃん。孫には扁桃腺炎の遺伝の兆し

は無いので安心して下さい」

「そうかね。其れならば本当に万万歳で良かった。母ちゃんは何時もな、冥土まで遺伝の悩みを背負うかと、気を病《や》んでいたが、話に安心をした序《つい》でに、もう一度咽を触らせてみろや」

「母ちゃん。擽《くすぐ》ったいよ。そんなに……」

「あっそうげ」……と母の剽軽《ひょうきん》な言葉に、湯を揺らしながら、二人で大笑いをして仕舞った。

「其れとな栄。ちょっくら右の手を見せてくろや」

「此の右手が如何かしたの、母ちゃん」

「どうもこうも、今でこそ、咽元過ぎれればなー熱さを忘れる如くだが、親としては、彼の世に行った父ちゃんも目を潤ませたっけ。あっ是だなー今は、星印のようになった傷痕を摩《さす》り見て笑えるが、此の中指と薬指との付け根に出来て仕舞った、大豆をでかくしたような疣《いぼ》だが、其れも富士山のように天辺がぎざぎざになる、悪性な疣でなー、しょっちゅう何所《どこ》かで擦《こす》っちゃ血を滲ませて、其れが堪《たま》らないと御前《おめえ》はよう、六年生の春休み、扁桃腺炎が化膿して、切開をしてもらいに行った時に、疣の方《ほう》も一緒にと、先代の院長様にしがみ付き、無理やり頼んで、疣を取ってくれないと、帰らないと泣いて居座り。疣を切り取ってもらったっぺよ。

恥ずかしくも、月日が経ってから、院長様に聞いた話だがな、『なあ、お菊さん。其の日は調度ね。麻酔薬を切らし出来ない手術を、痛さは我慢するからと、早急に手術をして仕舞ったが、三日間待てば良かったと、歯を食い縛った栄坊に、軍医上がりの悪い癖が出て、家内にもね。〈此所は野戦病院ではありませんよ。未だ子供じゃないですか〉とね。こっぴどく戒められ。栄坊の堪えた顔が日日に浮かんで反省させられたよ』……其の手術の事だが、父ちゃんに一言も話さなかったらしいが、母ちゃんが溜《た》まっている治療代などの銭《ぜに》を支払いに行った時にな、『お菊さん。そんな訳で治療代など取れるどころか、それより栄坊に頭を下げたいのと、日頃の差し入れのお礼を言ってほしい』との、言付《ことづ》けをしていただいたが、御前は嬉しい事には、春には山菜（蕗の薹・田芹・楤の芽・木の芽・蕨）を採って、秋には、松茸や湿地などの茸《きのこ》を採っては、井戸水で綺麗に洗い、直ぐ食べられるように、松谷醫院に持参したらしいがな、奥様は天麩羅が好物で、院長様は大《だい》の茸好きで、栄坊のお蔭で、茸御飯などを、季節に美味しく食べられたとも話をしていたが……そんな我が子の心情と仕種や動向も知らず。母ちゃんは地方に泊まり掛けで、何は扨措《さてお》き食い扶持《ぶち》にと、益子焼の日用品を売り歩き、仕送りして我が子を不憫《ふびん》にさせて母親としては、身を切られるような話を聞かされた。

　だが、今夜は斯《こ》うして、栄と顔を突き合わせ、何とも幸せ此の上もなく、先代の院長様と二代目の息子先生に、私等も親子で治療を受けての奇遇な有り難さは、人生の中で思いもしなかったないや、栄」

「本当だよなー母ちゃん。今の昔話で思い出すが……扁桃腺炎の切開に何度となく行ってもね。『栄坊。銭《ぜに》の事を考えずに、腫れには高熱も出る。痛さ我慢しないで命大切と、腫れたら早目に膿を出しにくるんだぞ』……などと仰って下さったり。切開が終わってからね。『栄坊。今日は同じ部落に往診があるので、人力車に一緒に乗って行けや』と何回か乗せてもらったのが懐かしく、今でも、ちょび髭先生の和《にこ》やかな顔が、目先に浮かび見えてくるよ」

「そうか、苦痛の治療の中にも、一寸した楽しかった事もなー。母ちゃんは何とか此の歳になるまで、生きてこられたから良《い》いが、栄はな、父ちゃんの早死の分までも、兄弟や家族の絆を大切に、健康を第一で真《ま》っ当《とう》に生きて行ってくろやなー」

其のように言い含めながら、母は涙乍らに僕の手を両手で握り。今度は、喉仏辺りを手の平で摩り摩りして、目頭をタオルで拭った。

「さて、湯は微温《ぬる》めでもよく心《しん》から温《あった》まった。長湯を一晩中していたいが、名残はつくまい、逆上《のぼ》せ上がらねえ内に先に出るが、栄よ。やっぱり小っ恥ずくはあるが、ちょくら抱っこで湯船から出してくろや、次に栄が出たら、母ちゃんが御前の背中を流してやるからな」

言われた通りに、湯船から母をそっと抱き下ろして、僕も直ぐに簀子《すのこ》の洗い場に出た。

「それじゃ栄。此の辺りの場所が電球が明るくよく見えっから、母ちゃんに背を向けて、ほれ、此の木の椅子に座ってくろや」

母の言葉通りに、素直《すなお》に背中を向けた。

「ああ、其れで良かっぺ」……と言いながら、肩に手を宛てがいながら、泡立てたタオルで、丹念に背中を洗ってくれる。母の仕種は老いても温《ぬく》とく柔らかく、体内の邪気までを祓い清めてくれるように、往にしの我が身の産湯《うぶゆ》を想像させるように、心地良く洗い流してくれた。終りに……「ぴしゃっ」と背中を叩いて。

「へへ、此れで良かっぺ。父ちゃんと違い甲種合格」と母が笑った。

「母ちゃん。アンガトウ」と態《わざ》と子供の頃の照《て》れ混《ま》じりの言葉を使った。

「迚もね。気持ち良く洗ってもらい、体から邪気が抜け出て行ったようで清清したよ。今度は栄が、ゆっくり頭の天辺から全身を、隈無《くまな》く洗ってあげるからね」

「頭から、頭は良かっぺと思うが、雲脂《ふけ》でも浮いちまったかな」

「とんでもない、今の母ちゃんのショートヘアには、誰もが羨む程に、珍しく白髪すら一本見当たらず。迚も若若しい綺麗な地肌ですよ。

今夜は記念すべき日だから、頭の先から足の指先までも、総てを洗わせてもらいたいと思ってね。

さあ、腰掛けにタオルを敷いたから、母ちゃんの楽な姿勢で座って下さい。

ほら、此れを見て、栄が愛用の桜に富士山模様の、大きなハンカチーフで洗うからね」

「勿体無かんべ。そんな良《い》いハンケチで洗ってくれるなんて」

「そんな事はないよ、母ちゃんを洗うんだもの、もう一枚新しいのを持ってきているから、今日の記念にプレゼントするよ」

「そうか」……と言いながらにじっと目を瞑り。ちょこんと丸み座った姿勢から、先に頭を指で撫でながら洗い。次にボディーソープの泡を多く付け、首筋から両肩に両腕と、背中から腰にお尻にと、次に椅子をそっと、前向きに回し、顎から胸元お腹《なか》と、太股から足の先や足裏までとを、恥じらう母の身体を、赤子を扱うように、往にしの我が身の産湯《うぶゆ》を思い浮かべながらに、今は逆《ぎゃく》になった立場で、一生に一度の恩返しをするつもりで、丁寧に洗わせてもらった。母の人生は一時《いっとき》の余裕さえ惜しむかに働き通して、老いたる母の金字塔《きんじとう》の身体は、今は何と、見るに堪え難く全身には、無数に縦横に弛《たる》んだ深皺が多く。其の皮膚の皺となった模様に石鹸水が、緩やかに白糸ノ滝のように流れ落ちる中で、此所彼所と蛇行し淀むのを、目線に涙しながら思い返せば……第二次世界大戦中、空襲に備え裸電球の笠に黒布を掛けた其の真下で、湯上がりに火照《ほて》り立った母の滑滑《すべすべ》な裸身の艶なお尻が、スポットされているのを目の当《まあ》たりに見ながら「わあ、母ちゃんのお尻は大きな桃だー」と叫んで仕舞った。

母が其の声に、笑いながらに、「何時かは本物の桃を食べさせてやるからな」と継《つ》ぎ接《は》ぎなモンペを履いた思い出。

彼《あ》の時の桃のようだったお尻が……今は何と、重ねるに堪え難い、梅干のような皺の色肌となって仕舞い。僕が赤子の時には幾度となく吸い付いただろう、青筋の張った、母の自慢の形《かたち》の良いお乳の出たおっぱいも、今は黒子《ほくろ》も目立つ干柿のように垂れているのを目線に、時《とき》の止められない無情さが身に沁みて、取り返しの出来ない往にしに悔いの残る親不孝の人生となって仕舞った。

よく世間で聞く、〈年を取れば仕方が無いんじゃない〉という言葉は、僕の生い立ちには、何とも……当て嵌《は》めたくなかった。

　現在、衣服を纏っていれば、黒髪に小柄な母は少しは若く見えているが、裸では年齢以上に衰えて見える。全身の肉体に唖然とした目線に、気の毒な思いがプラスとなった。

　切なく浮かぶは……病弱な夫《おっと》の代役となって、華奢《きゃしゃ》な身体に何十年もの日日に鞭を打ちつづけ、人並み以下の生活に、食苦労を凌《しの》ぎ通した母の往にしの姿、結婚した当時に持参した和服や帯は何時の間にか空箪笥《からたんす》となったらしい。

　そんな中に、母の化粧をした顔さえ、思い出したくも覚えていない。

　其処か、母は何時に寝たのか、起きてみれば目の前に食《しょく》があり。三度の食事も夫や子供を先に食べさせ、自分の口《くち》には余り物を入れ苦情一つ泣き言も言わず。日日は何時も笑顔で、五人の兄弟を平等に育て上げてくれた母の尊い恩は決して忘れられない。

　往にしは、髪をポニーテールのように束ね。紺飛白《こんがすり》のもんぺと、地下足袋で立ち回る姿が、在り在りと目先に浮かび、撫で撫で洗う、母の湯気の立つ身体の中に重なり浮き沈み。今は心中《しんちゅう》だけが気丈に、衰弱して皺皺となった、大切も此の上ない身体を、刻一刻を惜しむ如く、目線脳裏に篤と刻み込み。洗わせてもらっているが、もっともっと母の生活安住を考慮してあげれば良かったと、過ぎた年月に悔《く》やむ思いが我が身を責め、後から後から止め処なく涙が溢れ出る。電球の灯《あかし》が幾重にもぼやけるのを、何度もシャワーを顔に掛けては、親不孝を心で詫びて、幾万とも知れぬシャボンの大小の洗う泡に、映る我が身の恥を謝罪しながら、丁寧にゆったりと洗い上げさせてもらった。

「あれ、栄よ。目に石鹸水が入っちまったよ、タオルでちょっくら拭いてくろや」

石鹸水など、目に入ったとは思われないが、そっと、拭ってあげる母の目頭からも涙が溢れ。目線を合わせた母が、僕を見据えながらに「何度も頬っぺを抓っても、夢じゃない」と、満天の星空を仰ぎ見て「湯を微温《ぬるま》くしてもう一度な、栄に湯船に入れてもらい。一緒にゆっくり入りたいが、如何《どう》だっぺ」

「ああ、何度でも喜んで、母ちゃんの好《い》いように入るよ」と答えて、又も一緒に入った。

「なあ、栄。今夜は生涯忘れられない。真《まこと》に記念すべき此の上もない、善《よ》い誕生日のプレゼントを、親子差し向かいに生まれた儘の姿で、心の底までも洗い浄めてもらい。生きている内にな、『生《い》き湯灌《ゆかん》』の有り難さを、篤と味わった気持ちにさせてもらったよ」

何と、意外にも母の「生き湯灌」との言葉に、一瞬。肝を潰《つぶ》して鳥肌が立った。

「母ちゃん。そんな縁起でも無い言葉を口《くち》にしたり、思っちゃ駄目ですよ。未《ま》だ先にさ、夢実現の楽しみが待っているんだからね」

「夢実現《ゆめじつげん》……」

「そうだよ。母ちゃん。栄が、地元の大手ラボにね。五年間年中無休《ねんじゅう》でリーダーとして勤め上げ、カメラセンターを富士市に作り。四十歳を切っ掛けにね。何時も母ちゃんが逢う度《たび》に言う『好きな写真を写すのも良いが、それ程に写真が好きなら、カメラ店を開いて独立したら良かっぺ』との有り難い言葉を心に秘めて、父ちゃんの財布に残された全財産の、五十銭銀貨二枚を栄が頂戴し、それをね。『大関』の角の印鑑の指輪に作り替えて、其れを日夜指に塡《は》め。父ちゃんを敬い。母ちゃんが喜んで迎えた、気さくな商売の好きな嫁のスミ子と、二人三脚で蓄えて出来た元手で、我が娘二人には、何かと苦労させて仕舞ったが、無一文から『やっとこさ』人様には、一円とて借金する事も無く。自営したカメラ店も、順風な船出とさせていただいて、ほら、以前にさ。益子町から大石寺にバスを連《つら》ねて、団体でお参りにきた時に一泊して、富士宮の土地に、一緒に小木《こぎ》の桜を植えたでしょう。

彼の富士宮市万野原新田の土地に、我が家を新築する檜木造りの設計図が近く仕上がる予定となってね。

母ちゃんに緩《ゆる》りと寛《くつろ》いでもらう部屋も作るのと、お風呂も富士山を目と鼻に眺めて、入浴が出来る設計になっているんだよ。

とにかく富士宮市に住む事を楽しみに、光兄《みつる》さんの言う事を守り。皆様方と療養に専念し、目が悪くならないように頑張ってね。

我が家では孫達も、早く母ちゃんを迎えての生活を、楽しみにしているんだからね」

「然《そ》うか、彼《あ》の時に土地を見て、桜を植えてから、孫等と車に乗せてもらい。富士山の雪の五合目に足跡を付けて、山小屋の売店で熱熱《あつあつ》の美味しい甘酒を、呼ばれてきたっけよなー。彼の富士山を目と鼻に、栄が我が家を新築するとは、実《まこと》に目出度いなー。

父ちゃんの位牌を持参して、行ける日を楽しみに待っている事にすっぺ」

「其の時は、光兄さんが新築祝いを持参して、母ちゃんを連れて行くと言ってくれたよ」

「其の光兄《みつるあに》だが、益子焼作りに轆轤《ろくろ》を回しながらの二刀流の町会議員だが、自分も襤褸《ぼろ》な家に住み。母親が自宅無しの病院暮らしでは、嘸かし肩身が狭かっぺよな」

「母ちゃん。そんな風に思わないでよ。兄さんは心の広い世話好きの人情深さで、町会議員を務め励んでいるんですよ。

今日ね。乗り合わせたタクシーの運転士さんからも、町議会仲間の議員さん達が、新議員の兄さんの町政の心意気に大同団結し。加勢されているとも聞いて嬉しかったよ」

「そうか、身近にそんな話題がなー」

「それに、兄さんと逢う毎の話題から感じるのは、生みの親を敬い、兄弟身内を心底《しんそこ》大切に思ってくれる、長兄としては迚も立派な人ですよ。

また、其の心情を盛り上げて下さる、良きパートナーの玉枝《たまえ》姉さんの内助の功を、栄《さかえ》は何時も尊敬をしているんです」

「今の栄の善良な話に、母ちゃんは迚も癒やされたよ。

其れでな、斯うして湯船で向き合って話をすると、何も彼も話をしたくなっちまうがな。

序《つい》での愚痴な話になるが、栄よ。父ちゃんの祖母から、嫁いだ頃に聞いた話ではな、我が大関家の御先祖様はな。黒羽藩主大関の家系とか、昔は大名で二本差しも、今は残念にも夢物語となって仕舞ったがな、父ちゃんも何かしら大きな野望は抱いていたと思うが、無念にも病魔虫食《むしば》む犠牲となった。

栄よ。よく肝に銘じて置いて下せえよ。此の世に勝る物は、只一つ、『健康』の二文字《ふたもじ》以外には何も無いんだからね。

そんな訳で、今までに親の情けの無さに、部落一番の貧乏所帯となり。子供等を産《う》みっ放《ぱな》しで、高等な教育すらさせてやれず。それどころか……東京に出て進学したくて働いた分までも仕送りをさせ、身を切られる思いで、悪化してきた父ちゃんの診察代や薬の費用に遣《つか》った。大切だったお金の事はな、けして彼《あ》の世に行っても母ちゃんは忘れない。

子供が梲《うだつ》の上がらないのは親の責任と、何時も銘銘の子の顔を浮かべては、懺悔に身の縮まる思いが、頭の天辺から未だに離れないんだよ」

「母ちゃん。その気持ちは痛い程よく分かるが、子供は一人とて親を責めてないよ。昔の事は扨措《さてお》き、今は目の前の生活を大切にしてさ。胸中にある独り善《よ》がりな老婆心は、今夜限りでさっぱりとね。栄と一緒にお風呂に洗い流そうよ。分かったね。母ちゃん。

父ちゃんだって、博打や日日に大酒飲んで、人に笑われ者で身上《しんしょう》を潰したわけじゃなく、体調の良い時は、何事にも隣近所に役に立とうと、器用をかわれ、手助けに働く父ちゃんの姿が印象に残っているが……男親としての悲願を胸に抱き、病魔に勝てずに、大成したかった未練を残し、無念にも閻魔様に招かれて仕舞ったが、父ちゃんの悔しさを、子供が受け継ごうと、銘銘が独学に能力を発揮し人《ひと》一倍頑張っているからね。

其の証拠にさ、兄弟が口癖に『健康第一』にと、父を敬いながら、逢う度に言い合っているんだよ。母ちゃん」

「そうだったのか」……と長話に、湯船に向かい合《あ》いながら、僕の手を握り締めては摩り。涙を溜め落としながらに、じっと聞き入る母が迚も愛《いと》おしかった。

「栄の言ってくれる事は、身に沁みてよく分かった。母ちゃんは今夜の日を大切に、力《ちから》付《づ》けてもらった分を、長生き出来るように篤と頑張って見せるよ」

「その意気だよ。母ちゃん。ほら、空を見て御覧よ。彼の満天の星の一つは、家族を見守ってくれる父ちゃんの煌めきだよ。

人の運命の明暗は、人其れ其れにあると思うが、母ちゃんから生まれた子供は誰一人、世間で耳にするような〈親が勝手に産み、頼んで産んでもらったわけじゃない〉などの言葉は我が兄弟からは無縁ですよ。

両親から大切な命を授かった兄弟は、此の世にあって『宝の子』ですよ。母ちゃん。

其の子は心まで貧乏じゃなく、世間に堂堂と胸を張って、心を豊かに頑張っているので安心して下さいね。

一晩中でも此のようにして湯船に浸かっていたいが、逆上《のぼ》せてない。母ちゃん。長湯に御喋りも此の辺にしてさ、先程の様《よう》に首っ玉に手を回して、湯船から出してあげるよ」

「今もな、栄。夢じゃないかと思って、ちょいと頬っぺたを抓ってみたが、夢でなくて本当に良かったー」……と母が嬉しそうに笑って、首に獅噛《しが》み付くのをそっと下ろした。

「母ちゃん。寝巻を着たらさ、栄が荷物を持ちながら手負んぶして行くから、忘れ物をしないようにね」

「手負んぶ。そったら事をしなくてもいいよ。まだ足腰がしっかりしていっぺな」

「まあ、そう言わないで、栄の背中にほれほれ。負《お》ぶさりなよ」

「そんな事を言われてもなー是許《こればか》りは何とも極まり悪いが……何とも」

「母ちゃん。早くさ」

「そうか、じゃ、極楽浄土の正夢《まさゆめ》に肖《あやか》って、負んぶすっぺ」

向けた背中に、手を置いたものの、躊躇しながら、へへへへっと、恥じ笑いしながら、首っ玉に齧り付く様《よう》に負ぶさった。

僕が生まれた当時、母に何遍となく帯や手負んぶに抱っこやらと、頬摺りもしてくれただろうが……生涯の中で。爪の垢程《あかほど》にも恩返しには足りないが、母を負んぶさせてもらったのは、幸いにして今夜が初めてだが、背《せな》の温もりの中に、何と、枯れた株《くいぜ》を背負っているような、骨張るお尻や身体の軽さと、月明かり差す渡り廊下に、母と我が身が一灯《いっとう》の明かりに一塊《ひとかたまり》となった影に、じんと立ち竦んで仕舞った。

「栄。母ちゃんは軽かっぺなー」

「何で何で未だ未だ重いよ。よっこらしょ」と一声大きく笑わせて……母に肩を揉み揉みされながらに、二階に上がって行く階段の長さが、もっともっと延びてほしいと思いながら、一段一段に時の刻みを味わい部屋に、未練を残し戻って仕舞った。

早くも、部屋には有り難く、看護師さんの気遣いで、寝床まで煎餅蒲団が二組並べて敷いてあるのには、感謝に手を合わせた。

新しいお茶セットなども用意を戴き。ふと、温泉旅館にきたような、気分にさせられた。

「あー何度、口にしても足りないぐれえ、夢かと錯覚しちまうような、幸せ此の上ない湯灌風呂だったなー」

そんな独り言を口遊《くちずさ》みながら、身体の彼方此方に、大小の膏薬を貼り始めたので、手伝いをしてから、持参してきたパジャマに着替え、母の入れてくれたお茶に、胡床《あぐら》をかき咽を潤した。

母と何年ぶりかで、隣り合わせの寝床に枕を並べ、杉板の天井を目線にしながら、蒲団の温もりを感じながらに……父の冷えから起こったという病《やまい》の事を回想した。

小学校に入学した頃には、父が病弱となっていた為に、肩車や抱っこをしてもらったような、記憶などはまったく無かった。

父は政吉流と言われる程の、器用な益子焼の手回し轆轤の職人だったが、粘土の冷えが原因とかで、所かまわず発作が起きる病《やまい》となって、日常働けない状態になって仕舞った。

其の恐ろしい発作とは……日常身体に鳥肌が立つような冷えがくると、突然に口笛を吹くように口《くち》が尖り。身体全体が数分で硬直して、所かまわず倒れた儘になって仕舞う。

父は発作を即座に悟ると、倒れる寸前に、「助けてー」の言葉代わりに、有りっ丈の大声を張り上げる「うわー」の呻き声が、近隣の家や部落に木霊となると「そら、政吉さんが倒れたぞー」と声のした方角に、近所や部落の人達が、戸板を持参に駆け付けて、唸るだけの父を自宅に運び入れてくれる。

命に、急を要する事だけに、医者の連絡までして下さる。人達の人情は有り難かった。して、介抱に硬直した体に一寸でも触ると、針を刺したかに呻き痛がる中に……急遽駆け付けた主治医が、注射を腕に一本打つと、一時間程で「けろり」と元通りとなる。

其のような繰り返しの発作に、病名も分からない儘に、カルシウムを主体とした薬だけで、自宅療養に完治する手立てもなく、日日は野鳥の世話に明け暮れながらに、最後は無念にも、自宅で脳卒中に倒れて仕舞った。

享年四十七歳。僕が十六歳の時に電報での「チチキトクスグコイ」に東京から駆け付けたが、残念にも死に目にあえなかった。

其のような病弱だった父親に、生涯に一度、悪口一言《あっこうひとこと》に、今になっても悔いが心に深く残っている事がある。

小学五年生の夏休みの時だった。

友達と兜や鍬形虫を捕る約束に、浮き浮きと落ち合う場所に出掛ける寸前、藁草履を履き掛けた時だった。

「栄よ。今日はやけに肩が凝っちまってな、ちょっくら、叩いたり揉んでくれや」

父の其の言葉に、強烈なパンチを食らったかに、また今日も一時間かと、むかむかっと向かっ腹が立って仕舞った。

母には何時もは、「父ちゃんはな、何かと体調の悪い時には、無理難題を言い付けて気に入らなければ、拳固やびんたがしょっちゅう飛ぶようだが、病気がさせる為業《しわざ》と思い。決して口答えや逆らう事なく、我慢に協力をしてあげなせいよ」

言霊に然《そ》う言われてはいたが、母の言葉を何故か守れずに、一気に堪忍の袋が破けて、とんでもない悪口が、大声となって飛び出し浴びせて仕舞った。

「父ちゃん。己《おら》はな、父ちゃんの御抱《おかか》えの按摩《あんま》さんなんかじゃねえ、父ちゃんなんかは己《おら》に必要はねえ、早く『死《し》』んで仕舞い」と怒鳴った。

「何だと、親に向かって此の野郎」……と逃げる背後に、父の座る長火鉢から、肩透かしに飛んだ湯呑みが、何と、父が重宝《ちょうほう》としている、陶芸優秀者として、表彰記念にもらった、欅の木目模様が浮き出た、漆塗も美麗な朽葉色《くちばいろ》の、茶箪笥のガラスに当たった。

横目で見ながら、「わあ、大変だ」ガラスが割れ、其れも並の板ガラスと違い。手作りの珍しいガラスとかで、反映する景の歪みが面白いと、来る人にも自慢に見せ。日頃大切に扱ってきた代物《しろもの》、其の二枚交差する左内側が、稲妻模様に割れて仕舞ったとは、……湯呑みを我が身に当てれば良かったが、最早、取り返しがつかない有様となった。

生涯に一度口走った、産《う》みの親に向かっての「死んで仕舞い」の酷《ひど》い悪口は、日日に病《やまい》の発《ほっ》作《さ》を気にし、命との戦いをしていた父には、惨い言葉に心身を傷付けられ、堪《た》えられなかったに違いないと思った。

今は五十歳を目鼻の我が身だが、何彼《なにか》につけては思い出し、夢に出る父の拳固やびんたが、今は欲しいと悔やむ思いばかりが蘇る。

其の悪口を我が身に代わり、母が庇《かば》い土下座に伏して叩かれ、泣きながら謝罪してくれた姿も、忘れる事は出来ない。

今夜は、其の母が身支度を終え、僕の方にそっと蒲団を寄せ床に入った。

「栄。年寄りの寝るまでには、巻き付ける物も多くてやきもきしちまうべが、斯うして枕を並べるのも久しぶりだないや」

「全く何年ぶりかな、母ちゃん。今ね。仰向けに天井を見ている内に、ふと。父ちゃんを思い出して、生きていたらさ、川の字になって、寝られたのにと思っちゃったよ」

「そうだったか、其れが出来たら本当に良かったなー。今夜は父ちゃんの良い供養になっぺ。過去の事は一晩や二晩で、語り尽くせねえ喜怒哀楽があったが……其れはさておき、父ちゃんにはな、栄の嫁さんにお茶の一杯も入れてもらい。にっこりと顔を見合わせ茶飲み話をしたかったよなー」

「いえ、如何したの母ちゃん。急にそんな事を言い出したりしてさ」

「其れはな、母ちゃんにも有り難い事で、栄が安心して泊まって過ごせるのも、スミ子さんの内助の功だっぺ。頭の切れる商売好きな、良い嫁に恵まれて迚も嬉しく思っている。

其のような嫁だもの、一目父《ひとめ》ちゃんに、スミ子さんの顔を、見せたかったと思ったのよ」

「スミ子の事を母ちゃんに誉めてもらい。今迄の一苦労を、懺悔するような、気持ちで聞いてもらおうかな、だけど、眠くない」

「眠いどころか、栄の話す事なら、一晩中でも、眼が冴えて聞く事が出来っぺな」

「じゃ簡単にね。二十七歳で同年のスミ子と、車屋の御婆ちゃんの世話で、東京の尾久で所帯を持ち、スミ子が三ノ輪と王子間の都電から目白（総理府統計局）に勤めての後《のち》は、母ちゃんが知っての通り。長女が生まれて二年後は、アパート一間《ひとま》から、越谷市大袋の二所帯住宅二間に移り。次女を授かり。


二年程を電車通勤したが、北千住の町工場を、十年にけじめを付け退職した。

して、大阪で片腕が欲しいとの、重度の肺結核を患う社長に絆《ほだ》されて、皮革衣服会社㈱林装《はやしそう》に、セールスとしてさ、一家四人、大阪今川町に住居三部屋の提供を受け、三度目の家屋に替わる引っ越しをして、職替え希望に入社した。


今迄の皮革製造（手袋など）から一変し、商社（丸紅や兼松豪商に緑屋とバンジャケットなど）との、レザー衣類のセールスで五年間大阪に、家族に苦労を掛けて在住した。

社長は迚《とて》も温厚で、社員数十人とも直ぐに打ち解けたが、問題は会社と契約している数多い縫製所、最初は社長と先輩セールスとで、名刺持参に挨拶回りをしたが、一人で伺うと他社との絡みもあり。約束日《び》に仕上がらずに、『あんた、東京もんやね。此のお仕事初めてしなはった。私等の仕事は余所様もあるよってに、林装さんよりもな、賃金の高い方を優先に仕上げてますねん』と言葉柔らかに、各所できつい態度。困るは商社への納期で、半年程は遣り取りに苦労し、思案する中で癒《い》やしに聞《き》いたカーラジオで耳にしたのが、朝日放送の漫才応募。題材自由に一枚のハガキに書けるだけ書く。何気なく五回応募して三点が入賞し人気の漫才コンビ『ダイマル&ラケット』さんにより。『大関栄さん作のパートタイマーを放送します』と他の二作も週替わりに放送されたのが、意外や幸運となった。

其の放送を縫製所の縫い子や小母ちゃん達が聞いたらしく。後日縫製所に行った際には、

『なあ、あんさんは大関栄さんやね』

『はい。名刺をお渡しの大関栄です』

『あんたはん。漫才をな応募しなはった』

『いやーあれ、聞いてくれたんですか』

『聞くも聞かんも、三《さん》放送を面白く皆で大笑いしたわ。東京者《もん》のあんさんが関西の漫才をなー、皆がびっくりの仰天やがな』

『ところで、急《いそ》ぎの仕上がりの物は如何ですか』

『あんたさんを皆が気に入りましたようでな、責任者の私《わて》もかなわんわ。電話しようと思った所に、あんさんが来《き》はって早目に仕上がってます』

何と、手《て》の裏《うら》を返すように、各縫製所も繋《つな》がりがあってか、以後は事スムーズに、縫子さん達とも仲良しとなり。僕も工業用のミシンを使用出来たので、修理してあげたり、納期に間《ま》に合わない時には縫製まで手伝った。

其のような中にセンターベンツの縫製の手間取りを見て、もっと迅速な縫い方と、形を良く作る方法が有る筈と、一工夫《ひとくふう》して実縫《じつぬ》い仕上がりを見せて喜ばれ、会社の先輩と社長から金一封をいただいた。

其のような思いから五年が経過。会社社長も自分の短命を悟り。僕の写真の趣味に、日頃からの理解もあり、『なあ、大関さん。そろそろ好きな道に独立するのも賛成や、私《わし》も此の商売を一代でやめて、今の会社の立地をな、マンションにしようと思っている』などの話の勧めから退職には、十年分の退職金や、家族手当に引っ越しの費用まで出していただき。

社長の病《やまい》を案ずると、身を切られる思いで退職したが……話は前後するが、退職する前に、社長の勧めを幸いに新幹線の車窓から見た、白雪だった富士山に魅了され、富士市で生活基盤が出来ればと、カメラ店の就職先を見付けて置き、三度目の引っ越しとなった。

富士市では、電話で遣り取りの自分に相応しいカラーラボに入社。当初約束の家族が住める、二階建ての店舗付きの提供を受けて、スミ子が店員となり。僕が会社にセールスとして勤務。

最初から寛大に受け入れてくれたので、良い仕事をしなくてはと……入社一年過ぎた頃に、今を盛る㈱アオキカラーラボの会社は無頓着にも、カメラはカメラ店で買《か》えば好《い》いと見逃していたが、それでは勿体無いと、営業サイドから、社の将来を見越し、現在は彼方此方の取り次ぎ店から、集めたフイルムを処理するのも良いが、店舗を構える従業員も居たので、カメラ販売をすれば、今以上にフイルムが集められるのと、カメラ販売に撮影会やカメラバス旅行などは、僕がアドバイザーを務めますので、是非カメラ販売をと、社長に提案した。

社長が首を傾《かし》げると思ったら、即座に首を縦に振り。笑顔を交えて、『総てを君に任せますよ』と言って下さった。

其の言葉から、各要所にカメラを導入して四年後には、可也り各店で売れるようになってカラープリントも増大する中で、富士市吉原に、カメラの本丸となる、地域最大のカメラセンターを開店（己が店長）して、㈱アオキカラーラボが、プリントとカメラのプライスリーダーの存在となる事が出来た。

スミ子の預かる店も……子供二人には苦労掛けながらに、会社では売り上げ一番となり。

入社以来、誠心誠意に本気遣る気をモットーに、幸いにして大阪で仕込まれた商《あきな》いは、真《まこと》に無駄ではなかったと、引っ越しを懐く顧みた。

して、我が身を考え直し、五年を境と区切り、心善《こころよ》く退職し我が四十歳となった遅咲きを、スミ子との相談や、母ちゃんの『独立したら良かっぺ』の言葉にね。富士駅南口の賃貸の店に、自営を踏み切ったが……過去の年月を振り返れば、二人の子に保育園や幼稚園から学校の転校と、苦労を掛け身を切られる思いだが、心身人並みに健康に明るく育った。

其れも結婚当初から、スミ子がアルバイトに働く傍ら、家事総《すべ》てをしながら、夜なべは編み物や繕い物をして、子供にはファッション豊かに衣類を着せ、子育てや教育をしてくれたお蔭と感謝している。

そんな姿から、話は後回しになるが、スミ子と結婚してから、引っ越し転職に考慮して下さる銘銘の世話人の、幸運を齎《もたら》す導きに、先方の職場では、意気込み学び働く事が出来てたが、職替え多い我が身に、苦労を背負い付き添うスミ子に、常に思うは裕福な家庭に育った菓子製造店の娘が、東京は総理府統計局の勤めを放棄せず、僕と結ばれずに、他の方と結婚をしていたなら、今頃は左団扇《うちわ》な生活が出来たかと、僕の身勝手な、写真写しの事しか頭に無い、我儘な生活苦労の遣り繰りに文句も言わずに陰で泣く事も無くさ、もしや安穏な生活が出来ていたかもと、スミ子が愛《いと》おしい姿に見えてね。

諄《くど》い話になっちまったが、大雑把《おおざっぱ》に結婚生活の今迄は、母ちゃんがよく知る通りだよ」

「栄が、そんな心胸だとは、涙の溢れ出る話だが、人生の因縁は天命の授かり物のようでな、スミ子さんと結ばれたは母ちゃん思うに、幸運な良縁と合わせ勝因なんだっぺよ」

「そうなのかな」

「そうに決まっているよ。話を聞けば、栄にもスミ子さんにも、人一倍働く気持ちが漲《みなぎ》っているんで、人様の心に以心伝心で伝わり。人徳になっているんだっぺと、母は思うがね」

「成る程ね」

「今をな、吉と出ている恩徳《おんとく》を守り。家族の絆を大切に頑張りなせぃよ」

「母ちゃんの言う事は総て御尤も、肝に銘じて、反省しながら努力しますね」

「今夜の嬉しさに、母の方からもちょっくら聞いてもらうが、栄に早早と二人の女孫が授かった時は、母ちゃんもスミ子さんの、お母さんと気が合って、東京や越谷にと産後の手伝いに御一緒しての、泊まり掛けで滞在しては、上野や浅草に行って、映画に寄席や女剣劇などを楽しみ。旨い物をな、労《ねぎら》いだからと食べさせてもらったなー。

して、引っ越した大阪でも、母ちゃんもちったー若かったから、大阪の万国博覧会には、一緒に行った妹（錦子《きんこ》）と二人を見物に連れて行ってもらい。一週間も宿の代わりに泊まり。上げ膳据え膳に、御負けに遠慮する中、下着などの洗濯もしてくれて、奈良や京都の観光と食事に、散財をさせたが……自分の親兄弟や親戚がきても、お客様なんだからと、私等に財布の紐を締めさせ、嫌な顔一つ見せずに、長逗留を楽しませてくれた。

栄の嫁さんは両親にも似て、毅然《きぜん》と温かい人情味のある人だねえと、今は彼の世に行った妹が常に繰り返しのべた誉めだったよ」

「へえー小さい頃から世話になった錦子叔母ちゃんに、そう言っていただき、極楽浄土に手を合わす嬉しさだよ」

「そんじゃな、嬉しい序《つい》でに、御前《おめえ》の事も喋ってやっぺ。スミ子さんの父母も、今は彼の世で寂しいが、生前茶飲み話にスミ子さんの両親も、母ちゃん等の後に、万博見物に長期滞在の中、奈良や京都に老婚《おいこん》旅行もさせていただき、大阪で生まれて初めての『河豚料理』を栄に御馳走になったのが良い土産になったと、思い出の喜びを聞いた時には、焙《ほう》じ茶が新茶に変わったぐらいに、嬉しかったなー。

其のような話を親同士が、古里で出来たのも二人のお蔭と喜び合っていたんだよ」

「へえ、嬉しい話に盆と正月が一緒にきたようで、スミ子にも良い土産話が出来るよ」

「そうか、スミ子さんの両親も今は彼の世の人になり。心に頼るは栄だけに、スミ子さんの心を汲み終身大切に、今迄の内助の功の苦労を、精一杯報いてやりなせぃよ」

「ああ、其の話肝に銘じてそうするよ」

「其れと、ほれ、栄を身内のように可愛がってくれた、車屋の静江《しずえ》婆ちゃん（文子さんの母）が此の人ならと、スミ子さんと良縁を結んでくれた。二人の現状を、草葉の陰で喜んでいるべなー」

「今日はね、母ちゃん。其のお礼を忘れずに、父ちゃんの墓参《ぼさん》の時に、墓が間近なので、静江お婆ちゃんの墓石を撫でながら、現状報告をして、スミ子の分もお礼参りしてから、母子草を供養に花生《はない》けに飾ってきました」

「其れは栄。誠実な功徳となって良かった。文子さんにも、話をする楽しみが出来たよ。

何時もな、人と人は其其に目には見えぬ、何らかの絆で、お互いが繋がり支え合っていると思うよ。其の支え合うだがな、母ちゃんは無学で殆ど読み書きは出来ないが、何ともあの『人《ひと》』という文字だけは意味深く、互いに支え合う形が好きな文字だなー。だから常に人様を大切にと、日日考えているんだよ」

「今の話を聞くと、母ちゃんは無学どころか、歳を感じさせない、ユニークで哲学的な頭脳のようで、迚も素晴らしい人情家だなー」

「そうだっぺかな」

「僕も母ちゃんに肖《あやか》り繋げているよ。店の方もね。人に肖り支えられて、お客様に日日を感謝し、年中無休の商いの中に、撮影のアドバイスやら、プリント技術に真心を込め、他店との違いを繁盛に繋げているんですよ」

「なあー栄よ。年中無休も良《い》いが、スミ子さんには十分に休息させてやり。我が身も張り詰める中で一服しなせいよ」

「あ、母ちゃんの意見は実行するからね。今の一服の話だが、母ちゃんは以前から、煙草は吸わなかったけかな」

「煙草は、あの臭気に食欲湧かずで、勧められたが吸わなかった。其の代わり酒をちょっぴり、一人身の心の話し相手に、少し嗜《たしな》んだが、今は目に悪いからと、院長先生の意見に縁切りをしているんだよ」

「そうなんだ。じゃ、お酒代わりに富士市から、仲間と飲めるように、飛び切り美味しいお茶と、茶請けに色んな物を送るね。母ちゃん」

そう話した所に……「あれ、廊下の柱時計が十二時を打ったよ。話の続きは明日に持ち越して、さあ、休もうかね。母ちゃん」

「そうするべか、今夜は栄と話し合いが出来て、大吉《だいきち》の『幸《さち》』の文字を抱っこに、良い夢路に安眠するべ、そんじゃ栄。おやすみ」

何かと話を聞けば、母の孤独さは計り知れず。話す一言一句に無駄がなく、心に突き刺さるように五臓六腑にじんと染み渡った。

母の子育ての人生を顧みると、我等子は、一人身の母の心を癒やす考慮もせず。慈愛に抱かれ育った子が、一人で成人したかのように、母をほったらかしで、海外はともかく、日本の温泉旅行でさえ、兄弟五人が心一つに、慰安に誘った試《ため》しもなく、弱体した母を、兄からの手紙で見舞うとは情けなかった。

母の微《かす》かな寝息に現在は兄弟の中で、何《なん》のトラブルも無く、精一杯家庭の絆を大切に、銘銘が安住に暮らしているだけでも、親孝行かなーと思う中に、柱時計の刻《きざ》む音だけが、時《とき》を過去へ追い遣るを、うつらな夢路となりながらに……朝焼けの窓に目覚め目頭を擦《こす》った。

目線を母の寝床に移すと、姿がなく小用に行ったと思った母が、引戸を開けて、早くも、新たなお茶セット持参の笑みと搗《か》ち合った。

「あっ、お早う。母ちゃん」

「あれ、目覚めさせたかな、煎餅蒲団に枕が替わったんで、よく眠れなかったんべ」

「いや、そんな事は無いよ。喋り終わって直ぐに、夢心地になり。夜明け方《がた》まで眠れたのは、母ちゃんが何時頃《なんじごろ》か、ほら、蒲団を押《お》さえて羽織など掛けてくれたお蔭だよ。今さ、六時一寸過ぎだが、朝食は何時頃《なんじごろ》に食べるの」

「そうよな、一階の食堂で、粗《ほぼ》八時一寸前頃からかな、栄の分も頼んであるが、老人食《しょく》で胃に優しく、少し柔らな麦御飯で、食べ難《にく》いと思うが、昨夜《ゆんべ》の皆様の顔を御数に、田舎料理を、昔話に食べるのも良かっぺ」

「いやー願い叶ったりで、嬉しいね母ちゃん。子供の頃だが、小昼飯時分《じぶん》に何か食べたいなと、其の家の子と皆で遊んでいる時に、顔色を見透かしては、何か（麦飯結びや麩《ふすま》パンなど）を一口《ひとくち》なりと食べさせてくれた。其の温い味は未だに忘れられないよ。

其の近所の老婆《おば》ちゃんや老翁《おじ》ちゃんとなった数人の方と、朝食が出来るなんてさ、母ちゃんが療養中なのに、お蔭と言っちゃ申し訳ないが、食べられるタイミングは夢かなと、スミ子に良い土産話が沢山出来たよ。母ちゃん」

「皆さんだってな、思い掛けずに栄と会う事が出来て、冥土に良い土産話を、背負って行けるって、迚も喜んでいたっぺよ。それより、さあ、栄。話は後《あと》にしてな、廊下突き当たりの洗面所で、ほれ、看護師さん用意の歯磨きセットで、母ちゃんのタオルを持ち。ちょっくら清清と顔を洗ってきなせえ」

「じゃ、蒲団を畳んでから行くよ」

「そったら事は、母ちゃんがするから、早く行ってきなよ。其の間に、美味しくお茶を入れて置いてやっから」

母の快い言葉に、歯磨きに洗顔をして、窓に眺む瓦屋根に、雀のファミリーなのか、何らかの餌を啄《ついば》み戯れている。其の雀等でさえも目の玉に、陽光をキャッチし、よく目が見えているのに、母の眼の悪化を思うと、晴れた空に暗雲が近付く感じで、遣り切れぬ思いに駆られながらに、目鼻に見放く、益子のシンボル高館山に、霧の湧き上がる山麓辺り、西明寺観音様に、母の眼病を合掌して篤と祈願して、光景を焼き付けた。

「あー、さっぱりした。病院の水道はほんのり微温《ぬるま》く、迚も美味しいね。母ちゃん」

「彼の水はな、深井戸からポンプで汲み上げてるとかで、夏は冷たくてカルキが入ってないから、誰もが旨い水と誉めるが、院長先生は出来るだけ煮沸《しゃふつ》して飲んで下さいと仰《おっしゃ》いますが、生水《なまみず》の旨さに日頃の慣れでな、飲んで仕舞うんだよ」

「成る程ね……我が家のは浅井戸で、目高や鮒など掬い捕っては、井戸で育てようと入れた所をさ、『また入れたのか、大切な飲み水なんだぞ』と父ちゃんに見付かり。罰に井戸の近くに群れ生えた茗荷を素手《すで》で米揚げ笊《ざる》に口切二杯穿《ほじく》り摘《つ》まされ、嫌な臭い裏腹に『茗荷の黄花《きばな》の透けた炎のような色が綺麗だった』と作文に書き、先生から朱墨の花印《はなじるし》を貰ったのが、印象に残っているのも、父ちゃんに叱られたお蔭だったなー」

「栄に、朝っ腹《ぱら》から、茶飲みに父ちゃんを回想してもらい。良い供養になったなー。さあ、もう一杯。御前の好きな紫蘇の実のたまり漬けと、糠漬《ぬかづ》けのコウゴ（沢庵）で飲んどこれ」

母が気遣い、調達した好物を手の平に受け、緑茶を啜る会話に、部屋を抜ける何らかの煙《けぶり》のような風の匂いに、ふと、生まれ住んだ藁屋の中で、父も交え、団欒しているような錯覚をした。

「ねえ、母ちゃん。栄の此の湯呑みの中を、よく見て御覧よ。ほら」

「あれ、でっかい茶柱だないや」

「此のね。縁起の良い茶柱がよく見えるとはさ、目が良くなる証拠だよ。母ちゃん」

母が小声で笑い、僕の手を取り、手の平に紫蘇の実のたまり漬けを一匙《ひとさじ》のせてくれた。

其のような母には心配は残るが、古里の空気に酔い痴れて、親子で茶飲み話に花を咲かす事が出来るのは、生涯に意義深いと思った。

時は早くも、七時二十分となり。ささ仕度と、寝巻から母は、霜降グレーのワンピースに着替え、僕は紺のスーツにノーネクタイとなり。出た戸口で、看護師さんと鉢合わせ。朝食を部屋に運び下さるの言葉に、丁重に断り。母に従い一階の食堂に入って行った。

「皆さん。お早う御座います。お揃いの所を遠慮なくお邪魔をさせていただきます」

僕の言葉が終わらぬ内に、誰彼（二十人程）なしに、僕の方に顔を向け拍手が湧いた。

何か変な歓迎の戸惑いに、目線を正面にした時、立ち向いた看護師さんから、「皆さんお揃いになりましたね。今朝も元気にお早うございます。

皆さんに報告します。御存じの方もいらっしゃいますが、全員の方に一言ね。只今、食堂に入ってこられたのは、大関菊野様と息子さんです。その息子様が富士市から御見舞いにこられ、お母様を通じて、駿河湾で捕れました、珍しい桜えびを戴きました。その桜えびを酢物に添えましたので、跳ね上がる桜えびの色艶《いろつや》のように、若返って下さいね。

では食べ物を喉に詰まらせないように、ごゆっくり時間を掛けて、召し上がって下さいね」

其のように、和らげた話をして、僕の方に会釈し笑みの目線を向け、昨日受け付けてくれた若さはち切れそうな看護師さんが退室した。

「いやー母ちゃん。気の利いた看護師さんだね。少しの桜えびの事まで、話をしてくれるなんて気が引けましたよ」

「彼の看護師さんはな、療養者の人気者で決して怒鳴り散らす事なく、院内でも如在無《じょさいな》い方《かた》でな、皆の体を揉みほぐしたり、老人体操も教えてくれたり。自分の方から嫌がらずに、下着の汚れ物なども洗濯をしてくれたり。個人の一寸した悩みなどもな、よく相談に耳を傾けてあげ。決して他人に洩らさない信頼の出来る人で、誰からも慕われているね。春子さんは主任の看護師さんなんだわ」

「へえー話を聞くと、恩着せる事も無く、今時、天使のように魅力的な人に尊敬しちゃうなー。

ところで、春子さんは若いようですが、年は幾つくらいなのかね」

「何でも、三十歳になったばかりと、聞いてはいるが」

「そうかね。若さに長《た》く和光同塵《わこうどうじん》とでも、評価したい看護師さんだね。我が商売にも、迚も参考にして生かす事が出来るよ」

「さあ、栄。感心するのも良かっぺが、温《あたた》かい内に田舎の料理を味わってみとこれや」

母が言っていた、老人向きの朝定食には、料理人の方《かた》にも、先程の看護師さんなどの意見も入っているのか、老人の入れ歯や咽の通り、胃に心遣いの配慮が感じられた。

ちょいと摘《つま》んだ一二三《ひとふたみ》に、総《すべ》て少量ずつの混合盛り付けに、目線が迚も楽しい装《よそ》い方《かた》で、先ず、主食の柔らか御飯と御数《おかず》とに、旬の花菜や芹の胡麻和えや、若布と胡瓜と桜えびの酢物に、温泉玉子・梅干・沢庵の薄切り・納豆・鮭の切り身・大根卸し・浅草海苔、芋幹《いもがら》と豆腐とじゃがいもの味噌汁などに、デザートに林檎三切れが、ステンレスの角盆にのっていた。

長テーブル六台二列に、ゆったりスチールの椅子に座り。二十人程の方と向き合いで和気に交じり。昔馴染みの笑った銘銘の顔が、またとない御数となる中で僕も薬缶《やかん》を持ち。焙《ほう》じ茶の注《つ》ぎ足《た》しを、挨拶代わりに回って、全員に母を頼み、握手をしながら席に戻った。

母が勧める儘に、御飯と味噌汁を御代わりして、美味しさに膳を残さず満腹となり。感謝に御馳走様に手を合わせ、馴染みの皆様方に、ごゆっくりにと会釈を後《あと》に、恥じらい背中に縋《すが》り付いた母を手負んぶし階段を、一歩一歩に名残を噛み締め、踊り場で立ち止まると、……「朝食分《ぶん》で少しは重たくなったっぺよ」と母の言葉に「あ、」と答えて目頭が熱くなった。階段の短《みじか》さに戻った部屋の開《あ》く窓に、故郷《ふるさと》ならではの土壌《どじょう》香りに深呼吸をした。

「何とも時間だけは、待ってくれねえで、今日は栄の帰る日《けえ》か」……と母の独り言を耳にしながら、忘れ物の無いようにと、皆様方と療養所に御礼に送る品を彼是手帳に記した。

そんな所に腹を摩りながらに、馴染みの四人が揃って顔を綻《ほころ》ばせ手荷物を持って入って来た。

昨夜の千振の会話から、何と、夜の内に銘銘が、自宅や知人などに連絡を取ったらしく、今朝は今は貴重な乾燥千振の束と、紫蘇《しそ》の実のたまり漬けのビニール二重にした袋が、銘銘のマジック書きや名札付きで、お土産品として持参いただき、座敷目の前に大量に集まり品評会のようになった。

「こりゃ大変だぞ、栄。買い出しにきたように集まっちゃったないや」と母が満面の笑みに覗き込んで喜んだ。

「いやーこんなに沢山、今は此の辺《へん》の幾山《いくやま》探し歩いても、採れないと聞く千振を感謝します。其れと是だけは、正《まさ》に古里だけでしか味わえない。各家庭の隠し味の、紫蘇の実のたまり漬けの取って置きを、味な好物のお土産を下さり。昨夜に今朝も、僕の方こそ、盆と正月が一緒にきたような嬉しさです。

家に持ち帰って広げた途端、妻や子供等もびっくり仰天感激《かんげき》して喜ぶと思います。

千振は時にはお茶代わりに飲み。家庭の常備胃腸薬に大切に保存しながら、無駄なく役立てます。

好物の紫蘇の実は、誰彼を混ぜ混ぜしないで、日替わりに、皆さんの昔呼ばせてもらった名前を浮かべながら、家族と思い出話に味わわせていただきます。

僕はね。いや、己等《おいら》はねの方《ほう》が好《い》いかな、此のお土産を見てだけではないが、古里には父や母が何人もいるような……益子町という温《ぬく》い風土に生まれ育ち、本当に良かったなーと思っています。

皆さんの心尽くし誠に有り難う御座います。

今日のお礼と言っちゃ何ですが、昨夜写したスナップやらの記念写真と、富士山の四季の写真や、八十八夜摘みの新茶やらを、銘銘に感謝文を書いてお送りしますので、楽しみにお待ち下さいね。

今後も母の事を、皆さんが頼りですので、宜しくお願い致します。

またの機会に、お逢いする日を楽しみに、古里で皆さん。何時何時迄もお元気でね」

「ああ、男の広やんも、今の栄ちゃんの話に心の中にじんときちゃったよ」……と涙の広やんの一言に、皆皆の互いに潤んだ眼差しに幾度も握手と、滲み浮き出た黒痣《くろあざ》の手の甲に、手重ねを繰り返しての惜しむ別れに、今でも、皺になった手から伝わる温もりは、往にし其の儘に愛おしかった。

「さあ、今度は栄の番だが、今日は何時頃の汽車ぽっぽに乗って、帰って行くんだや」

「そうだなー益子駅を夕方に、東京駅を最終の新幹線に乗り。我が店舗に十一時頃に帰れば、良《い》いと思っているんだ」

「そりゃ、ちょっと遅過ぎて駄目だな。帰りは手荷物も多くぶら下げるし、それより今《いま》かと帰りを待っている子供や嫁さんを心配させねえで、一時《いっとき》でも早目に帰ってやれば、土産話に喜ばす事も出来っぺよ」

「判《わか》ってはいるけど、何となくね」

「母ちゃんはな、栄に掛け替えのない、お風呂の良き思いを残してもらい。これ以上の満足はない。何時までも病院に居てもらいたいが、別れの時刻は遅かれ早かれ来るもんなんぞ、道中には何事あるか分かんねえぞ、早目に帰り仕度をしなせえよ。

あっそうだ。今日は殊《こと》の外《ほか》天気も良いし、栄よ。帰る前にな、昨日のように窓際に立って、御天道様の日差しを顔に当てて、母ちゃんの方を向いて見てくろや」

言葉は其の都度、方言《ほうげん》混《ま》ざりに打《ぶ》っ切ら棒だが、気丈な母の温い心髄《しんずい》の口調に、素早く笑みながら窓際に立った。

「母ちゃん。よく見える。こんな日差しの感じだが、如何《どう》かね」

「ああ、そ、それで良《よ》かっぺ。栄の艶な顔がな、今朝は髭《ひげ》を剃ってなかっぺ。そんなもんでな、父ちゃんの髭面《ひげづら》が蘇ったようによく似て、眼《まなこ》がすっきりと、見えているから安心しなせい」

三メートル程で顔を見合わす、母の眼《まなこ》にきらりと涙が光った。

向きを変え、母を背にして眺む、益子町のシンボルの高館山を、これからも朝な夕なに此の窓にきて、母が日日に四季の光景を眺め見ながら、徐徐に目が見えにくくなる。其の目頭を何度も擦る母の姿を、今から思い浮かべると、胸が張り裂けそうで、「わあーっ」と叫びたい気持ちと、此の部屋に居座りたいという心の内とが交錯する中に、無情にも柱時計が十時を打って仕舞った。

「そら、栄よ。早く腰を浮かして、持参したカメラと鞄は別として、皆様からの大切なお土産を、一《ひと》つでも忘れねえように、此れはな、母ちゃん使用の茶絣《ちゃがすり》の折り畳みの手提げ袋だが、軽く手頃で調度良かっぺ。此れに残らず一纏《ひとまと》めに入れて持って行きなせえ。

一つでも忘れ物が無いように、よく点検をしてな、人様に笑われないように、きちんとした身支度しなせえよ」

「母ちゃん。一部始終言いながら、そんなに急《せ》かさないでよ。

あのね、昨日の事だが、光兄《みつるにい》さんが昼食を持参するから、病院で一緒に食べようと言ってくれたんだよ」

「そうか、其れは迚も楽しみな事だが、光兄《みつるあに》はなー町会議員のバッジに恥じないように、今は会期中ではないようだが、何か事ある毎にバイクでな、時には玉枝（妻）を応援に後ろに乗せ、一緒に出掛けたりもするのでな、まあ、当《あ》てにしねえで待ち侘びんなや」

成る程、母の頭脳は老化現象もなく、周囲の情況を的確に把握出来る療養に偉さを感じながらに、忘れない内に渡して置こう。

「母ちゃん。栄さ、帰りの切符は往復で買ってあるのと、小銭入れに少し持ち合わせがあるから、此の黒革の財布ね。中身は然程入ってはいないが、そっくり母ちゃんにあげるから、誰にも見せずに、困った時に使ってね」

要らぬと、手振り遠慮する母に、富士宮市の浅間大社の御守りの入った、二つ折り財布を……母も着替えて見送るとの紺絣給《こんかすりあわ》せの胸元に、無理やり差し入れた。

「さてと、忘れ物は」……「ないが、母ちゃんの肩を一揉みして帰りたいよ」そう言いたかったが、早くも千振などの袋を、忘れるなと指差し、さっさと先に部屋を出ようとする、母の背後から、そそくさと病院の玄関先に立って、辺りを篤と見渡した。

「栄よ。母ちゃんは駅までは見送らないが、新築する家の出来上がりを、日日心待ちに楽しみに療養しているからね。

道中は周囲によく気を配り。怪我などしねえように、我が身大切に帰って行きなよ。首を長くして待っている、スミ子さんや孫の公代と美和に、母ちゃんが逢える日が楽しみだと宜しくな」

「ああ、母ちゃんの言葉を篤と伝えるよ。

目の方はかならず良くなるから、家の完成を楽しみにね。大石寺にきた時に一緒に植えた、彼の小木の桜も、今年は幸先良く枝も伸びて、花芽が沢山付くと思うし、来年の花見楽しみにしていてね。母ちゃん」

　そう言って、身長が五尺にも足りなくなって仕舞った母の肩をぽんと叩き、革靴を履きかけると……「栄。ほれ、此の靴箆《くつべら》を使いや、使ったらポケットに入れて持って行きなせい」

「あれ、洒落た木目の艶《つや》な好《い》い靴箆《くつべら》だが、如何したのこれ」

「其れはな、栄も知っての通り。何《なん》や彼《かや》と昔っから願い事を、叶えにお参りによく行ったっぺよ。益子町の西明寺様の椎の古木で作った靴箆の御守りで、栄の干支の鼠が鈴と一緒にぶら下がっているべ。知り合いのタクシーに、頼んで買ってきてもらったんだ。

　其れとな、此の和紙袋には、孫等にもキーホルダーに銘銘の干支の付いた厄除け無病息災の御守りが入っているのと、スミ子さんにもキーホルダーもあるが、毎日の福が掬い取れるようにな、杓文字の御守りが入っているから、お土産らしくもねえが、家族健康で毎日を睦まじい絆をな」と手渡してくれたので「あのー母ちゃん」と目を合わせ、母の慈しむ心情に言い掛けて、言葉がつまった。

「もう何も言うなや、栄の言いたい腹の内はよく分かっている。

　其れよりな、もたもたしねえで、汽車は時間を待っちゃくれねえぞ、一寸でも余裕を持って、町中《まちなか》の新旧に変化した看板など目に焼き付け、今は益子焼も素朴さ好まずか、派手な色合いの薄物になっちまった。

　其のような益子の姿を、一寸でも話の種に店先を覗くのも、観光話に商売のプラスになって良かっぺよ」

そうアドバイスしながら、玄関の軒下で、笑みて軽く手追いするように、急《せ》き立てる母の姿に、ふと……母を置き去りにする自分の今の姿が、映画で見た「楢山節考」のスクリーンの中に、登場しているような錯覚になって仕舞った。

歩き出る、玄関から先の門まで数メートルに、風雨で丸み並んだ飛び石（往にしは藁草履を履き、扁桃炎の手術で幾度、独《ひと》り法師《ぼっち》で通《かよ》い泣きしたか知れない）を伝い靴音を響かせ姿勢正して歩き、門からは振り向かず。立ち去ろうと思ったが、意気地《いくじ》が無く、母のパワーに負けて、ちらっと振り向き、母が笑みて右手を胸元に小さく手を振ったのを、目線に篤と焼き付け。大《おお》谷石《やいし》の太い門に掲げた「松谷醫院」の墨文字を撫で、駅につづく町通りに出て行った。

して、手提げ袋と肩の鞄の左右振り分けを取り替えて、ウインドーを覗きながら姿勢を直し、特に焼物の店先を覗き懐かしみながら、十分《ぷん》程で益子駅に到着した。

未だ列車の時刻には大分早く、待合室やらの益子焼の展示陳列に目を通す中。確かに母が言うように、素朴さより鮮やかな物が目を引くが、どれも我が郷土を誇れる、素晴らしい芸術作品の絵皿や花瓶などに感動した。

して、古里の澄み切った空気に深呼吸をしたくなり、手触《てざわ》りに艶《つや》となったらしい、木目浮き出た分厚い格子の、蝶番《ちょうつがい》の改札口に切符を見せて通り抜けた。

益子駅の名所案内の掲示板を背に、深呼吸してみるホームからは、滝の流れを思わす数本の残雪に男体山が見放け。目を落とすと、春紫菀に蒲公英や雑草に占領されたかのような、一日に僅かしか走らない単線の侘《わび》しさを感じた。

其の線路の錆が、下方の枕木を赤茶に染む中を、長閑に紋白蝶がラブラブに舞いながら、田園の中に延びる二本の線上を、列車を迎えに行く如く飛ぶのを目線で追っていると……聞き馴れた声が「おおい、おおい、栄。栄よー」

「あっ、光兄《みつるにい》さん。玉枝姉さんも一緒にきてくれて、逢えて良かったー」

「いや何の、古里に手紙一通で呼び寄せて置きながら、団欒に食事すらしてやれず、帰る寸前とは心残りに申し訳なかった。

今な、病院に立ち寄ったら、一足違いとお袋さんに言われ、バイクに玉枝を乗せ走ってきたんだよ」

「やあ、姉さん暫くです。母の事は玉枝姉さんに総て任せっ切りで済みません」

「栄さん。他人行儀は仰らないでよ。今日のお昼はね。一緒に食べようと思っていた、山菜や猪茸《ししたけ》の混ぜ御飯の弁当です。

お母さんにも、一緒のお仲間さんにも小昼飯にと、御鉢ごと預けて、取り急ぎ駆け付け逢えて良かったわー。

栄さん申し訳ないですが、思い出多い山野を眺めながら、列車の中で食べて下さい。

其れと此れは、我が家の井戸水で沸かし煎じた蕺草茶《どくだみちゃ》を、大きめのペットボトルに入れてきましたので、どうぞ味わってみて下さい」

「いやー、他では食べられない、僕の好きな珍味な飲食物を、有り難う姉さん。楽しみに味わい戴きます。

ところで、姉さんも、兄さんの手助けに、今は二人三脚で御多忙のようですが、日日の出歩きに相応しく、粋に井飛白《いがすり》のもんぺ履《ば》きとは、好ましいファッションですね」

「此のもんぺね。栄さんも見覚えがあるでしょう。

お母さんの御下がりでね。紬織の上等で丈夫な品で勿体無いのと、辿も気に入ったので、少し手直しして履いているんですけど、今時《いまどき》には、何か変かしら……ねえ、栄さん」

「いや、今時だから往にしのもんぺがナウに見えて、もんぺと同色の茄子紺のブラウスに、茶のベストが似合って、少し長髪に軽快さが出て、着映《きば》えチャーミングですよ」

「まあ、お上手、そう誉めて頂くのも、今日は特別よ。普段は化粧を怠る私（五十五歳）が……栄さんの奥様からのお土産に頂戴した、其のコンパクトを使って、念入りに化粧したから、少しは様になったんです」

「其れじゃ尚更、姉さんのお化粧のスマイルを、未だ列車の時刻には間が有るので、兄さんもスーツで調度お似合いだから、益子町の議員さん御夫妻を、此の益子町の案内掲示板と一緒に写させて下さい。

では、お二人共もう一寸肩を触れ合って、そうそういいね。其の儘一寸にっこりと、はい連写で、いやーとっても良かっだす」

「なあ、栄。此のような機会は中中ないからな、三人で記念写真も写そうかね。玉枝を主役として如何かね」

「主役だなんて、今日の記念に嬉しいわ」

兄の言葉に、荷物をホームに置き、駅舎の前に出て、益子駅名をバックに入れ、燥《はしゃ》ぐ姉さんを真ん中にして、兄が駅員さんにお願いし、数枚シャッターを切ってもらった。

して、自動販売機で姉さんが求めた、缶コーヒーを飲みながらホームに戻った。

「なあ、栄よ。折角きてくれたのに、玉枝の弁当はともかく、俺は何も土産らしい物がないので、取って置きの益子焼らしい、分厚い我が窯焼きの夫婦湯呑みと、子供等に御飯茶碗をな、箱にも入れねえで、昨日の下野新聞に包んだだけで、無作法で申し訳ないが、此の手提げ紙袋に一緒くたに入っている。少しは重いが、兄弟の好《よしみ》で持って行ってくれや」

「何時も有り難う。兄さん独特の釉薬《ゆうやく》の益子焼らしい代物《しろもの》は、今はなかなか無いよ。大切に使わせていただきます」

「ねえー貴方。栄さんは荷物が多過ぎて、大変なんじゃないかしら、良かったら明日早目に届くように、段ボール箱に入れ、宅配便で送ってあげた方が良いかもね」

「それじゃ、栄。そうするか」

「いや、その気持ちは有り難いですが、此の布袋《ぬのぶくろ》は大きいから、まだ一緒に入りますよ。

お土産は帰って直ぐに手渡した方が、嬉しさに実感が伝わりますから」

「でもね、栄さん。階段の上り下りや乗り換えに、東京辺りの混雑があるでしょう。転んで怪我でもしたら大変だわ。

鞄と此のお弁当だけにして、身軽に帰った方が、家族の為にも安心だと思うのよ。

其れとね、栄さん。お似合いのベレー帽に、折角のスーツが買い出しスタイルになるわよ」

「そんな事を言って、笑わせないで下さいよ。大丈夫だから、姉さん」

そう言った僕に、茶目っけを不服そうに、姉が器用に布袋を、達磨のように形良く膨らませ、タオルで肩掛けにし持ち易いようにも、纏《まと》めてくれたが……姉の心配顔に負け送ってもらう事にした。

「さあ、身軽にさせてもらい、名残惜しいがお別れか、御夫婦揃っての多忙な中を心遣い有り難うね。

今は町会議員で益子町の為に、何かと飛び回っているのに、貴重な時間を無駄にさせて、申し訳なく思います」

「何の、俺の方が栄を呼び寄せたんだもの、此方が恐縮している所だよ。

だがな、今は陶芸の方は趣味的になったが、町民の手足となって、喜ばれる事が、何よりの親孝行になるしな……親孝行と言えば、栄の新築する話は、お袋に長生きしてもらう、望みを大《だい》にさせた親孝行になったから、完成間近になったら知らせてくれや、俺と玉枝とでお袋を連れて行く。其の日の来るのを、楽しみに待っているからな」

そんな掛け合いの中に、菜の花がちらほら咲き出している、田園の彼方《かなた》に時刻通り（十一時五十分発）に、列車が前面の玻璃《はり》を陽光に輝かしながら近付いてきた。

ホームに止《と》まる、茂木《もてぎ》始発のディーゼルカー二両の列車からは、下車数人に乗客も数人に、些《ち》と侘しさの中で、「じゃ、栄さん。スミ子奥様に、女性の宝物の土産を戴き、喜んでいたと伝えて下さいね」

「はい。そう伝えます。母ちゃんの事は姉さんが頼りなので宜しくお願いします」

兄の温い分厚い手に握手と、姉が差し出した弁当を受け取り。手の平にタッチして、素早く乗り込んだ。

して、直ぐに進行の左窓を開け、発車寸前グレーのハンチングを大きく振る兄と、姉の手振りを、益子駅名の平仮名三文字の付いたポールを入れ二人を連写した。

蔦や花柄模様のカラフル二両編成の列車が、軽く警笛を鳴らして発車した。

今の真岡線は一日《いちにち》に数本しか運行しない中、下館で乗り換えなしの、小山駅止《と》まりに運良くも、乗車出来ての安堵感になった。

空席の多い一両目の車内を一旦、運転席の方まで見渡してから、益子方向に目線をやると、青く目に染むパノラマの山山は、パッチワークとなって、最早芽吹き始め。此れぞ山笑う光景かと、往にしの山菜採りなどを思い出した。

発車してから数分、列車が小貝川の赤い鉄橋に差し掛かった辺りで、益子町役場の正午を知らせる、時報の通称ポー（サイレン）が鳴り響いた。

耳にするポーの音に、今だからこそ貴重な体験も懐かしく、様様な思い出が、目まぐるしく脳裏に湧き上がってくる。

一《ひと》つの思い出を拾うと……第二次世界大戦中に、空襲を知らせるサイレンの鳴る高低音の連続に戦《おのの》く中、部屋の電灯に黒布を被せたり。慌てふためき、裸足で着の身着の儘防空壕に入って、飛行機の爆音に震い立ち、家族が身を縮め身を寄せ合い。一握りの乾燥芋や麩《ふすま》のパンなどで、一晩を凌ぎ通したなどの、思い出の温もりが、親子兄弟の絆を大《だい》にした事は忘れられない。

現在は兄弟銘銘が、益子町に母親を長兄夫婦にお願いして、首都や県外に所帯を持ち、健全に子の親となり。安穏に生活を送る月日《つきひ》の中に、日頃の便りは少ないが、暑中や年賀状などに、親兄弟の命の尊さを、互いに慈《いつく》しみ合う心中《しんちゅう》に変わりなく、何かに付けても往にしが蘇る。

其のような思い出は尽きぬが……今は、ポーの鳴りを野鳥でさえも、長閑に聞き入っているような、沿線に咲く白梅（青軸）の香が、列車内に仄かに漂い、心地良く列車の振動の音を耳にしている。

沿線はカーブや踏切も多く、ローカルならではの農作物や土壌の香りに、各駅に停車をしながら、早くも真岡駅に到着した。

列車は単線待ちに十分程、此れ幸いに昨日下車した三人の小母ちゃん達を思い出しながら、平仮名に真岡駅と分かる駅舎を写し、日曜日だけ走るとのＳＬの停車を、話の種に正面向きで、でんと写す事が出来た。

して、右の車窓に行って、妻が往時三年間七井駅から真岡までを、セーラー服で通学した、高台に見ゆ、真岡女子高等学校の校舎風景を、パノラマになるように、望遠ズームレンズで三枚繋《つな》ぎにしたく数枚写し、他にも変貌したと思われる周辺などを撮り入れ、妻の思い出の土産に素早くシャッターを切った。

「お待たせしました」の車内放送に列車が、車《くるま》に似たクラクションを鳴らし発車した。

枕木の音も軽やかに、風景が緩やかに変化して行く中、二宮駅を少し過ぎた辺りから、手前に広がる菜の花畑の、波立つ煌めきの七分咲きが、程良い香りとなって入り込む車窓に、青黒く見えてきた筑波山に……さて弁当をと、手提げ袋の中に掛けたタオルを取り除くと、些《ち》と香水の香りに、ペットボトルと、昔懐かし見覚えのある、茶色で唐草模様の母が常に買い物に使用していた、紐結びの少し大きめな巾着に、弁当を入れてくれたとは、何とも大関家に染まった義姉が心憎いと思った。

取り出した重ねタッパーの上には、ビニール袋の中に濡れタオルが入れてあり、割箸も黒文字小楊枝《こようじ》付きで入っていた。

心地良い抜け目なさとに一通り見詰め直し、先ず食べる前に些と思案し、楽しみながら……「姉さん思い遣り弁当」と名付けた。

して、猪茸《ししたけ》（革茸《こうたけ》）と青豆や干瓢などの混ぜ御飯と、別のタッパーの種種な御数との、両方の蓋を開け、ペットボトルの蕺草茶を、巾着に添えるなどして、隣の座席上に種種並べ、陽光射し映ゆ彩り《いろど》も良い記念の土産話に、写真を送る楽しみとして、フイルムを入れ替え、丹念に数枚シャッターを切り接写もした。

香り味わう猪茸混ぜ御飯の隅には、紫蘇の実漬けも添えてあり。御数のタッパーには、鮠《はや》の幼魚や野芹と藪萱草《やぶかんぞう》の胡麻和えに、珍しい稲子の甘露煮などが、少量ずつ目線に楽しく入れてあり。隅には蓋付きの小さなビニール容器に醤油までがちゃんと入っていた。

多分、半日程度を可成り目まぐるしく四方《よも》を駆けずり回って、姉が苦労に調達して作ってくれたアイディア弁当に感謝と尊敬の念で合掌して、珍味を食べさせていただいた。

気配りの色取る弁当に込められた、長野県から嫁《よめ》さんにきて、益子町に染まった玉枝姉さんの、母にも似た入念な心遣いが、篤と五臓六腑に染み渡った。

其の玉枝姉さんが、長男《ちょうなん》を出産した頃だったか、独身だった僕に、真面目顔で、此のような事を……「ねえ、栄さん。夫婦は他人と耳にするけどさ、私が嫁入りして、大関家の血液が体内に流れ、子を産んだ私は他人どころか、義姉じゃないように思っているのよ。そう思わないですか、栄さん」

「はい、僕もそう思います」……と心の内に有り難く思いながら、同意するしかなかったが、義姉としては、もっと我が兄弟に心を寄せてほしかったのかなーと後日《ごじつ》思った。

だが、子供を産む産まないに拘らず。婿養子や養女に行っても、相手方と契りを結べば、他人でない事は確かと僕は思っている。

但し、契りを結んでも、大切なのは慈しむ愛情かとも、僕には下に妹は居るが、姉がいないので、義姉の砕け話を聞いた時点《じてん》から、特に玉枝姉さんが身近となり。実姉のように思って慕ってきた。

ふと、其のような思いに、ボトルの飴色の蕺草茶を一口飲み。感謝に平らげての腹を摩る満腹感となりうつらうつらに、目と鼻の筑波山に焦点が合わず。眠気催す中に下館駅を通り過ぎて、終点小山駅近く車内放送に、急遽タッパーなどを巾着に入れ紙袋に戻し、忘れ物の無きを確認してから、カメラを鞄の中に入れ身支度を整えた。

乗り換えの時間は余裕があり慌てることもなく、肩の鞄と手提げ紙袋との、荷物二個の手軽さに、兄夫婦に感謝した。

小山駅に到着するまでの間、前方の離れ席に、郷土馴染《なじ》みの方言で語らう笑いを耳にしてきた。二組の農家の御夫婦らしい。睦まじい高齢の方達とも、二度と逢う事がないかもしれないが、日焼け顔に白い歯並びでの健康な笑みが、心地良く印象的で、背後《はいご》から、心中《しんちゅう》より何時迄もお元気でね、とエールしながら続いて下車をした。

さて、乗り換えの余裕の時間を有効に、先で混雑する事を考慮に入れ、先ずトイレ休憩をして、通路に掲げる観光旅行のポスターなどを眺めながら、東北本線の上りホームに待ち、黒磯からの快速電車上野行き十二両編成に乗り込んだ。

　空席も多い五号車に陽光の差し入る進行左側の入口から、二席目の二人掛けの空席の、足元に荷物を置き窓際に背凭《せもた》れた。

　素朴な真岡線とは違い。左右の風景の中に、未《ま》だ沿線には田畑や空地が多く見られるが、次第に都会から通勤圏内辺りになってくると、カラフルな新興住宅やアパートが多くなり。好天気の昼下がりらしく、車窓からは早春の東風《こち》吹かばに、万国旗が閃く如くに、洗濯物などが爽やかに青空に映えている。

　だが、其の青空に惜しむらく景が、蓮田の辺りから徐徐に変化をなして、大宮に入ると空は青鈍《あおにび》となり。浦和に差し掛かると、都会と然程《さほど》変わりない。灰色なスモッグを感じて、赤羽に入るとマスクをしたくなるように、透明度が欠けて仕舞うのが、迚も残念に思えてならなかった。

　其のような中に於《お》いても、都会を通り過ぎる灰色の空の真下、ビルの谷間に見ゆ彼方此方の公園の楡《にれ》などの芽吹き始めや、緑の樹木が癒やす光景が見られ……ビルの凹凸《おうとつ》の中、群れ鳩の旋回が、白黒のコントラストになって見え、都会らしい煌めきの風情に、印象深さを目線に篤と焼き付けた。

　して、車内放送の聞き難《にく》い間《ま》を突如、車窓から風景が消えて早くも列車は重油の臭う、上野駅地下ホームに時刻通り、十五時二十分に到着した。

下車をした構内は、何と静から躍動に変わり四方《しほう》に人人が、めちゃくちゃなタップダンスの靴音を響き聞かす如く、足早に風を切るように、構内の通路を抜け去って行く。

我も汗を滲ませながら、地下のホームから、最上の公園口の階段を下りて、京浜急行より一足早く到着の山手線の鮨詰電車に乗車した。

車内入口近くのポールに掴まり立ち、見たいと思った西郷さんの銅像も見る間《ま》なく、止まる各駅でどっと降りてどっと乗車の混雑に、押し出されそうになりながら、スリに注意をし、どっと一気に飛び出すように東京駅で下車をした。

いやはや何時もながら、東京のど真ん中での此れぞ、諺の〈生き馬の目を抜く〉如く、皆皆様が四方の通路に、何所と何方に行く人戻る人達なのか、居住する場所さえも、気掛かりに思う程に雑踏する構内に圧倒され、新幹線の自動改札口をうろちょろしながら通り抜け。何と、不馴れにまごつき、エスカレーターを間違って、ひかり号のホームに上がって仕舞い。ちらっと見る腕時計に慌てふためき、こだま号のホームに駆け上がり。発車五分前の名古屋行き(十六時十分発)の列車に動悸弾ませながら乗車した。

列車は意外にも空席が多く、新富士駅の乗降口が、階段付近七号車辺りになるので、列車内を後方から七号車まで歩き、進行左側の前から二席目の窓際に、足元に荷物を置き、寛と背凭れにして座り。玉枝姉さんが弁当に添えてくれたガムを、眠気覚ましに噛み始めた。

時刻通りに列車は、スムーズに何時発車したか、早くも品川を過ぎ浜松町辺りを、夕日にビルの大小の窓ガラスがレフに反射するように輝き。彼方此方にネオンの点き始めた凹凸《おうとつ》するビルの間間《まま》に、東京タワーの朱映《しゅば》え立つを見ながらふと、積木遊びで作り立てた、御伽の国をカラフルに見るような錯覚となり。大地震などが突然に起きて、大都会が積木崩しの恐怖などにならぬように、思い願いながら目線にビルの林立の光景を、篤と見据え焼き付けた。

列車はスピードを上げ新横浜を過ぎ、平塚辺りから箱根連山などの上に、銀色の富士が斜陽に稜線を輝かし気高く見えていた。

其れも束の間、小田原辺りから数多くなった、短いトンネルを抜け、ぱっと開けた展望に、青い海原も陽光黄金に浮き見放《みさ》く。一度は観光をしてみたい初島の絶景を眺めていると、ごーと丹那トンネルに入り。ぱっと抜け出て、三島駅に到着した。

ひかり号の通過待ち合わせに七分程の停車、早くも次は新富士駅だが益子駅からの帰路は、自分流の車窓感に、いろいろと楽しみながら、空想に耽ってきたが、黄昏れてのひかり号の通過音に、益子の病院で別れてきた母の姿を思い出し哀愁が漂った。

三島に停車の列車が緩やかに発車、僅か十分程で新富士駅に到着するので、乗り越さないように足元の荷物を、右の空席に置いて下車の用意をした。

スピードを少し落とした列車が、浮島ヶ原近くに差し掛かった辺りから、久しぶりに白雪の富士山が夕映えに茜に染まり。車内放送の粋なサービスに、乗客から感喜の声が頻りに湧き上がった。

進行左側の田園では、籾殻《もみがら》の煙《けぶ》り燃ゆ畦道で、三脚を並び立てた数十人のカメラマンが、富士と新幹線の通過を、合わせ写す姿が見られ、僕の窓越しの顔も、シャッターチャンスに写っているかもと微笑んだ。

して、新富士駅に十七時三十分頃に到着。

荷物の鞄も軽やかに、歩いても二十分程だが……母の言葉を思い出し。一時《いっとき》でも早く帰ろうと、タクシーに頭を下げ。東海道線富士駅南口前から、一区間五分弱で、一晩の留守に些《ち》と気掛かりの中、メーンの角形看板の、時計回りに点滅する豆電球に出迎えられ到着した。

タクシーを降りる際、意見に従って母の笑顔が浮かぶ中に、十七時五十分に無事に帰れて、本当に良かったと胸を撫で下ろした。

そっと店に入ってびっくり、今や妻が、ガラスのショーケースカウンター前に並んでいる、七、八人程のお客様を前にして、フイルムの現像を受け、引き伸ばしのプリントなどの仕上がり袋を手渡し、レジ打ちにネックレスを揺さぶりながら右往左往して、「有り難う御座います」「お待たせしました」などと愛想良く一声掛けながら、奮闘している所だった。

お客様の一人から、「奥さん。愛する大将が帰ってきましたよ」の声が上がり。

其の言葉に、ちらっと笑みた目線を見せた妻に、何はともあれ荷物を片隅に置き、即座に手伝い始めた。

受け渡す銘銘のお客様に……「御迷惑をお掛け致しました」と日頃からのサービス品とする、

人気のかっぱえびせんやポップコーンなどを、一袋ずつ手渡しながら「有り難う御座います」と頭を下げた。

して、妻が初めてフイルム現像をしてくれた、明日お渡しの工事関係者などの、少し急ぎのプリントを一時間程熟《こな》し整理をして、妻の受け渡しのお客様も、十九時四十分頃に一段落となった。

「スミ子。留守中大変だったようだね。御苦労さん。其れに、フイルムの現像もやったようだが、スムーズに度胸良く上手に出来たようで、正《まさ》に……〈門前の小僧習わぬ経を読む〉の様《よう》で迚も有り難く嬉しいよ」

「まあ、お帰り早早、貴方に誉めていただき嬉しいけれど、最初ね。フイルムを失敗したら大変と思い、躊躇しましたが、先ず自分で写したフイルムを暗箱を使い。日頃の見真似とメモ書き通りに処理したら、うまく現像が仕上がったので、接待の間を利用し、慎重に次次と二十本程仕上げましたの」

お客様接待に多忙な中を自分一人で機転良く、フイルムの現像が出来た喜びを、些と興奮気味に話す妻が、迚も愛おしいと思った。

「さすがは、スミ子。日頃の努力の賜物だね。APSやライカ判のフイルムの現像が熟《こな》せたんじゃ、今度はさ、ブローニー判の現像や、プリンターも教えてあげるがね。子供等も食事を交代で、店を盛り上げ嬉しいよ」

「其れより貴方。今日は大分《だいぶ》早いお帰りだったけど、お母さんの療養所での、お身体の具合などは如何でしたの」

「そうよなー」……と言いながら、大《おお》まかに、一泊の様子など彼是を聞いてもらった。

「貴方らしく、いろいろと楽しい思い出もあったようですが、私にも大切なお母さんの肝心な目の具合、何とも聞いただけで、ぞっとする程心配になります。私は生まれ付き目の性《しょう》が悪い方なので、眼鏡の左右の度数も違って、時《とき》に視力に不自由するし、お母さんの日毎の気持ちを考えると、じっとしていられない程。やきもきな心配をして仕舞うので、ねえ、貴方。私も店の仕事は出来るように覚えて頑張りますので、長期に間《ま》を置かずに、益子には時折お見舞いに行ってあげて下さいね。

其れと、その時に持参して行けるような、何か副作用の無い、良い漢方薬などないかしら」

妻の優しさは、亡き両親の薫陶《くんとう》を心に抱いているのか、実の母を心配するような有り難さに、妻の意見に甘えて、日帰りの見舞いに行く事も、考慮するかと思う中に、次の日、土壌匂う郷里からの土産、正確屋さんの時計と一緒にしもつかれ（酢憤《すむつかり》）や老婆老翁《おばおじ》ちゃん達の紫蘇の実のたまり漬けと千振に、兄からの益子焼や、母からの西明寺の御守りなどの、段ボール箱二個が届いた。

開けてびっくり、娘二人と共に数数の珍しい土産に、目を皿にしながら、酢憤と紫蘇の実のたまり漬けを味見して、此れは迚も食欲が出て、太りそうだなと喜び合った。

そんな土産を前にして、今回の祖母の目の症状を娘二人に、母からの土産の干支付きの御守りを、手渡しながら軽く話して置いた。

母を心配する日捲りに妻が……「今朝は大安だから此れを使いましょうね」と母からの西明寺様の杓文字を翳《かざ》し見せて使い始めた。

して、母の眼病平癒祈願と、家族の健勝と福が舞い込むように、銘銘に湯気立つ御飯を掬《すく》い装《よそ》り、益子に向き手を合わせ戴《いただ》きますした。

店の閉店後も九時過ぎには、時間の許す限りを妻子連れ立ち、近くの米《よね》之宮浅間神社や、富士宮市浅間大社に、眼病平癒祈願に出掛けて行くなど、店頭から見ゆ富士山にも朝な夕な篤と拝し「木花之開耶姫様《このはなのさくやびめ》」に頭を下げた。

其のような中で建築会社が新築を、一日でも早めるとの、約束の契約書も出来るなど、万事は此れで良しと胸を撫で下ろした。

月日は早くも五月、四十九歳を間近な妻と二人三脚で、娘達の力も借り、意気軒昂《けんこう》を第一に、生気溢《あふ》れる儘をアイディアに注ぎ込み。

お客様各位が店の繁盛を支えて下さっていることに日日感謝し。

其のような中に物《もの》の芽《め》も動《うご》き、八十八夜摘みの新茶が、空気一変、香《かぐわ》しく依頼先から逸早《いちはや》く届いた。

早速、其の日の内に、茶畝に真白き富士の、写真が印刷された袋詰め新茶を、此の間《あいだ》の療養先での奇遇な思い出の写真を添えて、母の名宛てに、同居者銘銘の名を記入した袋に、千振や紫蘇の実の御礼もあり、富士山や店の写真など余分な品物も入れ、段ボール一箱に入れて送るのと、兄夫婦の自宅にも一箱、其れと松谷醫院に一箱を益子町の方《ほう》とに、同時に真岡線の車内で知り合いになった、御《お》三人の小母ちゃん達にも写真とお茶を一箱、何《ど》の箱にも、手紙在中で宅配便で四箱発送した。

お客様を迎える店先から見ゆ、風薫る市街地の彼方此方には、大小の鯉幟が燥ぐように泳ぎ立ち。日毎好天気に富士山が残雪となるを惜しむ樹林の山麓は、新緑濃淡パッチワークの彩りに、富士颪の心地良い昼下がり……郵便配達さんから、少し分厚い封筒を受け取った。

「あれ、此の封筒に大きく書かれた文字だが、大関栄様スミ子様とも、多分母ちゃんが、ボールペンで書いた自筆の封筒だよ、見て御覧スミ子」

「あら、本当。目が暗く見え難いというのに、心配を掛けまいと書いたのかしら、以前と変わらず上手な文字で嬉しいです」

開封すると、平仮名の多い文字で、嬉しさ温《ぬく》さが次のように……

〈おおにもつがとどいて、母ちゃんはとってもうれしかったぞ、きみどりいろに良《よ》くでた新茶をあじわい。おいしくすすって、なんばいもおかわりをしました。五人でうつっている写真だがな、昔っからの知り合いが、この年になって写真をうつせたなんて、ねがってもなかんべ。ゆめのようなできごとでな、ありのままの姿をうつしてもらい。良かった良かったと、みんなでおはしゃぎしてな、此の五人のかおぶれが一人でも欠けることのねえように、このあと十年はういういしい婆ちゃん若さでがんばっぺや、などと、皆さんおおよろこびなんです。母ちゃんは、ここまでしか書かないが、あとはな、皆さん一人一人の手紙をよんでやって下さい〉

皆さんの内容には、銘銘が笑い合いながら、一部屋に据え置きの一個の老眼鏡を、遣り取りや盥回《たらいまわ》しをしながら、五人が卓袱台《ちゃぶだい》で、大騒ぎに彼是と書いたらしい。其の便箋の文字に、銘銘の家の表札までが、懐かしく目頭に浮かんで、昔ながらの覚えのある癖《くせ》文字などに、表現も誠に豊かな方言での喜びを……

〈いやはや、栄ちゃん。富士山を彩る沢山な新茶と、写真も数多く送ってもらっちゃって、誰もが大喜びに体の筋肉まで、大笑いに解《ほぐ》れちまってさ、新茶の鶸色《ひわいろ》に絆《ほだ》され、美味しく注ぎ足して飲み合い、皺《しわ》な肌も艶やかに若返りましたよ。まったく思い掛けずの栄ちゃんとの出会い。夢のような一夜《いちや》の楽しさは、昔が蘇り感慨無量でしたよ。

最近はね。栄ちゃん。全く写真など縁遠い年月《としつき》ん中《なか》で、何十年振りかでカメラに収まり。其れも仲間五人が一緒に写った写真は宝物になります。

額に入れて飾り。毎日五人が浮かれて、朝な夕《ゆう》なに見ているんす。

栄ちゃん。お母さんは私等がお守りすっから、何事も心配《しんぺえ》しねえで、安心して下さい。

また、次に逢える日を楽しみにしていますよ。そんじゃね〉

……どの手紙にも温さが感じられ目頭が熱くなるばかりだが、男性の平野広吉さんからの手紙には……

〈一筆啓上。栄ちゃん。格別に早い静岡の最高の新茶と、数数の思い出に写真を有り難う。此の広やんを覚えていてくれて、一緒に肩を組んで、杯《さかずき》を交わし写真を写せたなんて、此の上ない喜びでしたよ。此の写真を持参に、彼の世のお父さんに良き土産が出来ました。

政吉（父親）さんとは迚も気が合い。ラジオで特に浪花節を聞きに行くのが楽しみで、手打ち饂飩《うどん》などをぶら下げて行き、栄ちゃんが掬《すく》ってきた泥鰌鍋《どじょうなべ》なんかで、煮込み饂飩を大関の家で食べ合ったのは、何とも懐かしく昨日のように思いますよ。

其の時に一緒の政吉さんが、無念にも病気で先に彼の世に行っちまったが、迚も心根の優しい器用なお父さんだったよなー。

療養中ですが、お父さんの代わりに出来る事があれば、此の広やんもお手伝いしますので、御一報いただければ幸いです。

お母さんの事は御心配無く、皆さんと一緒に和気藹藹お守りしますので御安心下さい〉

其のように、銘銘の温かい心理内容と、顔を目先に思い浮かべて読む自筆の手紙には、電話などの会話と違い、其の人の文字の言葉から、肉声を聞く以上に哀愁の音色が感じ取れるなど、繰り返し読める手紙というものは、保存も出来る良い物だと、今日は嬉しさの手紙から新たな実感をした。

「ねえ、貴方。にこにこ陶酔《とうすい》してないで、私にも手紙を読ませて下さいな」

妻が地団駄に手を出し伸ばしたので、繰り返し読み終わった順に手渡してあげると……間《ま》を置いて「わあ、お母さんに皆皆さん。何と自筆で心にじんと染みる。人情味の温かい、味のある素晴らしい人懐《ひとなつ》っこい便りですね。此れは貴方の人徳の賜だわー。早く送ってあげて本当に良かったですね」

「此れも彼是とスミ子が手配やらに、気を使ってくれたお蔭だよ。だからほら、此の文の終わりを見て御覧よ。『かしこ』。点線の先に『追伸　最愛の奥様にも宜しくお礼申し上げて下さい』と書いてあるでしょう」……と感喜に微笑む妻と顔を見合わせた。

四方《よも》に風薫る五月節句の好日には、我が店のスタジオで予約してくれた、御子様方に兜に鎧を着せて、戦国時代の勇姿となり。お孫さん連れや親子連れなどの、家族写真を数多く写し、和気藹藹を誉《ほ》め称《たた》えながら、ファインダーを覗いては衣裳を手直しし、良き表情にシャッターチャンスを楽しんだ。

其のような撮影に右往左往し一段落をした頃だった。

「郵便でーす」……の声に「ご苦労様」と受け取る種種な封筒の中に、目立つピンク色の封筒。何と、差出人は真岡線で知り合った、市内に住む中川清子さんからだった。

開封の手紙を些と省略……

〈御免下さい。

田植の準備や手伝いもやっとこさ終わり。大関様から届いた荷物を気にしながら、返事が遅くなりました。

益子町のお母様の按配《あんばい》は如何でしょうか、御快復心より三人でお祈りしています。

先立《せんだ》っては、三人銘銘な袋に写真やらの静岡の新茶が届き、びっくり仰天でした。誠に有り難う御座います。

ダンボール箱は清子の家で開け、和子と政江さん両人に間違いなくお渡し致しました。

そんでね。写真を見せ合いながら、迚も日頃の写真嫌《ぎら》いが、写った写真に惚れ惚れしちゃって、此のように田舎美人の素顔に、三人共に良く写してもらえるんだったら、恥ずかしがらねえで、もっと写してもらえば良かったたっぺよ、などと言い合いながら、庭で古藁《ふるわら》を燃やしての焼芋を縁側で頬張りながら、目先の柿の木の新緑と新茶の色合いと見比べながら、新茶の香の美味しさを篤と味わい。御代《おか》わりをしながらに、ごじゃっぺ（でたらめ）な大燥《おおはしゃ》ぎの長話に花が咲いちまって、げらげらな大笑いに、大関様の顔を浮かべながら、列車内での出会いとに写真談義を楽しみました。

初対面の大関様には、心安《こころやす》くも大変な散財を、させちまって恐縮です。未だ先の長い話ですが、真岡での新米が出来たら、農産物などと埋め合わせに、三人で送ろうと思っています。そんじゃね。真岡の女学校に通った奥様の方《ほう》にも宜しくお伝え下さい〉

一期一会を振り返る。其のような便りに三人の温さを思いながらに、店内に飾った車内での、彼女等三人のローカル色も豊かな、額入写真（半切）も評判が良く。覗き見るお客様とも、伝える笑い話に花が咲いていた。

其のような中でゴールデンウィークは店の多忙に、五月五日大切な妻の誕生日も疎かに過ぎ、七月四日の父命日の供養も怠った。

何とか、七月の盆も乗り切り。旧盆に益子に行く予定の最中、富士市に里帰りする数人からの、スタジオでの予約写真を断り切れず。益子に行こうと思いながら、撮影の日程が多く入ってしまい、仕方なく断念した。

月日の過ぎるのは早く、詩歌《しいか》心を掻き立てる如く、周囲が徐徐に山粧《やまよそお》う中に、逸早くも十月上旬に表富士が初冠雪に輝いた。

店頭で数枚写し、富士山撮影をする何人かに、今朝の吉報を電話で告げる中で……妻の方は僕に歯痒《はがゆ》く思ったか、有り難い事にこっそりと、自分なりの見舞いに、母に冬仕度の下着類や、早生《わせ》蜜柑に富士市辺りで、掘り立て殻《から》付き落花生を、薄塩で茹でて食《た》べる珍味を、新築途中の写真と小遣いも入れ、ダンボール一箱に纏め入れるなどして、宅配便で送ってくれていた。

数日後、天高く富士颪に茸《きのこ》の香《か》漂う中、腹の虫も鳴き始める、正午の時報のように、電話のベルが鳴った。

「はい。オオゼキニューカラーです。もしもし何方《どなた》ですかね。あれれ、母ちゃん」

「びっくりしたかな、栄。偶《たま》には元気な声の便りも良かっぺと思ってな、看護師さんに頼んで、電話をしちまったんだよ」

「今ね、突拍子もない母ちゃんからの電話に、嬉しくって頰っぺたを抓ったら、夢でなくて良かったが、目の見え具合は如何ですかね。何《なん》の身代わりにもなれずに心配の言葉だけで、日日過ぎちゃって御免ね母ちゃん」

「其れは仕様が無かんべが、先立《せんだ》ってほれ、スミ子さんが気を使って、いろいろな物を送ってくれた中の、新築半ばの写真をじっくり見ていると、木の香が匂って来るようだよ。首を長くして完成するのを楽しみにしているからね。母ちゃんの心配は、スミ子さんに手紙に書かせて、我が身を商売に没頭するのも良かっぺがな、大事な新築をしている今こそ先を見て、油断は大敵だぞ。商売繁盛の裏には何時何時《いつなんどき》、生き馬の目を抜くような事態が、起こらないとも限らなかんべ。日日に真心を正すのも良《い》いが、自分好みのお客様ばかりじゃなく、新客層をよく見極めて確り励みなせえよ。其れとな、スミ子さんを何時も優しく気に掛けてあげなせえよ」

「ああ、耳に残した今の言葉、母ちゃんの有り難い意見を篤と肝に銘じ、今日を新たな吉報として、日日を戒めの心胸《しんきょう》で頑張ると約束するよ。ですが、母ちゃん。心配している目の方はよく見えている、大丈夫なの」

「そうよなー、栄がきてくれた時からだと、少し何となくだが、院長先生も症状が進まないようにと、新薬の目薬も出してくれたから、今は窓に見えている高館山の上空に浮いている、鳥のような形の雲もよく見えているので、大丈夫だっぺと思うから、其れより栄よ。ちょっくら、スミ子さんの声が聞きてえから、店ん中にいたら代わってくろや」

「一寸待ってね。……スミ子。益子の母ちゃんからの電話だぞーお前の声が聞きたいと、早く出てやってくれや」

「まあ、田舎のお母様からのお電話だったのね。もしもし、お母さん。スミ子です」

「やあ、スミ子か、暫く振りで明るい声が聞けて、何とも嬉しいないや。忙しい中を、先立っては大きなダンボール箱に、母ちゃん好みの下着など、何枚も色取り良く見繕いして、サイズもぴったりに送ってもらい有り難うね。其れに又上乗《また》せして、蜜柑に茹でた落花生な、やっこくって（柔らかで）迚も美味しいと、看護師さんや療養仲間と、和気藹藹に初物の珍味を味わいながらの話にだがな。誰もが口を揃えるようにな、『お菊さんの息子のお嫁さんは、今時出来過ぎた人だね』とスミ子を誉めてもらい。母ちゃんは迚も嬉しかった。スミ子のお蔭でな、長生きの生き甲斐になっちまったよ」

「まあ、私をそん事でお母さんたら恥ずかしいですよ。

其れより、此れから益子の方は特に寒くなる季節になるので、充分に風邪など引かぬように気を付けて下さいね。お母さん。其の後目《ご》の具合は如何ですか、早く良くなるようにね。佳《よ》き日を選んで浅間大社にも、家族で祈願のお参りもしてますので、屹度屹度《きっときっと》良くなりますよ。お母さん。其れと、此の間《あいだ》のお土産にいただいた西明寺様の杓文字で、毎日の幸《さち》を装っているのと、子供等も有り難く干支の御守りを身に付けています。また田舎ならではの沢山な、紫蘇の実と千振など、有り難く頂戴した皆様方に宜しく申して下さいね。

今日はお母さんの元気な、目の前にいるようなお声が聞けて迚も嬉しいです。

長距離電話をお借りして、私の方が長話で申し訳ないですが……早くお母さんにね。新築している家に住んで頂けるように、急ぎの段取りをしてますので、もう少しの月日を楽しみに、元気に療養なさって下さいね」

「其のような、スミ子の優しい気持ちだけで、体の悪い所や目の方だってな、療養中に願い叶って、屹度《きっと》治って仕舞うべな。

スミ子。栄に電話を代わらなくとも良《い》いが、栄はな、我武者羅で休養など考えない向《むこ》う見ずだから、家庭内は女の切り盛りが一番大切なんだからね。二人三脚で孫等応援に頑張るも好《よ》いが、無理をせずに要領を良く、子供等の為にも休養を取り。体を壊したら元《もと》も子もない。大変な事態になるので、健康第一に体をな、十分に癒やし休ませなさいよ。良《い》いなスミ子。この辺で電話を切るが頼んだぞ」

「はい。お母さん。今の言葉肝に銘じて、お母さんもお身体を大切にね」

母と温《ぬく》い電話での遣り取りを、僕に心理報告をしながら、妻が目蓋に溜めた涙を、ほろほろと落とし椅子に座り膝を濡らした。

母は我が身の目の病にも屈する事無く、自分が重ねてきた苦労を、父の病から、母は父に代わって、常に健康第一の物種《ものだね》を心に秘め、生《なま》の教訓を諭してくれた。誠に尊い古里からの意見に、有り難く体内に染み渡った。

其れと妻からの尤《もっと》もな意見にも、大《おお》いに反省すべき事があると心に命じた。

其のような意見から顧みれば……二人の女孫が生まれた当初……両方の母親同士が歓喜してくれて、益子町から態態《わざわざ》二人仲良く産後の手伝いにきてくれて、東京下町の四畳半一間アパートから、越谷の二所帯住宅に移り住んだ。

其の時にも、女親《おんなおや》とは有り難いもので、次女が生まれた時も双方の親が、手に手を取るように産後の手伝いにきてくれた。雑魚寝しながら長期滞在に和気藹藹と生活をする中に、スミ子の父親も出掛けてくれた。気さくな父親と気が合い、昼は浅草にも連れ出す中で、寄席や映画などを楽しんでもらい。夕餉は一本の銚子から盃の遣り取りに、子の名付け考慮などの話に花を咲かせ合った。

其の後に、またも大阪に引っ越しをした時に、調度大阪万国博覧会となり。我が母やスミ子の両親の見物の折には、宿の代わりにしていただき。家族との楽しい思い出を残していただいたが、其の数年後。スミ子の父母は残念ながら、極楽浄土に招かれて仕舞ったが……僕と所帯を持った当初から、スミ子と母は打ち解け合って、実《じつ》の母と娘が気兼ねなく会話《こ》するように、共に労《いたわ》る優しい温い心根は、今以《いまもっ》て変わらずに、我が母にスミ子が生き甲斐となっているのは確かのように思う。

母の言葉で気が付くのは恥ずかしいが、妻の尊い有り難さは身に染みる事柄ばかり。

其のような内助の功に、全く貧乏所帯を顧みず。暇さえ有れば我儘放題（写真ばかり写している）な我を篤と、愛想尽かす事も無く、支えてくれながら子育てし、現在を何とか人並みに店を運営出来るのも、母にも似た妻の愚痴無しのお蔭と感謝している。

先程、益子から母に電話で諭された意見を此の上ない切《き》っ掛《か》けの大吉として……長年誉めた言葉も無く勲章一つ貰《くんしょうひと》えずに、其処《それどころ》か御負け付きの店に休日も無い働き詰め。日日の家事も一切《いっさい》し、商売も妻がおればとマンネリとなり。常に我が身は客へのサービスを考慮に日捲りする喫水《きっすい》にも、これからは、妻の心身の疲労をもっと癒やす事を考慮し。年頃の娘二人が何時嫁に行くか分からない。日日に娘との心の触れ合う絆を、今以上に生活に取り入れる環境も必要かと、鼓膜に嫋嫋《じょうじょう》と残る母の言葉に思いを巡らしながら、よく反省して家族孝行を篤と考慮しなければいけないと思った。

親孝行と妻や家族孝行とが、繋《つな》がる事を心胸に見据え直しながらにも何と、母との電話での語らいから、早くも三カ月が過ぎて仕舞った。

新築の家の進行も予定より遅ればせの成り行きを、見に行ったり写しながら、辰年も除夜の鐘を耳にしながら、店内や借家住まいに、縁起物の御供え餅や注連飾りなどを何と、今年も又《また》又《また》に大晦日を跨いでの、忙《せわ》しない飾り付けとなって仕舞った。

して、明《あ》くは巳《み》年黄金《こがね》に陽《ひ》射す、窓のスポットに跳ね起きた。

市街は静寂に、御用納めの頃より、各大手《おおて》製紙会社などが、正月休みに入った天空との景には、嫌な臭いも煤煙《ばいえん》によるスモッグなども無く、誠に晴れやかに見放く、新年の白雪耀《かがよ》う富士山を、大旦《おおあした》に店頭で拝し、いの一番に一年の幸《さち》を祈願する事が出来た。

元日だけの店の休みに、早朝より襷掛《たすきが》けして妻はてきぱきと、何時頃起きたのか薄化粧すらして、キッチンに動き回っている。

して、俎板《まないた》の音も軽やかに、あれよと言う間に、娘が忙《せわ》しなく焼いた餅に、鶏肉《かしわ》入りなどの澄まし汁の雑煮が出来上がった。

其れと、スーパーで妻と娘二人とで焦《あせ》り買いした、出来合いの御節料理やらを、テーブル狭しと色取り良く並べるのを……僕の方はぼさっと横目にしながら、元旦のカラー刷りの多い、分厚い新聞と数多い広告散らしに、楽しく目を通しての独り言に「本年も佳《よ》い年でありますように」と立ち上がった。

先ずは、忘れてはならない、幼少の頃より続けてきている、娘二人に御年玉を用意し膳に正座した。

「さあ、先ずはお屠蘇《とそ》で乾杯。新年おめでとう。お父さんは何時も手を合わせる食事には、皆に特に感謝しています。

今年も無病息災と無事故で、一年を微笑みながら、家族の絆を篤と大切に生活をしましょうね。

では、今年の御年玉は三人にあげます」

「あら、お父さん。私にも下さるの嬉しいわ。有り難く頂戴します」

「ねえ、お父さん。お母さんの袋の方が分厚いようだけど、余分にあげたんじゃないでしょうね」

二人の娘が、僕の方に向けた目線と、手招き仕種にもっと頂戴の面白さに、家族全員がどっと初笑いとなった。

巳年食べ初め縁起物の御節やら雑煮を、たらふく食べて、御馳走様に一息を入れ。約束のドライブに、銘銘が出掛ける仕度の時間待ちに、僕の方は愛車（コロナ）を少し新年らしく、一夜飾りを嫌い。無事故祈願に正面に、円形注連《しめ》の御飾りに日の丸の付いたのを取り付けて、数枚初撮りをした。

「さあ、出掛けましょう」……と一声掛けて、運転席に座りエンジンを掛け、暖房をONにして待った。

今朝の冷え込みに考慮したか、三人共に出立《いでた》ちの色取りは信号機のように、フード付きのジャンパーにパンタロン姿となり。

車内にお茶や缶コーヒー菓子類などを持参に、妻が助手席に後部席で、娘二人の燥ぐ顔がバックミラーに映った。

「ねえ、忘れ物は無いかな、銘銘シートベルトを締めたかな、では出発します」

最初に行く先は、初詣での富士宮市の浅間大社。雲一つ無い幸先の良い好天気なので、コースを岩本山の蜜柑畑と茶畑の広がる高原道《たかはらどう》として、午前から正午を跨ぐように、右車窓に白富士が銀レフの如く、大《だい》パノラマに輝く景観に見惚れる。其の広がる裾には、富士市や富士宮市の市街地が、御伽の国を見る如くカラフルに眺められ。三人が感動する道すがら、ゆったりと通り抜け富士宮市に下《お》りて行った。

人口が約十万の市内は、穏やかに四方《よも》に車の流れもスムーズに、青空に日章旗の靡《なび》く浅間大社駐車場に到着した。

朱の大鳥居をフレームに浮く白富士を仰ぎ見て通り抜けると、参道左右に種種なテント張りの出店が、威勢の良い呼び込みなどで賑わう中、晴れ着など着飾る中に交じって、ぞろぞろ歩み行く先に、朱塗りの楼門の両脇に、天皇陛下と皇后様の御歌の大きな絵馬が東西に煌びやかに飾られ人目を引いていた。

銘銘手水《ちょうず》に浄め。楼門を潜《くぐ》る目に、朱塗りの本殿の御賽銭箱の頭上に掲げた、真新しい太い注連縄の仄《ほの》かに匂いの漂う中に、奥社の千木《ちぎ》の金色《こんじき》がクロスに、恰《あたか》も霊験灼《あらたか》に陽光に眩しく輝いた。

家族を代表して父親らしく、巳年元旦の御参りに、余分な御賽銭を投じて、御利益を授かろうと、拍手を打つ寸前……「ねえ、お父さん。一番先にさ、益子のおばあちゃんの目の祈願をしましょうよ」……と二人の娘が御賽銭を投じての温《ぬく》い言葉に、母の顔を目先に浮かべて家族揃って拍手に長く拝した。

次に改め拍手を四人揃って、家族の御多幸と店の繁栄を分けて祈願した。

「ねえ、一寸待って。未《ま》ださ、三番目の祈願も残っているのよ。お父さん」

「えっ、三番目とは、其れは何かね。お母さん」

「其れはね。娘二人が早く好《よ》い人を見付けて、お嫁さんに行ってほしいというお願いなのよ」

其の言葉を耳にした娘二人が、母に言葉を笑いこけながら返した。

「ねえ、お母さん。公代《きみよ》も美和《みわ》も早く嫁に行ったらさ。今している親孝行が出来なくなるから、嫁に行くのは未《ま》だ先にしているのよ。此の二人の娘のしおらしい気持ちを、お父さんもお母さんも分かってますよね」

公代の言葉に……「あらら、しおらしさでそうなのかしら、知らなかったわー」と妻の言葉の剽軽《ひょうきん》さに、家族が境内の玉砂利を踏んで大笑いとなった。

して、引いた御神籤も吉と出て、大鳥居に見ゆ白富士をバックに、小型三脚を使用して、家族写真をセルフタイマーで数回写した。

大社本殿に満喫祈願に一礼して、母に求めた健康御守りを額から目に当て、今年の初短歌を詠んだ。

〈初富士を仰ぐ北東《ほくとう》益子町新家に迎ふ母の顔浮く〉

大社の横道となる富士山公園線を上り。万野原新田に新築中の家に立ち寄った。

檜木造りの大小の柱の匂いを嗅ぎながら、未だ半端な仕上がりだが、業者が正月休みで、梯子や足場に上がるのも危険なので、四方《しほう》の部屋の数や成り行きを少し説明し、益子町の母にも送ってあげようと、青い網被りの家をバックに、燥《はしゃ》ぎながら記念写真を撮り合った。

して、富士山を目鼻にしての好天気に、ドライブしようと車を西南《せいなん》に向けた。

日頃はただの間道と思いがちな、富士山の裾を枝分かれになっている、昔ながらの国道四六九号線がある。

今日は其の富士五山《ござん》の北山本門寺と其の先の大石寺を通り抜けながら、バイパス一三九号線に出て、本栖湖辺りまで行って、引き返すという事になった。

「今日はね。走る車も疎らなので、ゆっくり走りながら、お父さんが知っている限り、ガイドをしてあげますので、間食にお茶などを飲みながらに、車窓を見たり適当に耳を傾けて下さい」

「眠くなったら眠ってもいいかしら」

「車は揺籃《ゆりかご》のようなものだし、安全運転をして行きますので、正月ぐらいゆっくり眠って下さいよ。お母さん」

そう言っている内に、名刹北山本門寺近くとなってきた。

「ねえ、皆さん。右側の富士山を見て御覧よ。何も変わったとは思わないだろうが、一寸《ちょっと》の説明で感動すると思うよ。山頂の中心が槍の先のように尖って見えますよね。彼《あれ》が日本で一番高い剣ヶ峰の三七七六メートルなんですよ」

「あら、私は彼所《あそこ》に登ったけど、此所からの剣ヶ峰の眺めは知らなかったわ。じゃ、東西南北での山頂の形は変化するが、此の辺り以外からの山頂は、日本一の高さじゃないという事になるのよね」

「まあ、お母さんの言う通りだが、誰もがこだわっていないだけで、山頂の高さの価値観は、そういう事になると思うがね」

「美和さ、私達も富士山麓に住むには、もっと富士山の事を知って置かないとね。正月に辿も良い勉強になったわ。

はい、お父さん。公代と美和から、眠気覚ましのガムのプレゼントです」

「有り難う。……そろそろ大石寺になるが、富士山頂も少し変化して、大沢崩れが見えてきたよね。此の大石寺だが、富士五山《ござん》の中では昔の面影がよく残っているんですよね。

一寸だけ車を路肩に停めましょう。

話の種に篤と見て下さいよ。此の朱の豪壮な山門から、先へと続くシンメトリーな参道、右の杉林の中には、朱の五重塔も現存しているし。大石寺の今に残る大伽藍の一部分を見るだけでもさ、此の近くに点在する、妙蓮寺《みょうれんじ》や西山本門寺に久遠寺《くおんじ》と先程の北山本門寺など、昔は朱《しゅ》と黄金《おうごん》に輝いていただろ。富士山を背景にした富士五山の大伽藍を想像してね。住《い》にしを彼《あれ》是《これ》偲ぶと胸が躍るんです」

「わあ、お父さんの話を聞いただけでも、此の富士宮市の地域には、素晴らしい観光地があるんだね。私等は白糸ノ滝ぐらいしか知らないが、家が完成したらさ、おばあちゃんを乗せて富士五山《ござん》やらを、ゆっくり案内して下さい。勉強不足で分からないなりに話に感動しました」

「そうよね。公代や美和よりも、お母さんはもっと灯台下暗しの方ですが、辿も良い正月休みとなり。心が癒やされる話だったわ」

「お父さんの然《さ》りげないガイドに、御年玉のお返しのように、喜んでもらえて嬉しいよ。家族は常に一蓮托生《いちれんたくしょう》、絆を大切に、今日の此の車内《しゃない》のように温《ぬく》もって行きましょう。

さて、寄り道から、一三九号線のバイパスに出て、次は本栖湖に行きましょうかね」

ぴいかんの白富士を目鼻に、朝霧高原を快適に走る中、道路添いの吹き溜まりの残雪を木蔭に眺め。未だ土の黒い草原に放牧された斑牛が、のんびりと富士背景に、昼下がりを暖まるように立ったりでんと座ったポーズが、ユーモラスな日向ぼっこに見えていた。

「ねえ、今思い付いたお母さんの提案ですが、朝霧の道の駅でトイレ休憩をして、名物で美味しいソフトクリームを買って食べましょう」

「賛成賛成」

娘二人が、そう燥ぐ目先に元日らしく、富士背景に日章旗の翻る道の駅に到着した。

途中走る車は少ない感じだったが、駐車場には県外のナンバープレートも多く満車に近く、一周してから端の方に駐車した。

其れ其れ用を済ませ店内に入ると、中中の活気で蜜柑を中心に地場商品で賑わっていた。

何とも、正月休みを返上して働いている皆様方に、敬意をしての休憩に、彼是《あれこれ》ときょろきょろしながら見入った。

「ねえ、お父さん。公代も美和も私等三人は、地場純粋の真新しい牛乳で作ったソフトクリームを食べるんだけどね。お父さんはほら、抹茶や苺やブルーベリーやらいろいろ有るけど、何にする。値段は同じで全部が三百円なの」

「そうだなー、お父さんはね。スバルラインの奥庭で赤富士を眺めて食べた、思い出の苔桃《こけもも》にするよ」

「お父さんが決まったところで、容器は何にしようかね、お母さん」

「そうですね。富士颪《おろし》が吹き込んでくるので、コーン容器にして、車の中で食べましょう」

銘銘ジャンパーのフードを被り。コーン容器のソフトクリームを片手に車に戻った。

「さて、出発しますが、ゆっくり味わって下さいよ。お父さんは運転しながら時時嘗めるからお母さん持っていて下さい」

「あら、お父さんのピンク色の苔桃、一寸嘗めたら意外と美味しいわー」

「ねえねえ、お母さん。苔桃一寸だけ嘗めさせて、本当に一寸酸っぱくて旨いね」

「ねえ、お姉ちゃん。美和にも嘗《な》めさせてみて、あっ是《これ》は中中珍味だね。今度は苔桃にしよう。はい、お父さんの食べるの無くなるから、お返しします」

「お父さんは運転だから、気に入ったら三人で嘗めっこして下さい」

「わあ、やったね」……と言っている内に下り坂となり、本栖湖の交叉点を左折した。

左に少し斜陽に輝いた細波《さざなみ》を、湖畔の屈折に堪能しながら、道路奥詰《つま》りの土産や茶店の一軒屋の前でユーターンして、富士山を眼前に、大勢の観光客で賑う、車も数珠つなぎに並んだ一寸の空《あき》に駐車した。

「ねえねえ、お父さん。彼《あ》の見晴らしの湖畔から、富士山の方に向けて千円札を翳《かざ》し、何人かの人達が記念写真を写しているよ」

「そうか、それじゃほら、お父さんの此の千円札の裏側を一寸見て御覧よ」

「あら、此所の場所とよく似ているね」

「実際に此の場所からで、千円札に使用されたのは……富士山写真家で有名な『岡田紅陽《おかだこうよう》』さんの写した写真なんだよ。今のカラー写真と違って、往にしは機材も苦労しての白黒の写真からだが、よく見て御覧よ。逆さ富士になっているでしょう。

此の本栖湖は無風になる事が少なく、お父さんも何度も挑戦をしているが、広い湖に逆さ富士を見た事が無いんですよ。そういう中で、写真を一枚物にするのに何日間《かんかよ》通ったのか、『岡田紅陽』さんを尊敬しているのと、此の写真には脱帽ですね」

「へえ、其のような謂《いわ》れがあったとは、お父さんの説明で分かり、私達三人も千円札を篤と見直したわ」

「まあ、くどい話はともかく、何事も石の上にも三年でしょうかね。

今の景色を見ながら、元旦に家族できて良かったと思うのは、逆さ富士は映《うつ》っていないが、白《しろ》い立烏帽子《たてえぼし》のような、凛凛《りり》しい雄大な富士が裾を広げ、周囲の山山が眠るが如く静もり見えて、迚《とて》も心身癒やされますよ

「それじゃお父さん。此の佳《よ》い風景を背にして、思い出に記念写真を写しましょうよ」

カメラを三脚に据え、家族四人セルフタイマーで、笑い過ぎては目をつぶったと言いながら、三度目の正直ならずで四回も写した。

帰途は体が冷えたので、道端の自動販売機から温かい缶コーヒーを求めた。車内で飲み合いながら、徐徐に山脈《やまなみ》に沈み行く黄ばむ陽光を気にし、表《おもて》富士側には一湖《いっこ》しかない、田貫湖の暮色の富士を見ようと立ち寄った。

今や周囲の山や丘の風景からは、完全に陽光が隠れて黒幕となり。湖《こ》が静もり鏡面に映ゆ中に……夕焼け茜にスポットされた富士山が、無風の田貫湖の奥入江の水面《みなも》に映り、逆《さか》さ富士がくっきりと浮いた。其の幽玄《ゆうげん》さに声がはたと止《や》み。シャッターの音が其其《それぞれ》にハモり、富士は茜から蘇芳色《すおういろ》と変《か》わるのを、四人共にジャンパーのフードを被り。富士が墨色《すみいろ》になるまで見据えて、夕星の輝きを目線にした。

日暮れの寒風も感じぬ程の写真愛好家や観光客の、感喜の交《ま》じりも然る事乍らに、幸先も佳《よ》く。一年の計は元旦にありで……彼方此方とを目線に焼き付けての、富士山の光景を、妻子にも良い心の土産に、感動をしてもらえたようで嬉しかった。

帰途は煌煌と映ゆ、弓張月に浮く宵富士を眺めながらに、前方の街明かりの輝《かがよ》うを、フロントガラスにゆっくりズームインしながら走って行くと、富士宮市の食堂街に差し掛かった。車内に食欲をそそり漂う、夕餉の香気に腹の虫が鳴き出した。

妻子の意見を尊重して、脇路に入った老舗の鮨屋と決まり。広めの空いている庭に駐車し、富士山絵柄の紺色暖簾を僕から潜《くぐ》った。

「いらっしゃい、明けましておめでとうございます。本年も宜しくお願いします」

店主の丁寧な威勢の良い、にっこりの出迎え言葉に気持ちが躍った。

賑わう店内の中で煙草の臭わない、檜木のカウンター席の方が空いていたので、四人並んで腰を据えた。

板前さんから出された真っ白なタオルの御絞りで、先ず運転で汗ばんだ手をよく拭き清め、鯉の滝登り大湯呑みの緑茶を吹き冷まし一口啜った。

「さあ、お茶も美味しいですが、何か吸物も頼むとして、目の前に出してくれた下駄《げた》に、自分の好きな物から、指差しに握ってもらい巳年の鮨の食《く》い初《ぞめ》をしましょうや」

「ねえ、其《そ》れよりかお父さん。朝から浅間大社に御参りから、彼方此方と富士山の案内やらに、楽しさと感動を有り難う。疲れたでしょう。此のお鮨屋さんから先の帰りはさ、公代《きみよ》（長女）が安全運転をして行くから、元日ぐらいはリラックスして、お母さんとお酒でも一緒に飲んで楽しんで下さい」

「いやーそう言っていただいたんじゃ、お言葉に甘えて、有り難く飲ませてもらうとするかな。ねえ、お母さん。熱燗とかビールとか何方を飲みたいかね。正月ぐらいはスミ子にお任せするよ」

「私に気遣いいただくなんて、何とも申し訳ないです。貴方の隣で飲むのも久しいので、本当の気持ちはね。熱燗で御酌をしてあげたいけど、私ね。車の暖房で咽が渇いているので、おビールの方で宜しいかしら」

「ああ、それで好《い》いさ」

娘の気転の一言に……妻が久しぶりのアルコールの飲食に、にこっと靨《えくぼ》を見せた。

「板前さん。娘二人に蟹汁と、此方には生ビールを、中ジョッキで二杯お願いします」

して、銘銘が目先の「ねた」を、彼是と指差しに注文をしながら、少しのアルコールで顔を火照らせながら、篤と家族団欒にたらふく、飲食を緩《ゆる》りと楽しませてもらった。

「店長さん。長時間の飲食となり、迚も美味しく戴き御馳走様でした」

「いやー此れはどうも、元日から有り難いお言葉で痛み入ります。誠に有り難う御座います。又の機会に、御家族様の御越しをお待ち申し上げます」……の声を背《せな》に店を出て、会計を済ませている妻を待った。

「寒い最中お待たせしました。此のような好《よ》い物を戴いてきたわ」……右手に包みを翳《かざ》し喜んで出てきた。

「何だか迚も嬉しそうだね。お母さん」

「正月の縁起とかでね。元日だけのお客様のお土産に、災難の難を除けて下さいと、白南天でも有名な、高野山から取り寄せの白南天の御箸を頂戴しちゃったのよ」

「好《い》いな、其れってお母さん一人分の一膳《いちぜん》だけのプレゼントなの」

「ほら、御心配なく、本日の散財に、皆様にと四人分気前よく、其れも化粧箱入りを下さったのよ」

「わあ、やったねー。ねえねえ、今年から其の縁起の良い御箸で食べてさ、勤めの弁当にも其の御箸を持って行こうよ。ねえ、お姉ちゃん」

美和が御箸のプレゼントに、関西（奈良京都）の修学旅行の良き何かを思い出したらしく、殊《こと》の外《ほか》に駐車場までを、スキップな足取りで喜んだ。

銘銘感喜に頬を弛《ゆる》ませ、長女の運転で次女が助手席に乗り。微酔いを背凭《せもた》れに、鼻唄交じりで無事に住まいに帰ってきた。

元日だけの正月休みも、家族での良き雰囲気のお蔭で心身を癒やし、借り住まいでのナイトタイムは、妻子にテレビ番組を合わせ見るなどして、笑いの中で紅茶にブランデーと角砂糖を灯《とも》し入《い》れ、家族と飲みながらの、銘銘に年賀状仕分けの団欒に、元日の一日《ひとひ》を惜しみつつ、時は過去へと追い遣るように緞帳《どんちょう》となり。

家族四人枕を並べ初夢への就寝《しゅうしん》となった。

六時を一寸前に起床、直ぐに髭を剃り手水して身形を整え、窓から明けの明星に晴天を確認し、外で軽く体操をし深呼吸して戻った。

妻は早くも薄化粧して、朝食の仕度の真っ最中だったが、朝焼けに飛雪舞《ひせつま》い上がる紅富士を見たので、妻を誘い出して数分間、仕事始めの幸先に、二人で富士を拝し合掌した。

先ずは、妻が手際良く支度した餅雑炊を掛け時計を見ながら、妻子より先に食べた。

して、店頭に飾り付けした門松に差した日章旗の絡《から》まりを直し、謹賀新年の文字の札《ふだ》も真っ直ぐに整えた。

腕時計を見ながら、店内の照明やレジの釣銭の確認などをし、七時三十分ジャストに店のシャッターを軽やかに上げた。

二日からの開店に、フジカラー名入りのグリーンのスーツに、赤いネクタイにはペンタックス（SP）のカメラデザインのタイピンを差してお客様を待った。

開店からは、引っ切り無しのお客様各位に「新年おめでとう御座います。本年も宜しくお願い致します」……との連発の言葉に、録音テープを回したい程だが、快《こころよ》い丁寧な挨拶を短く迅速にと思うが……正月の日日だけは、お客様からの旅行話の楽しさなど聞きながら、フイルム現像や焼き増し引き伸ばしのプリントに、外注品の受け渡しと、カメラお買い上げの説明やらに、妻とてんてこ舞いの中にも、正月ならではの嬉しい多忙な悲鳴に、お客様大入りに感謝をし、長兄作陶の益子焼「ふくろう楊枝《ようじ》入れ」を、今年も漏《も》れ無《な》く、頭を下げながらの手渡しに心が躍った。

または、日日の助っ人に感謝もありで、娘二人が着付けが出来るので、正月の晴れ着の着崩れの手直しなど協力してくれ、家族写真や成人式の前撮りなどを、迅速丹念に、スタジオ内で松の内に何組も撮影出来た。

二日からの開店以来千客万来に、新客の数も増えるなどして、大変だったのは妻で、女正《おんな》月も返上に、店《みせ》繁盛の一役に感謝した。

どうにか二十日正月も過ぎて、気休めの一段落に、背広に日替わりのネクタイを緩めながらに、日日の忙しさから食べてきた店屋物《てんやもの》から……今夜は何か腕を揮《ふる》うとの、妻の有り難い言葉も気の毒と思い。夫《おっと》としての提案で、市内の写真仲間の中華料理店にて、家族の勤労感謝の慰安会食をする事にした。

其の案に、妻がほっと溜め息に頬を緩ませて一言……「商売をしていると、お互いに気を使ってあげるのも、商売繁盛に奥さんも嬉しいかもね」と会食に行くのを喜んだ。

して、先方に歓迎され、家族での夕食を中華料理で楽しい一時《いっとき》を過ごし。サービスに出して戴いた紹興酒に頬を染めて、駅北商店街を覗き歩きながら、富士駅の陸橋を通り。南口までを四人共に勝手なお喋りに、大笑いしながら星空に浮く白富士を背《せな》に戻った。

逸早く着替えから、妻の入れた緑茶を酔い醒ましに啜る中で、妻が……「ねえ、貴方。益子のお母さんのお見舞いだけど、そろそろ腰を上げて、新年一月《いちがつ》の内に行ってきて下さいな。店の方は私が何とか、切り盛り繋《つな》ぎ頑張りますから、お土産やらの用意も有りますので、何日に出掛けるか決めて下さい」

「そうよなー。今日は二十二日か、好《よ》し。明後日の二十四日に行く事にするから、仕度《したく》の方は万事をスミ子に任せるので頼むよ」

「はい、分かりました」

早くも日捲りに、明日に益子行きが決まっていたのに、夕方になってお得意様より、遅ればせの成人式の家族写真を、写してほしいとの電話での依頼があった。

昼前に写し終えるので、午後に出掛ける予定とした。だが、又又大安吉日の日とあって、一組だったのが三組に撮影が増えて、午後に跨って仕舞い。到底《とうてい》益子行きは……母の顔が目先に浮かぶ中で断念となって仕舞った。

「さあーて、何日に行くかな」……妻に目線を送った。

「貴方、思い立ったが吉日ですので、一日《いちにち》遅くなっただけですので、明日《あした》出掛けて下さいな。総《すべ》て行く用意は出来てますから、店の事は私に任せて心配せずに、お母様のお見舞いに気軽に行ってらして下さい」

「じゃあ、言葉に甘えてそうするよ」

翌朝となり。早起きの妻が、血相を変え部屋に飛び込んできた。

「貴方ー、たっ大変です。今ね、郵便屋さんからお母様が危篤との、お兄さんからの電報がきたんです」

妻が蒼白に、震える手で電報を手渡した。

歯刷子を吐《は》き出し……「な、何だって」

電報には……「ハハキトクスグコイ」の九《きゅう》文字を確かめている内に、早くも、妻が電話でタクシーを呼んでいた。

「貴方、着替えるより電車を優先にして下さい。カーディガンは途中の何処かで着替えるとして、此の半折りのスーツ袋と、ボストンバッグに必要な着替えやお土産などが入っています。其《そ》れとはい、此《こ》の私《わたし》の財布を持って、道中気を付けて早く出掛けて下さい」

タクシーのクラクションが鳴った。背《せな》を急《せ》かされながらもどかしく靴下を履き、揃え出された革靴を突っ掛ける背《せ》で……「お母さんに家が完成したら、スミ子が直ぐに迎えに行きますから、病気に負けずに早く良くなって下さいと伝えてね」……妻は泣き声だった。

「分かった。必ずそう伝えて置くよ」

タクシーの二度目のクラクションに、娘二人の心配そうな顔を背《せな》に、タクシーに詫びとお礼を言って、新富士駅から六時三十五分発の東京行きに乗車する事が出来た。

危篤の電報に頭の中が真っ白になり、動悸胸騒ぎで遅く感じる、空席の多い新幹線のデッキで素早く、カーディガンとジーパンを脱ぎ、茄子紺のスーツに着替えて、洗面所で朱色《しゅいろ》のネクタイを締め、油切れのばさついた髪を水で手櫛して、七号車進行左側入口近くの二人席窓際に座った。

して、着替えを仕舞い込むボストンバッグを整理する中に……元日に鮨屋さんで頂戴した、難除《なんよ》けにと縁起の良い、高野山からとの白南天のお箸が入っていた。

娘と僕も新年二日から使用してきたが、何《なん》と妻は、母にプレゼントしたく使用せずに、母の土産の下着やらの中に入れてくれていたとは、義母という名に心《こころ》してくれる妻に、車窓から見えていた風景が、妻と母とに重なって、どっと潤《うる》み二重三重にも霞んだ。

腕時計の針に益子町に何時頃に着くかと、逸《はや》る心に、東京駅までは早かったが、乗り換え乗り継ぎ、やっと下館駅から九時十分発の茂木行きの真岡線に乗車出来たが、真岡駅で十五分程の単線入れ換え待ちに……安否高鳴る動悸に地団駄を踏むより、いっその事、真岡から益子町までは、くねてはいるが目と鼻の一本道の筈と思った。

考えるより矢も楯もたまらずに、真岡駅で下車をし、即座にタクシーにお願いして、列車よりも早く、松谷醫院に直行、十時調度ぐらいに息急き玄関前に駆け入る事が出来た。

心を静めながら、身形をガラス戸に映し整え直して呼び鈴を押した。

はい、の返事に直《す》ぐに「あれ」と受付に出た看護師さんに、極《き》まり文句な挨拶をしたが、何とも彼程《あれほど》に昨年お世話になった、看護師さんの柔和で明るかった表情も、曇りがちに言葉も少なく……「大関様皆様方が、お二階にお集まりです」

それ以上は何も言わず、即座にスリッパを静かに揃え出し、どうぞ、早くと言うふうに、左手を丁寧に階段の方に差し向けた。

会釈に、態《わざ》と落ち着き払い。何か不穏に動悸高鳴る儘に……昨年は母を手負《てお》んぶした階段、懐く静静と上《のぼ》り詰め、戸口の前に立った。

すると部屋から突如、耳にする悲泣《ひきゅう》が耳を劈《つんざ》いた。

「あっまさか……母ちゃん。母ちゃんが如何したの……」

飛び込んだ部屋には、涙に目を真っ赤にした八、九人が見守る中に、最早。母の顔の上には白い布が……体が震えて頭も目頭も、真っ白になっちまって、何が何だか分からなくなって仕舞った。

白布《はくふ》を捲り上げ「母ちゃん。母ちゃん。母ちゃん。栄が今よ、母ちゃんに逢いたくて、富士からきたんだよ。母ちゃん目を開けて何か言ってくれよ。ねえ、母《かあ》ーちゃん」

何度呼び掛けても、応《こた》えは返らなかった。何で、死に水を取らせてくれなかったんだ。其の無念の悔しさ、棺《ひつぎ》なんかに入る前に、栄の造る新築の家が、玄関を観音開きにしてさ、家族が待っていたものを、何故何故に死を急いで仕舞ったのかと……どっと落とした涙が、化粧された母の微笑む唇に流れた。

「おぎゃあ」と産《う》んでもらい、物心が付いた頃から今迄に、一度だって呼び名を変えた事が無い、「母ちゃん」と呼んできた。其の母ちゃん。親しくも慕わしい人が、此の世にもう存在しないんだ。

何《なん》て事だ、ブラックホールのように、心の中に埋める事の出来ない、大きな穴が開いて仕舞った。

昨年は夢のような、長風呂に一緒に入り。生きた湯灌をしてもらったと、途轍もなく、彼程に燥ぎ喜んでくれた。彼の時の母ちゃん。

其の時に……「母ちゃんは何時何時《いつなんどき》、閻魔様に迎えられても良かっぺ。だがな、母ちゃんが死んだ時には、栄よ。今から頼んで置くがな、決して土葬にしねえで、火葬にしてくろやな」と頼み込む心胸に、「ねえ、如何して、今から土葬の事なんか気にするのよ。其の訳とか理由は何なのよ母ちゃん」

「其れはな、栄。後後《のちのち》の笑い話に聞いてくろや、老《お》い耄《ぼ》れた此の歳《とし》になっても、小っ恥ずかしい話だがな、彼の世に先に行っちまった、御前《おめえ》には父《とう》ちゃんだが、私には掛け替えのない心に残る『好《よ》い人』だったんだよ。

土葬で埋葬されて、先に彼の世で待っている、彼の政吉さんにな、我が屍《しかばね》であっても、腐食して行く姿を、見据えられるかと、想像をしただけで迚《とて》も嫌《いや》なのと、魂《たましい》は綺麗な方が良かっぺと思っているんだよ」

そう言いながら、くくっと縮み笑い。八十歳の傘寿の誕生日を、政吉さんとの相合傘に今でも愛おしく思いながら、女としての色気《いろけ》までも気にした母が……後を綴った。

「まあ、話の序でに、笑って聞いてくろや栄。……母ちゃんが娘の頃だがな、小柄で絣など着こなして歩くと、綾小町などと囃《はや》された時期もあり。真鍮の指輪一《ひと》つで政吉さんとは、少しは馴れ初めで結婚をしたんだっぺな」と嬉しそうに、其のような活動写真を、思い起こすような話をしながら、へへへへっと笑い声を聞かせて話を締め括《くく》った母ちゃん。

未練ばかりが募《つの》る。新築した我が家の風呂に一度なりと、ゆったりと打ち解け話に、富士山を眺めながら入浴し、もう一度全身を洗ってあげたかったが、最早手後れとなった。

此の世に帰らざる母ちゃんとなって仕舞い。無念なのは、妻の言うように、一日《いちにち》でも早く来《く》ればと悔やまれた。

そんな母ちゃんの死に顔に面と向かっていると、往にしから母を苦しめてきた、懺悔《ざんげ》に告白する事ばかりが、次から次次次……にと脳裏に湧き上がってきた。

〈小学校四年生の秋季運動会の時だった。

百メートル徒競走に練習の時と違い。風邪引きで休場者が居て、何と、並ぶ九人の足の速い顔ぶれに、尻込みし此れでは賞品に欲しいノートどころか、三等賞の鉛筆一本すら貰えそうにない。五着がやっと、スタート真際になって「わあ」小便が漏れそうと、股座《またぐら》を押さえ便所に駆け込み放棄した〉

母が……「栄よ。御前のする事ぐれえは、此の母ちゃんにはな、千里眼で御見通しなんだぞ、誘い合ってきた部落の人達も見てる中で、母に恥をかかすのが運動会なのか、順番など問題じゃなかんべ。貧乏で人様より旨《うめ》え物は、食べさせてやれないが、三度の食《しょく》に栄養失調にならないように、当り前の事だが、腹一杯《いっぺい》食《た》べさせようと、母は一所懸命努力している。年に一度の運動会だっぺ。心まで貧《まず》しくならず。陰日向無く精一杯、仲間と一緒に明るく、駆けっこでも何の競技でも見せてくれるのが運動会だっぺ。今の内から其のような、でたらめな人間になっちまったなら、これから先如何する」……と叱った母の清《す》んだ眼差しが、心にじんと突き刺さったのは、昨日の事のように目頭に浮かぶ。運動会の為に折角《せっかく》彼是と苦労して、父母が調達した秋の種種な果物やらに、麦の多く入った茸飯《きのこめし》などを、三段重ねの重箱に入れ、学校まで四キロ程の道程を、風呂敷に包み抱え歩き、息子の為に持参した、楽しみの弁当を台無しにして仕舞った。

父の土産話にもならず。妹や弟も無言で食べた申し訳のなさは、今でも心の底から拭《ぬぐ》い去れずに悔いている。

そんな罰当たりな親不孝な映像が脳裏に刻印《こくいん》されて、食事時などには、ふと今でも申し訳なさが蘇って来る。

其れと、程遠くして忘却できず、心の底から親不孝を拭い去れずに日日を篤と戒めている、申し訳ない事がある。

終戦後、此れも小学校五年生の初夏の頃だった。

青く透き通るような快晴に、心地良く薫風が頬を撫《な》でる学校からの帰り道だった。

町の外れで……馬糞を片付けたり時に運びを手伝ってあげる、髭面親父《ひげづらおやじ》さん、通称「馬車引き牛《うし》やん」が、益子焼の粘土の玉を運び終えて、栗毛の空馬車を引いているのに出会った。途端。

「よう、餓鬼大将等乗って行くかい」……のにっこりの言葉に、友達五人と喜び燥《はしゃ》ぎ乗せてもらい。藁筵《わらむしろ》に寝転び仰ぐ青空に、鬼蜻蜓《おにやんま》の飛ぶを目線に印象付け、ごろごろ寝そべりながら浮かれ「トンボの眼鏡は水色眼鏡青《あお》いお空《そら》を飛んだから、我等も飛びたい大空を」などの替え歌など、凸凹道の振動を伴奏に合唱したり。突き合いの大騒ぎをしながら、帰ってきた我が家の裏近《うらちか》くで「親父さんありがとう。皆も明日またな、左様《さえ》なら」と馬車から飛び降り、家の庭先に帰って行った。

姉さん被りに庭で洗濯板にごしごし汗を掻き、でかい古盥で洗濯をしていた母が、只今を言うより早く、にっこりとして……「お帰り」の言葉に、直ぐ様立ち上がり。台所から腹を空かしているだろうと、自分の食べる分だったか、麦だらけのような真ん丸い、手作り味噌の御握りを作って置いてくれた。

「ほら、栄。小昼飯を食べなせい」と皿に載せて手渡しながら一言《ひとこと》「湯冷ましは土瓶に入っているから、よく手を洗ってから食べなせいよ」

そう言った母の声を聞き流し、鷲掴みして我武者羅に一口二口《ひとくちふたくち》を食べ、変な油が臭くって食べられないと、洗濯物を干し始めの母の胸元に投げ付けた。

「何をするんだ栄。罰当《ばちあ》たりな事をするもんじゃねえ、腹を空かして帰《けえ》って来るだろうと、心を込めて折角《せっかく》こしゃえた（作った）御結びを、親に投げ返すなんて、よく耳を掻《か》っ穿《ぽじ》って聞け、母ちゃんの大切だった二人の兄《あに》さん（伯父）はな、兵隊に行った儘、外国の戦場で一粒の米も食べられず。親の顔も見られず呼べず。戦死しちまったんだぞ、二人の兄が生きていたら、貧乏から抜け出られたかもしれねえ。御前《おめえ》には分からないだろうが、悔しくって情け無《ね》え」

母の声が泣き声となり、どっと涙の滴が光彩を放って地べたを濡らした。

「後《あと》は自分でよく判断しなせい」……と言いながら、胸元にばらばらに付着し、庭に散乱した御握りの粒を拾い「米や麦の手に入らない時世《じせい》に勿体無い事だな」

独り言を耳に呆然としている我が身の前で、それ以上は己等を叱る事もせずに、一粒一粒を丁寧に摘み。土を払いながらに、食べた母の情け無い泣き顔が脳裏に焼き付いている。

手さえ洗っていればと反省した。臭かった油の臭《にお》いだって、気が付けば燥《はしゃ》いで乗ってきた馬車からの機械油が、べとっと手の平や指に付着したものだった。

日頃の自分の短気な身勝手から、とんでもない悪行の親不孝を起こして仕舞った。

以後悔い改め、我が身を篤と洗い直した。

後に師範学校まで卒業した伯父の手習い半紙の毛筆の数多い文字の形身を、母から譲り受け、文字の教科書にしながら、終戦記念日には特に供養をしている。

歳《とし》を重ねた今でも当然の事だが、食べる物総《すべ》て、特に一粒の米や麦を粗末に出来ないと、我が一人の人間を考えても、一粒の米が我が身であったなら、何にも利用されずに、捨てられでもしたら、世の中から抹殺《まっさつ》されたも同然。豊富に食物がある時世になっても、常に母の心をも大切に、教訓になった事を母に感謝して、食べ物は無駄にしない。

其の戒めた考えを、我が娘二人にも篤と教訓をしてきた。

母の死に顔を目の前にして、どっと謝罪の仕切れない程、次から次へと、悪事の事ばかり重なり出てくるが、母に懺悔《ざんげ》に詫びて揺り動かしても、今はもう知らんぷりな顔で、許してもらう手立てが無くなったんだ。

「母ちゃん。いろいろな悪行の親不孝を勘弁して下さい」……と頭を繰り返し下げ、土下座に大声で泣き詫びるしかなく。人生の遣り直しの出来ない運命の果無《はかな》さに心が痛《いた》んだ。

兄が背後から……

「栄よ。御前が幾ら泣き叫んでもな『最早《もはや》』何とも悲しい事だがな、お袋さんとは、永遠のお別れになっちまって、兄が側《そば》にいながら申し訳なく思っている。

さあ、栄。お袋さん愛用の、此のハンカチで涙を拭いて、此れを篤とよく見定めてほしい。

御前《おめえ》の子供やスミ子さんが、新築の途中情況を、手紙に添えて数多く、お袋に送ってくれた写真をな、父の位牌や御影の写真にも擦《なす》り見せ。そりゃー見据え撫でては、富士宮市に行ける事を、日日に待ち望んで燥《はしゃ》ぎ、一緒の療養仲間の皆様方にも、此のような笑い話までして喜んでいたとか」

〈世間からニュースなどで多く耳にする事は、少しの親の財産などでも、はしたなく捥《も》ぎ取ろうとする。親不孝者の多い中で、昔の話からになるが、子供の頃の「栄」だが……親の心子知らずどころか、子の仕種親知らずで、近所の子供等が五十銭や一円玉を貰い握って、塩昆布や飴を嘗めながらの紙芝居を見るにも、我が子には、一円どころか五十銭も持参させられずに、或る日の事、栄に言われた。

「己等は紙芝居屋の自転車の荷台の横に下げた太鼓を毎日叩いて、皆さんを呼び集めているので、何時も塩昆布やさつま芋の飴まで貰い。一番前で只《ただ》で見せてもらっているから、今日の銭《ぜに》は母ちゃんいらないいんだよ」と手を払い除《よ》けて、其のように聞かされた時には、天《てん》から血の雨が降り注《そそ》いだかに赤面し。貧乏所帯の肩身の狭さに心で泣いたがな、今は其の息子が、嫁いでくれた嫁さんが、飛び切りの才女の甲斐もあり。二人三脚での苦労の末から立ち上がり。其れも人様から一文も借金をする事もなく、「梲《うだつ》」を上げる夢が叶った。

大関家の三男坊が初めて新築をしてくれる。

其れも総て檜木造りとの二階屋で、木の香の漂う中で、目と鼻に富士山を仰ぎ眺め、孫等と一緒に楽しく暮らせる。楽しみな日が待っているんです〉

「其のような話を、茶飲み話に楽しみながら、お袋は日捲りの生き甲斐にしていた。

そんな中で、お袋は栄の家に行く時には、此れも忘れずに持って行くんだと、亡き父の位牌を手摩《てさす》り。此の戒名にも手紙の内容を聞かせてほしいと言われる儘に、栄やスミ子さんや子供(孫)から届いた手紙を、兄が見舞う度に暗記《あんき》が出来た程に、何度も楽しく読んで聞かせたんだよ。

それからな、栄がお袋に与えた此の財布の中身をよく見てくれや、中に入っていた富士宮市の浅間大社の御守りを、目に当てては拝み。昼間は財布を確り胸元に仕舞い入れ。寝る時には枕の下に置いたらしいが、中身には一切手《いっさいて》を付《つ》けず。富士宮に行く時には、母親らしく新築祝いには、熨斗《のし》を付けて返そうとな、記念品に一つの案としていたのは、お袋のアイディアだが、大関政吉の吉に、菊野の菊を取り合わせ、俺が飛び切りでっかい花瓶を作り。二輪の菊の花を描き入れ、両親の名入り『吉菊《きちぎく》』で焼き入れした益子焼を床の間にでんと、飾ってもらうのは如何だっぺ。などと相談をしながら、そりゃ日日を指折り数える如く、子供が燥ぐように待ち望んでいたんだよ。栄」

「其れが如何して温もりもなく、急に蠟人形のように口《くち》の利《き》かない、動かない、此のような母ちゃんの姿になっちまったのよ。兄さん」

「其れはなー栄よ。人生の宿命なのか寿命だったのかは、何とも一口《ひとくち》では言い表せないが、日頃は元気に何の前兆も無く、達者で仲間と和気藹藹に打ち解けての、療養に異状の見られない中で、今日の明け方頃に、小用《しょうよう》にでも行ったらしく、部屋に戻ると同時に、蒲団の上に突然倒れたとの事だったんだよ。

大至急、院長先生が応急手当てに看取《みと》ってくれた時には、脳内出血との事で、看護師や仲間の皆さんの、慌てふためきの電話の知らせで、直ぐ様に家内をバイクに乗せて、駆け込んだ部屋で、母を呼んだが最早息もなく、無念にも目と鼻に居ながら、母の死に目にはあえなかった。して、取り急ぎ、栄に、いの一番に知らせようと、郵便局に行った時には、お袋さんが亡くなっていたのを承知で、御前《おめえ》の気落ちする姿が浮かび、母死すとは電報を打てずに、危篤と打って仕舞ったのを、無情と思わないでくれ。

慌てふためき遠方から心配に出向かせ、無駄足にさせ申し訳なかった」

そう言って、一息沈めながら、兄が僕の手を握り締め肩を落としてどっと涙を落とした。

「兄さん。気になっていたが、母ちゃんの目の見え具合は、其の後《ごど》何のような具合だったのかね」

「其れを、栄がいの一番に聞くと思っていたが、お袋さんの眼病の方はな、兄弟や身内や皆皆様の、祈りなどが神仏に通じたか、不思議にも悪化の進行が止まったかのようで、院長先生の許可で、我が家で正月を迎えてもらい。玉枝が咽の通りを心配して、基盤格子にした様《よう》な雑煮の餅を、祝箸を上手に使い挟み、口に入れては、柚子の香りに鶏肉やらの味も良く、玉枝の料理にも年季が入り。雑煮が美味しいと、御代わりに玉枝を誉めての初笑いもした。して、お屠蘇を飲んだ火照《ほて》らした顔で、孫達と一緒に炬燵に入り。歌番組などテレビを見ながら、鼻歌気分の健やかな様子に安堵していたんだが、まさか病院に戻ってから、睦月《むつき》が終わらない内に、今朝のような悪日《あくじつ》になろうとは、思いも寄らなかった。

こんな事態になるんだったら、正月に富士宮市に連れて行って、新築の木の香を嗅がしてやりたかったと、悔やむ事ばかりが、頭の中を駆け巡っているんだよ。

其れとな栄。せめて病院の畳の上じゃなく、これは、長男としてだが、我が家の畳の上で『死に水』を取ってやりたかった。

総《すべ》てに今は、母に関して『後悔』する事ばかりになって仕舞ったがな、お袋さんの眼病が『悪化』せずに本当に良かった。

それとな、栄。母から生まれた『子供』全員兄弟は、母に心配を掛けていなかった。

何方《どちら》かと言えば、良い事の多い中での、思い出残しての『極楽往生』となった。

先で『彼の世』で待っている亡き夫（父）に、冥土で話せる『土産話』を、山程背負ったのではないかと、兄の立場から惨《むご》いと思うがな、今は其のように思う心の慰めしか無く、兄の『腑甲斐無い』不行届きを、勘弁してくれや、なー、栄よ」

僕自身、少し冷静さを取り戻しながらに、

「兄さん。頭を上げて下さい。長い年月を精一杯に母ちゃんの生活の世話を、心して見てくれていたのは兄さん夫婦です。

『勘弁』してもらいたいのは、あべこべです。我等兄弟一人一人だと思います」

「いや、栄の気持ちは迚も嬉しいが、兄弟は誰しも『故郷』を離れても、親には、特にな『慈愛』な気持ちを抱きながらに一家を守り、生活をしているに違いない。だがな、此れは余分な話だが……庭の花や部屋の生花だってな、うっかり水をやれず、萎れているのに気が付かない時があるようにな、日日を自分の考え通りに、況《ま》してや、一家の『歯車』が円滑に回らないのが人生の常なんだということを、つくづく『町会議員』にさせていただいてから、四方《よも》の弱者や病人のお世話をしながら、身に沁みる『喜怒哀楽』の種種な個人の話を聞くとね。我が身は『井の中の蛙』で、無知な人生行路に、今更ながら思い悩まされるよ」

「兄さんの実のある話を聞くと、人生の大変さがよく分かるのと、僕も井の中の蛙の一人だなー」

「其の、井の中の蛙で思い出すがな、何時だったか、茶飲み話に、お袋さんが顔を綻ばせながら、此のような事を、有りの儘に聞かせてくれたのを思い出す。

此れは、男兄弟には特に『井の中の蛙』だけの話題にして置きたくない、御浚《おさら》いだが、見上げた人生行路の話も入っている。

今は、母の涅槃の枕辺で、迚も良い供養話になるから聞いてくれや。

それは……〈なあ、光《みつる》よ。我が家の御先祖様は、黒羽藩主大関家の出とか、だが、時代は去って、現在は連合《つれあい》（夫）も病弱から彼の世に去って仕舞い。残るは『貧乏神』に取り憑《つ》かれて、家や財産もないが儘に、子供達に高等な学校にも入れてやれず。何とも心を痛める『子不孝』をして仕舞ったが、私とて何歳までの『寿命』があるのか分からないがな、子供等は世の中に出て、苦労の連続を重ねたと思うが、今迄に一度も、幸いにも誰一人の言葉からも、親が身勝手に子供を産んで、貧乏したから『梲《うだつ》』が上がらない、などの恨み言も聞いた事もなかった。

其処か、誰もが心を優しく、離れてはいるが、親子の絆を大切に、母を敬ってくれている。親が常に心配する、千金を当て込んで、賭事《かけごと》などに心を奪われる者や、女に現《うつつ》を抜かしたり、飲んだくれの笑われ者も一人としておらず。世間様に後ろ指を差《さ》されるような、間違いを起こした者も居《い》ず。其其の子供が立派に自立して、真正面に高望みする事もなく、息子等は良い嫁さんに恵まれ『優等生』の中に……話はなちょぃと戻るが、『欲《ほ》しくって』授かる事の出来た、四番目に生まれてくれた『一人娘』の節子だが、両親としてはな、此の上ない喜びだったんだが、父が彼の世へ先立ちながらも、節子は気丈良く育って。

新制中学では、ずば抜けた成績に、親戚一同も喜んで、真岡や宇都宮女子高に、入学させてあげようと、入学に必要な、あらゆる経費の工面が出来て、喜んでの矢先だった。『母ちゃんや、皆皆様の気持ちを有り難く、心に抱き頑張ります』……とのお礼の手紙を残し、さっさと身一つで、生き馬の目を抜くように、東京に出て行って仕舞った。

母としては『十六歳』の田舎娘がと、身を切られる思いで、日夜心配の種となり。安眠も出来なかった。後《のち》の知らせで酒類販売店に、住み込み店員をしながら、珠算の級や商業簿記に書道やペン習字など『独学』で資格を取り。優秀賞にも輝き、努力は実を結ぶもので、先に東京で働く『栄兄《さかえあに》』のお蔭とも書いてあった。して『男運《おとこうん》』にも恵まれ。それもな二人共『新制中学卒』が、何所《どこ》で二人が挙式した写真か、一人娘の『嫁入り姿』を篤と見撫《みな》でながら『おめでとう』の言葉に涙しながら、母も一緒に写真に収まりたかった。又も其の二人が『丁稚奉公』から独立。何《ど》のように運が開《ひら》けたのか、東京の町田市に土地を購入して、二階家を建て『小林酒店』を開店させた。

其れも船出から繁盛して……『母ちゃん、今度孫の顔を見せながら、軽井沢に別荘を買ったので避暑に連れて行くね』と其のような便りに、読み返す程に目頭が霞み。直ぐ様に亡き父ちゃんの墓に行き。石碑に節子の手紙を擦《なす》り付けして、父親が生きていてくれたら、どんなに一人娘の『業《わざ》』を喜んでくれたかと、墓石を抱き濡らしながら、暫し往にしを振り返った。

其のように、我が子等は人真似や人様に頼らず。学歴以上の世渡りに、嘸《さぞ》かし銘銘に苦労はしただろうが、今は、立派に一家を支え、子育てに安住な生活が出来ている。

その、三世代までの笑顔をな……日日《ひび》には『御天道様』を拝んで祈り。我が子や孫の姿を思い浮かべられる事が、クリスマスカードや年賀状一枚の写真と短文に、温かい気持ちが篤と伝わり。長生きに繋げられる楽しみは、此の上ない有り難い、幸せな嬉しい事だっぺかなー。光《みつる》よ。

話の締め括りになるが、日頃はな、父親のような病気を、子供等が背負う事の無いように、目が覚めれば、彼是と『祈願』を続けてきたが、光《みつる》よ。御前を筆頭に五人共にな、子供等が父からの遺伝のような症状もなく。健康に育ってくれて、これ以上の安堵感はいらないにしてもな『長男』に生まれた為に、光《みつる》にも野望があったに違いないが、父親の病気の為に『犠牲』となり。益子に押し止める事になって、申し訳なく思っている。

其のような、見逃せないお蔭もあって、兄弟が、今の生活が成り立つのも、確かな証《あかし》だっぺよ。勘弁してくろやなー、光《みつる》よ〉……などと、自分の死を感じていたのか、今に思えばな、そんな『喜び』や『償《つぐな》い』のような言葉を、残したかったのかもしれないよ」

そして、互いに、涙ぐんだ目で、其のようにまで心優しく温《ぬく》かった母の顔を、まじまじと覗き込んだ。

そんな時に、遣戸《やりど》をノックする音に、目頭を拭った。

早くも、静静と益子町役場から、町長と議員数人が、スーツの色も区区《まちまち》に、ネクタイをきちんと結び、様子見舞いに入ってこられ、母の枕辺に、其其が回向《えこう》に手を合わせ。兄との会話と、周りや僕にも会釈をして、数分で戻って行った。

「栄よ。何とも最早《もはや》だが、世の中は通せん坊が出来ない。定めに従う、人生の悲しさに虚しい事だが、今し方の話で、葬儀の日取りだがな、一日《いちにち》友引が入るので、明明後日《しあさって》に決めさせてもらった。

お袋さんには、親孝行という程の事も出来なく、今は、彼是と悔いるばかりだが、お袋さんの死に方は、我等に見本を示すかのように、身体の世話に迷惑も掛けず。日頃とて愚痴も言わずに、人様に勘繰りで、物を言った試しもなく。真正直に、大関家の母らしく亡くなった。

ほら、栄よ。今にしてな、母の安らかな微笑の顔はな……正《まさ》に『子供孝行』をしたような、大往生の涅槃《ねはん》の姿に見えているよ」

「本当にそうだね。兄さんの其のような、慰めの言葉に、僕も少しは気が紛れたよ」

「紛れた気持ちに、一寸聞いてもらうがな、ほら、諺にある。……〈親の意見と茄子の花は千に一つも仇はない〉だが、確かにな、此の兄の人生は、其の通りだったよ。

衣食に気張らない事から、人を羨ましがらずに、人一倍に働く基本生活の事や、野山に川や池などでの、危険となる遊びの仕方に、命を守る大切さなど、もちろん父親からもだが、親の助言の有り難さは、一言では言い表せない。『山積み』だが、心に残るは総て尊く、常に無学だと言っていた小柄なお袋さんから、寛大な、『生き字引き』の哲学に学んだ、教訓と経験は多大で、金の値打ちより大きかったように思えるよ。

だからこそ、我等兄弟は世間に『臆《おく》』する事もなく。何方《どなた》とでも心親しく、お付き合いが出来て、貧乏ながらの人生だが、兄弟同士屈託がなく仲の良い絆となっている」

「兄さんの言う通り。僕も同じだが、兄弟も母ちゃんを敬いながら、家族同士も、其のように思い、生活をしてきたと思うよ」

「そうか、今迄にお袋さんが身に付けてくれた、其の教訓の声をな……『嫋嫋《じょうじょう》』と心中に貯えたのだから、母の微笑の化粧の美しい姿をな、極楽浄土の父の居場所に、子供一同の絆で見送ってあげるのが、最後に残された、最高の親孝行になると思うが、なあ、栄よ」

「兄さんの仰る通りだよ。母ちゃんも喜びを大《だい》にして、彼の世の父ちゃんに、山程の土産話に、花を咲かせると思いますよ」

「栄よ。療養を一緒にしてた皆さんが、涙乍らに『お菊さん』と母の名を呼びながら、別れを惜しんで、銘銘に丹念に化粧をしてくださり有り難かった。

篤と見直してやってくれ。母の化粧した顔は、若い時からだが、此の兄も見た覚えがなく、今にして、化粧の顔を『初めて』拝ませてもらった。

生前にな一もっと早く、母が化粧を施した顔で、貸切バス利用に家族一同の旅行などを、計画を立てれば良かったと、亡くなってから気が付き、悔やむばかりとなって、父に親不孝を詫びるしかないが、謝罪の代わりに最高に美しい姿で、父の待つ世に送り届けてあげよう。

早朝から突然なお世話と、化粧までしてくれた療養の皆様とは、往時から近所付き合いで、喜怒哀楽に思い出も多いお袋さん。其の皆さんとも、特に親しくある栄から一言を、御世話になった御礼を申してほしい」

「はい、兄さん。……皆さん。只今は駆け付く悤悤《そうそう》に、見苦しく取り乱して仕舞い。済みませんでした。早朝から突然の介護に、御世話下さり有り難く感謝致します。昨年は笑い談義をさせていただき、楽しかった様様が未《いま》だ眼中に残っています。夢をもう一度と思う。今年の新年が終わらない内に、母が急遽、此のような事態になって仕舞うとは思いませんでした。母は皆さんのお誘いで、此の松谷醫院に療養する事が出来て、和気藹藹《あいあい》に過ごす事が出来……生涯の中で『いの一番』に、幸せな日日だったのでは、なかったかと其のように思っております。

其れは、実《まこと》に『珍《めずら》』に昨年の夜、皆様方の囃し方《かた》上手に乗り。傘寿の誕生日祝いに感喜して、調子に乗った母から生まれて初めて……『さんさ時雨』の歌が聞けたり踊ったり。一緒の手拍子に、感無量の嬉しさが篤と此の栄の、五臓六腑に『じんと』染み渡りました。

今も、目先に、彼の夜の表情豊かな仕種と歌声が、鼓膜の中に心地良く。リターンに絶える事なく。蘇《よみがえ》り聞こえてきますのも、皆様方あってのお蔭です。

皆さん。本当に母ちゃんを、見守っていただき、有り難う御座いました。

また、早朝から、急遽の介護に大変な多用の中。母に此のように血の気あるような、美しい化粧をしていただき、感謝申し上げます。

出来ましたら、葬儀の日に、もう一度化粧をして下さるようお願いします。

其れとね。此の栄ちゃん。母が療養をしていなくともさ……益子町の土を踏んだ時には、真っ先に、此の病院に皆様のお顔を見に伺います。これからも郷里《ふるさと》に来る楽しみが大《だい》にあります。何時までも元気で居て下さいね。

本日は、心より感謝にお礼申し上げます」

僕の挨拶の言葉に、一人一人が、うん、うんと聞き入り。目蓋を腫らした赤い目に、溜めた涙を光り落とした。

「それでは、栄。御前は遠方の富士市なんだから、早急に戻れや、後《あと》の事は田舎の為来《しきた》りに従え。部落の組合や隣保班などに相談をしながら、総《すべ》て長男の俺が葬儀の段取りをして置くからな、栄の無念さは、この兄には心痛《こころいた》い程良く分かっている。

一旦早目に帰ってな、葬儀に間に合うように、家族を連れて出直してくれや、栄以外の兄弟には、家内からお袋さんが亡くなった事は知らせてある。追《お》って、身内や親戚などには、大至急葬儀の日取りも、連絡をするので心配をするなや。

あっ、そうだ。忘れる所だった。栄。お袋さんに預けて置いた此の財布を、お返しして置きますよ」

「いや、其れは母ちゃんの代わりに、兄さんに差し上げます」

「そう、簡単に差し上げると、押し返されても、十万円以上も入っている財布だぞ、何《なに》か、思い出もある財布じゃないのか、持って帰って行けや」

「でもー、兄さんには金では買えない。母ちゃんの日日の回りの、お世話などに御迷惑を掛けてきました。

兄さん。其のお金はね。母ちゃんの償《つぐな》いの為に使って下さるのと、療養にお世話になった皆様方に、心配《こころくば》りに少し使って下さい。

其れと、兄さん。大きな物は要《い》らないが、床の間に飾り置く一輪挿しを、母ちゃんと父の名を『吉菊』に書き入れてのデザインで、兄さんの手回し轆轤の方で、傑作な益子焼らしいのを作陶して下さい」

「そうか、財布はお袋さんの為に、役立つように大切に預って置くよ」

「それじゃ、兄さん。僕も写真屋に恥じないように、今迄にさ、母ちゃんを彼方此方と連れて行っては、写し溜《た》めた思い出の多いスナップ写真の中から、大至急ピックアップして、栄が、最後の親孝行をさせてもらう。御影を直ぐに飾れるように、いろいろプリントをし、家族と急ぎ戻って来るので、其の中から兄さんが、此れと思う写真を選んで下さい」

「其れは、迚も有り難い事だが、栄が心を込めて写した思い出の写真だからな、嘸《さぞ》かし良い写真ばかりで祭壇に飾る御影には、総《すべ》て相応しいと思っているが……折角なんだがな、写真は『一枚も』作らなくて良い事になっているんだよ」

「兄さん。写真は『一枚も』要《い》らないような、今の言葉は……何か、聞き違いじゃないよね。何《ど》のような事になっているのよ」

「兄の言い方が悪く、むっとなる。栄の、気持ちに申し訳ない事だが、祭壇に飾る御影の写真はな。以前から、お袋さんが『遺言』として、決めた写真を自分で作り置き。大切に宝としていた写真なんだよ」

「ええ、宝の。其れって、気になるが何《ど》のような写真なんですかね。兄さん」

「其れはな、栄が、ほれ。二十四、五歳の頃だったっけよな。分厚い速達の書留で、東京の北千住の会社に、勤務をしていた時だが、益子の母親宛に送金をしてくれただろう。

手紙の内容にはな。東京や近郊辺りに、兄弟四人が働いているのを誘い、上野の山で、家族で花見しようとの呼び掛けを、此の兄に連絡を頼むとの事で、連絡を取り合ったら、全員が喜んで、花見をしたいとの賛成に、飛び上がる程に喜んだ母を連れて、上野の山に出掛けて行き。家族の再会に小躍りした。

当日は、好天に恵まれ。桜花を眺めながらに、母が手作りに抱えて行った、重箱の山菜混ぜ御飯を母が装り分け合い。蓬餅《よもぎもち》などに舌鼓をしながら、『一期一会』家族で、笑い転げの語らった思い出に。……桜花満開となった末広の大樹をバックに、子供五人が和気藹藹とした『真ん中』に囲まれて立った。

和服一張羅を着込んだ、微笑むお袋さんを囃し囲んで、上野の東京文化会館の前辺りでな。……栄が、カメラを初めて買ったとの二眼レフで、御前が三脚使用で、セルフタイマーで写してくれた、迚もピントの良い、キャビネ判の『家族一家』の白黒の記念写真なんだよ。

其の写真。迚もお袋さんがお気に入りで、普段は父の仏壇の引き出しに入れて、日日に眺め。線香を手向ける中で、七十歳を過ぎた頃だったか、自分の中心《ちゅうしん》に写っている姿を、額入りの御影に作ったのを見せ。母が死んだ時には、此の写真を祭壇に飾るように『遺言』をしたんだよ」

其のように聞かされた一瞬。母の微笑んだ死に顔から、矢庭に「どん」と一撃食らい。ノックアウトされたかに、トラウマに目前《めさき》が真っ白となり。二の句が告げずに「茫然」となって、ふらついて仕舞った。

何と、一言洩《も》らさず奥深く、小柄な母が長年心中に、大きく温《ぬく》めながら「宝物」として、生き甲斐にしてきた、我が子五人に囲まれての「家族写真」の一枚だったとは、大きな母の慈愛の心を子知らずとは、何と今以て《いまもつ》知るとは情け無く思った。日頃の母の言霊《ことだま》の助言を思い浮かべながら……一枚の写真から、今は偉大な知性と、心根の深さ温《ぬく》さ優《やさ》しさの教えを、親子の絆は、斯《こう》あるべきと、今日は悟り開きをさせてもらい有り難く思った。

我に思うは、二人の子の親として情け無く。何れ《いず》、我が子も結婚して子の親となるのに、何《ど》のような慈愛心を持たせるかなど、先《さき》の人生親から子の教育にと心配の種《たね》となった。

母との昔を、今に懐く返せば。母と逢う度《たび》に観光をしながら、親孝行のつもりで、寄席に芝居や映画に歌謡ショウなどに、食べ歩きに楽しみながら、其の都度。場所を選び数え切れない程に、写しまくっての、自己満足のスナップ写真などは、今や、無意味にばらばらとなって仕舞った。ジグソーパズルが、一瞬に、彼方《かなた》に吹き飛んで行くように思えた。

其のような、瞬時の光景を浮かべるに、母の笑みた顔が、目先にクローズアップされてくる。学問の神様『菅原道真』とは、何とも縁遠かったと思うに日頃、無学と言って、文字すら書かなかった母からの慈愛の哲学の教えは、今からの人生に大きなプラスとなった。母は死んだが、気丈な「魂《たましい》」が、心に生きる「観音像」となり。我が心に居座《いすわ》った。

心胸有り難く。再度、未練に、物心《ものごころ》が付いて以来、一度も呼び名を変えた事がない、亡き母に一言……「母ちゃん」と呼んで枕辺を後にした。

往にしには、先代の院長先生に、幼年の頃から一人で来《き》ては「喉仏」が無くなった程、扁桃炎で数え切れぬ手術に、怒濤の如くに泣き叫んだ、思い出の「松谷醫院」で……今日は、母の死で泣き濡れ。思いが新たに蘇った。

親子二代共に御世話になった、医院の光景を見渡し。目白鳴く大樹に成長した藪椿に、何度血膿を吐き捨てたか、走馬灯に蘇る往にし。丸《まろ》んだ飛び石伝いを見返り。侘しく庭先に出た。以前と同じ大谷石の門柱の凹《くぼ》みに、蜘蛛の生息を見て……「生きているとは、良いものだなー」と独り言に、陽光に暖まった門柱を一撫でし。置いてきぼりの母の部屋辺りを見返り。町並みの通りに出て行った。

雲一つ見ぬ、トップライトの陽光に、我が影を急ぎ足が踏むように、益子駅に到着した。此の前見舞いに来た時と同じ、花柄模様カラフルな、ディーゼルカーの軌道二両列車。茂木始発の、各駅停車の小山駅行きの真岡線。乗客疎らに、益子駅を時刻通り昼前に発車。田園の彼方此方には、野火跡が斑《まだら》に目立ち、車窓に振り返る郷里の山河は、最早、両親も亡くなり、死色《ししょく》に寂れた青鈍な光景に見えて仕舞った。

数分走った。小貝川の赤い鉄橋が架かった辺りで、益子町役場の正午を告げるポー（サイレン）が鳴り響いた。

其の、一本調子の嫋嫋《じょうじょう》とした響きに枕木の音がハモり、哀愁だけが身に染みて残った。

今迄は、沿線に然程《さほど》気に留めなかったが、母の死に顔に重なって目に付くは、田畑の中に先祖代代からの墓地が、見え隠れする筑波山を背景に、彼方此方とに、木木の囲いや小さな丘に造られ、水仙の黄花が目立ち咲き。此の地方特有の詩趣な味わいから、親の墓の大切さが理解出来た。

其のような列車内に、寺内駅辺りから乗車した、井桁絣《いげたかすり》に蚊絣《かがすり》やねんねこ半纏にモンペ姿などの、五人連れの御婆ちゃん達の和気藹藹とした、栃木訛も下野ならではの、母の声にも似た方言の遣り取りを、気分癒やしに聞き流していると、下館駅に到着した。

先の小山駅ぐらい迄を御一緒に、人情味の捌《さば》けた笑い話が聞きたかったが、何と、下館駅で御婆ちゃん達の下車する姿に「長生きして下さいね」と背《せな》に心の声で、慕わしくエールを送った。

小山駅終点となり。下車し足を早めて、乗り換えのホームに急ぐ中。駅弁の呼び掛けに、益子焼の釜飯弁当を買うかと、立ち止《ど》まったが、何か食べる気が薄れ。そそくさと乗り換えのホームのベンチに座った。

吹き抜ける寒風に、暫し貧乏揺すりをしている所に、黒磯からの快速電車が入ってきたので、空席の多く見えた、六号車に少し先走って乗車した。

進行左の窓際に、日差し温めにコートを掛けて、日向ぼっこのように座った。

車窓より、田畑の光景を眺めている内に、日差しに温まったせいか、一駅区間すら走らない内に、うとうとと寝込んで仕舞った。

赤羽辺りで、車内の騒騒しさにとろりと目が覚めて、大小に林立する、緩やかに回り見ゆビルの陰陽とに……「何だ、墓地に居るのか」と目をハンカチで拭って、ぼうーと、白昼夢の目覚めやらぬ内に、列車内から突如風景が消え。上野駅の地下ホームにスムーズに列車が止まり。降りると重油の臭いが鼻を突いた。

腕時計は十五時三十分。ボストンバッグを提げて、出口にきょろきょろ、地下から人人の行く方向に上り。彼方此方の出入り口からは、大寒の候《こう》と言うに、都会人は寒さ知らずか、乗降客と言うより群衆やらが、大惨事が起きたら大変と思わすように構内を抜けて行く。

僕も、ボストンバッグだけなので、挫《くじ》けてはいられない。運動不足が解消出来る思いで、周囲の雰囲気に呑まれながら早足となり。地下の構内を出た辺りから、一気に弾む動悸を耳に上り詰め。汗を拭き服装を整えてから、上野公園口の駅員さんに切符をよく見せ。途中下車の、お願いの捺印に一礼して改札を通り抜けた。

大寒を感じさせぬ、都会から吹き上げてくる上野の山風は生温く、物の芽の動かぬ四方《よも》の枯木の、枝や梢には群れ鴉の鳴き騒ぐ、陽光の黄ばみ傾いた樹間の道を、長く伸びた我が影とデートをするように、少し遠回りに東京文化会館の前に立ち止まった。

して、少しきょろりと見渡しながら、目星に此の辺りだなと、懐く思い浮かぶは、往にしに家族で記念写真を写した場所。

今は桜の木も太くなって、幹には瘤《こぶ》や青苔も生え。蛇が絡《から》み合うように、四方《よも》に根上がりが目立っていた。

其のような景に、ぐっと蘇るは、母も若かったので、労《いたわ》る仕種より恋人を囲むように、セルフタイマーのシャッターが切れる時には、「そら、母ちゃん好《い》い顔に笑って笑って」と囃しながらに、肩を寄せ合い温もりが全員に伝わった。

そんな中で、些と戯《おど》けながらに散り舞う花弁《はなびら》をば……「土産に持ち帰るべい」と、重箱に入れ受けて、持ち帰った母の慈愛心が篤と目先に蘇ってくる。

して、やっと見付け出した、先の尖った小石で、桜木の下の土を穿り。土を両手で掻き寄せ。未練に靴跡を付けてから、一握りの土を大切にハンカチーフに包み入れ。スーツの胸ポケットに仕舞い入れた。

さてと、暫し想いに耽る胸中に、何処で奏でるのか、幽《かす》かなギターの音色を耳に、今朝からの何とも切なく空しい、心痛に狼狽《うろた》え、止まる事の無い、時の繋《つな》ぎ過ぐ一日《ひとひ》のドラマは全く早く。彼方此方から日没時を鮮やかに、点り出した種種なネオンサインに、一際大きく「デフォルメ」された真っ赤な太陽が、今は都会の主役となり。ビルの窓の玻璃《はり》など万華鏡の如く染め映やし。其の沈み行く太陽に吸い込まれる光景とに……ふと、『五木寛之』著の小説「親鸞」の一節（引用）が脳裏に浮かび上がった。

其の……〈親を想わば夕日を拝め。親は夕日の真ん中に〉を思いながら、今日一月二十五日の早朝に生涯を閉じ、父の待つ極楽浄土に、旅立つ母に篤と、合掌して冥福を祈る。真っ赤な落陽からは父母の「親の血を分け合った兄弟の絆を大切に、家族仲良く助け合って暮らしなせいよ」などの言葉木霊《こだま》とが嫋嫋《じょうじょう》と聞こえくるかに、沈み行く太陽からは、父母の顔がアップされた。そして残照の染め上げる韓紅《からくれない》の空は、彼の世への父母の送り火にも見え、暫し感傷《かんしょう》に立ち去れず。徐徐に増して来る、ネオンサインの色取りの中に、漂う夕餉《ゆうげ》の香に空腹を覚え、今朝から何も口《くち》にしていなかった、さて、何処で食事をと思案の中で、公園口に戻って行き。乗車と思い付いたが、妻に先ず、上野の山に立ち寄った理由など、簡単な説明を電話ボックスで話した。

妻からの応答は、情況などを玉枝姉さんの知らせで、びっくり仰天に、事の成り行きを悟り。子供等と啜り泣きの会話となったが、

「貴方、店の事は心配せずに、益子行きの用意は調えますから、上野でゆっくり夕食して、終列車に間に合うように帰ってきて下さい」

妻の言葉に安堵し、公園口から再乗車しようと思ったが、夕景の賑わう繁華街を目線に、西郷さんの銅像の方向に歩を進めた。

すると、遠方の樹間に赤提灯が微風に揺れ見えて、食欲をそそる香気に、誘い込まれるように近付いた。テント張りの彼方此方に、仮名や平仮名文字でラーメンと書いてある。

正面の「れんこん屋」との屋号に、何か親しみを感じたが、以前大衆食堂には慣れ親しんでいたが、酒を飲む訳じゃなく、赤提灯には縁遠かった。店先から不忍池の見ゆ、耀《かがよ》う景色に見蕩れながら、些《ち》と躊躇《ちゅうちょ》して店先を行ったりきたりし、腹の虫が鳴くばかり。そんな中にパト

ロールの二人の御巡りの姿に、怪しまれぬ内《うち》に颯《さっ》とテントを潜《くぐ》った。目先のアベックさんが、御田《おでん》の皿を持ちひょいと中程の席に、どうぞという風に笑《え》み除《よ》けてくれた。

「いやー、どうも済みません」の会釈に、

「いらっしゃいませ」……笑窪《えくぼ》な店主の奥さんと目線が合い。此方も笑みを返した。

「お客さん。何を召し上がりますか、寒さには御田《おでん》や甘酒に、手作り餃子定食と当店自慢の蓮根入りラーメンは、味噌と醤油が有りますが」と歯切れ良い言葉に、粋にグレーの毛糸編《あみ》の少し深いベレーに、赤い羽根を横に付けて被り。女優の『田中絹代』さんを思わす顔立ちが、しゃきっと注文を聞いた。

「ええーと、それじゃ奥さん。屋号れんこん屋の特製蓮根入り味噌ラーメンの方でお願いします」

「はいよう。まあー此の婆を奥さんだなんて、呼んでいただいたのは開店以来かなー。お客様の言葉に乗せられて、蓮根や焼豚に野菜を、余分に大《だい》サービスをしちゃいますよ。

其れに店も口開けだしね。日が落ちて冷え込むから、お車でお出掛けでなかったら、コップに七分目程ですが、樽の美味しい地酒を、サービスしますが、お召し上がりになりますかね」

「いやー、其れは迚も有り難いです」

「では、お客さん。少量ですが、明太子のお摘みで飲んでいる内に、ラーメンの方は味良く作りますので、御緩《ごゆる》りとお待ち下さい」

奥さんが、笑みて小さな角盆に差し出してくれた、透き通るコップの樽酒を目線にし、携帯ラジオでのカセットテープなのか、『田端義夫』の「かえり船」などの曲の流れる中での、ちびり酒とに……「ところで奥さん。『れんこん屋』との屋号は不忍池の蓮に因《ちな》んで名付けたんですかね」

「お客様の仰る通りです。上野の山にお出掛けの折には、春夏秋冬の季節に応じた物を商っておりますので、お気軽にお立ち寄り下さって、お馴染みさんになって下さいませ」

「上野にきたら寄らせていただきますが、奥さんは、此の大掛かりな飲食店を、お一人で切り盛りをなさっているんですか」

「何の何の、何時もはね。時時は喧嘩をしながら、不忍池に浮いてるような、『鴛鴦《おしどり》』で営業してるんですが、今日は私一人で、主人が還暦を過ぎた頃から、目が見えにくいと、白内障の手術をしましてね。もう、良くなってはいるんですが、今日は休んでいるんですよ」

「そうだったんですか、初対面なのに仕事のお邪魔に、失礼な事を聞いたりして済みません」

「何の、気にしないで下さい。私はざっくばらんに何でも御喋りするので、お客様によく笑われるんです。

ささ、お客様。ラーメンが出来上がりました。熱いので咽に気を付けて召し上がって下さい。御絞り薬味お茶お水は、此方の盆でどうぞ」……と目の前の長テーブルに、音を立てずに丁寧に置き並べた。

先ず、食欲のそそる丼の匂いに、湯気を一吹きして、飲み込んだ汁の旨さが、先程の酒で温もった体内に重ねて染み渡った。

そんな頬を、ストーブで暖まっているテント内の隙間から、一瞬、冷風が心地良く抜け去って行った。

して、湯気揺らぐ目線に、蓮根輪切四枚と焼豚三枚と野菜などを、色良く載せて、麺は細目の「蓮根ラーメン」……ちらり唾液に、並び置かれた胡椒と胡麻を振り掛けた。

何と、屋号入りの、珍《めずら》な割箸の袋をポケットに仕舞い込み。一箸、熱熱のラーメンを吹き冷まし、啜り食べた。

其の一口の喉越しに、「こりゃ旨い」と一言、声を出しながら、蓮根や焼豚の歯応えの良さを篤と味わい。とろりの汁に麺を掻き混ぜ残らず平らげた。

「奥さん。年季《ねんきい》入り隠し味のラーメンは、迚《とて》も口《くち》に合い美味しかったです」と一言誉め称えた所に、どやどやどやと若い男性、四人さんが入ってきた。

御田《おでん》を突き楽しんでいる、先客のアベックさんに、一言、お先にと会釈を済ませて、素早く席を立ち。股下に置いたボストンバッグを肩に斜め掛けした。

「奥さん。御馳走様でした。済みません。御愛想をお願いします」

「はい。只今。何となくお名残だね。お客さんには、またお気軽に立ち寄ってほしいですね。お会計は此の器（小盆）に、七百円頂戴します」

「わあ、安い。樽酒もあるのに、其れじゃこれで」……と千円札を小盆に載せて、「お釣は結構です。其れより奥さん。御主人の白内障お大切にね」と会釈に店を出た。

外灯の疎らな、木木の枝幹《しかん》に仰ぐ寒空《さむぞら》に、空気感が一段と良くなり。星がきらきらと輝き見えていた。

三十秒も歩かない内に、背《せな》で、女性の呼ぶ声に振り返ると、……「お客さーん。一寸お待ち下さい」

「僕の事ですか」

「はい。呼び止めて済みません。おばあちゃんに、此れを渡してほしいと預かってきたんです。どうぞ」

「いやー、僕にガムをですか」

「道連《みちづ》れに、どうぞと仰ってました」

「是《これ》を態態《わざわざ》、どうも有り難う。貴方は彼《あ》のお店の、娘さんか御親戚の方ですか」

「違います。彼《あ》の店が好きで、彼《かれ》と行っては、おだをあげているんです」

「そうですか。それじゃ奥さんに御親切に有り難う、また立ち寄りますと伝えて下さい。貴方《がた》のお幸せをお祈りします。では、左様なら」

「また、お店でお客様と、お逢い出来ると良《い》いですね。道中お気を付けて、左様なら」

白い歯をはにかみ綻ばせて、髪長の彼女が、赤いコートを転《くるり》と翻し走り戻って行った。

手に渡された体温の感じる、小さな細長い板ガム十枚入りの一包。……「道連れ」にお持ち下さいとは、初対面での「言霊《ことだま》」の響きに、ふと「大和撫子」な、粋で洒落た、朗らかなニュアンスを含むガムの土産に、お店の奥さんから、大きな温かい心を感じた。

早速。にんまりして包みを丁寧に広げ。一枚を口に噛みしめた。

酒とラーメンに火照った体内に、香《かお》りが清らかに流れて心地良さに振り返った。

ひょっこり立ち寄った店。何と、暖簾がれんこん屋とは、葬儀に必要とされる、種種に彩る蓮の花が脳裏に浮かんだ。

今宵は、母の供養のように、偶然に食べた蓮根ラーメン。通り掛かりとは言え。不思議な出会いの慕わしさに、赤提灯を確と印象付けた。

さてと、見た腕時計は十七時三十分を過ぎたところ。人集りに、久し振りに外灯に浮く、鳩の糞《ふん》に塗《まみ》れた西郷さんの銅像を、懐かしく暫し眺めて、京成駅の通路口から、ネオン酣《たけなわ》の色取りに誘い込まれ、繁華街の方に出て行った。

一坪の土地は幾らするのかなと、活気に満ち溢れている、上野の飴屋横丁通り。ボストンバッグを確と、肩から左に斜め掛けに抱えながら、歩くと言うより押され歩きとなり。何か妻子に良い土産はないかと、思案しながらきょろきょろし、店頭での叩き売りの、怒鳴る濁声の人集りに足を止めた。

山のように積み上げてある、チョコレートの種種に飴菓子など、纏《まと》めて素早く売り捌《さば》く。

調子の良い笑いに乗せる口調の商法を聞くと、下手な漫談や漫才を聞くより面白く。前へ前にとのめり込み。我を忘れて吸い込まれて売り手の目鼻となった。

「ささ、四、五十人のお客様方。最後に此れも御負け。もう三つの御負け。今、買う人だが先程のお客様より、大吉の得得《とくとく》だよ。本日は売り上げも達成。此れで店仕舞いだ。さあ、早い者勝ち千円で見た通り。二十品目以上だ。よし皆様方の顔を立てて、アメヤ横丁に相応しく。もう二つ飴とチョコレートを、アベックで重ねよう。ささ、持って行けー」との闊達《かったつ》で巧みな口上に、我も我もと人を撥ね除けて。「さくら」かと思う程買い求む群がりに、まんまと釣られ一袋買い求めて仕舞った。

買ったは良いが、メーカー区区《まちまち》なチョコレートや飴菓子に、達磨のように膨らんだ茶袋詰め。一寸破けそうな袋なので、手提げ袋を要求のお客様には、東京観光名所のカラフルに印刷された、丈夫なビニール袋を五十円で販売。粋な袋なので、手を上げ求めたが、さすがに、袋だけ欲しい人には販売はしなかった。

妻子の土産より。我が店のお客様方に、話の種にサービス品に使用したいと思った。難無く絆《ほだ》され、スムーズに買い込んで仕舞ったが、我が身の話術商法に柔軟に活用が出来る。お客様の心理を掴む、良い勉強のプラスになったようで、迚も有り難いと思った。

人波に押され歩いている内に母の顔が目前《めさき》に浮かび。飴横の通りを進み、途中鮮魚など販売の辺りから、右の細い中通りのアーケード街に入ってみた。

「東京ならではか」と独り言に、左右に一坪程に区切られたように、種種な店舗がトンネル状に続く中に、古風な和風の装飾店に目が止まり入った。

店内には、扇子や絞りの巾着や蛇柄などの蝦蟇口や髪文字など、並ぶ段飾りのケースの中に、色取り良く大小の櫛を飾る中に、黄色い鼈甲《べっこう》の櫛が目に付いた。「此れは好《い》い」……と迷わず。白髪一本もない。母の黒髪に差し飾ってあげたら、似合うだろうなーと思い。

「済みません。此の小さい方《ほう》の櫛を買いたいのでお願いします」

「お客さん。其れは女物ですが、宜しいんでしょうか、お値段をよく見ました」

「はい。東京にきた記念に母親にプレゼントをしたいんです」

「其れは其れは親孝行様で、普段は正直言ってね。店の信用飾りのような品で、爬虫類などの腰ベルトや財布に扇子などは、よく売れるんですが、櫛の方は、正月に何本か売れるくらいで、あまり売れない代物を買って下さる。失礼ですがお母様はお幾《いく》つですか」

「傘寿を過ぎたばかりなんです」

「そうですか、では、沖縄から仕入れた、此の松竹梅も線彫りになっている、手作りの本鼈甲の櫛なので、此れをお土産にしたら、長寿のお母さん迚も喜ぶでしょうね。お客さん。貴方の親孝行に荷担《かたん》して、私《わし》も、六十を過ぎた江戸っ子。清水の舞台から飛び降りたつもりでね。此の櫛をさ……半額にしましょう」

「いえ、此の櫛を、一万五千円で売って下さるとは、御主人。誠に有り難う御座います。それじゃ、早速に御代をどうぞ」

「はい。確かに有り難う御座います。値段の方は、近くに松坂屋デパートも有りますので、見比べるのも良いかと思います。

さて、気の変わらない内に、化粧箱に入れ包装しまして只今。『江戸美芸店』の領収書を書きますので、少少お待ち下さいね」

小さな机に座り。紺の作務衣に半纏を着こなし。目が大きい小柄な動作姿に、ふと、落語家の『桂伸治』さんから、買い物をしているようで、振る舞いが心地良かった。

「では、此れは領収書。櫛は箱に入れ包装し、リボンを付け袋に入れました。其れと此れはね。浅草観音様の難除けの御守り二個、記念にお持ち下さい。では、道中お気を付けて、有り難う様で、次回もお待ち申し上げます」

「いやー御主人。特価に何かと心遣いを、誠に有り難う御座いました」

此方も丁寧に頭を下げ。和《にこ》やかに見送った。御主人の金歯が迚も良き印象に残った。

まさに諺の〈生き馬の目を抜く〉ような大都会だと思った。今宵の上野では、テント張りのラーメン店から、叩き売り飴屋や美芸店にと。三店舗には、話術や物腰にサービス品の扱いなどに、逆《ぎゃく》に「目の玉を入れてもらった」善良《ぜんりょう》感に、迚も世の中の良い勉強になった。

此のような考えを抱く事が出来るのも、今迄の母から受けた教訓の賜物と、改めて母に慕わしい感謝と、今宵は上野に立ち寄り。様様な世相と、人との「一期一会」の出会いに、迚も良い供養になった。

して、上野のごった返す活気から抜けて、時間を気にしながら、我が家に向け御徒町の駅に足を運んだ。

少し躊躇して、駅員さんに、時間の経過の理由を述べ。切符を見せ改札を通った。

京浜と山手線のホームには、通勤帰りのラッシュアワーに、入ってきた山手線電車に、乗れるかなと思いきや、押し競饅頭の如くに、どどっと下車待ちに、押され押し込められた。

田舎者は吊革にも掴まれずにスリに注意しながら、不動の儘に、東京駅でどやどやと押し出され下車となった。

東京駅の混雑する枝分かれの通路に、きょろきょろしながら歩き、跳ね飛ばされそうな中で、東京みやげと書いた、赤い暖簾が目に入り。新幹線の改札口の方向を目線で確かめて、興味に一寸店を覗き込んで、思い出を新たにした。

我が子二人が幼い頃。亡き母に妻とブランコに手を繋《つな》いで、スキップして燥《はしゃ》ぎながら、東京タワーに上りパノラマの景に、富士山を背景に記念写真も写した。

其の思い出の東京タワーと、国会議事堂が刺繍された、ハンカチが目線に入った。

素早く、黄色にピンクと水色の布地を指差して、娘二人と妻の土産に、箱入りの包装で買い求めた。

てきぱきと愛想の良い、女店員さんからの包みを受け取り。「お気を付けて」の言葉に、ちらり見る腕時計は十九時四十分。新幹線の改札口を通り。電光掲示板に見る、名古屋行き「こだま号」十六番線十九時五十分を目線に、階段を駆け上がりホームに急いだ。

新富士駅のホーム停車下車口が、丁度七号車付近が階段口となるので、既に発車待ちしている列車に、ホームを小走りに息急き乗車した。

こだま号（各駅停車）は一時間に一本程度だが、最終の三本前に乗車でき余裕に安堵。

東京駅始発だけに空席も多く。進行右側の入口から手前三列目、三人席の窓際にコートを掛け。ボストンバッグを足元に置き。其の上に手提げ袋を重ねて座った。

先ず、車窓に映る頭髪や胸元の乱れを直して、再度座り直し、何とか落ち着いた。

今日の日を篤と振り返り。母が夫（父）を亡くしてから、今日迄の地獄な子育ての人生の絵巻を想像とに垣間見ながら、親孝行は出来なかったが、これからの親孝行は、母が常に願った、我が身の健康第一に家族を守る事こそが、今後の人生に母への供養になるかと、不運に生涯を閉じ、死んでからの化粧の微笑んだ顔が、目先に浮かび胸を突きあげた。

彼の世への旅立ち。……「葬式」の二文字が、何とも哀れに物悲しい。

僕は東京で所帯を持ち、荒川区尾久を本籍としているが……上野の山で母と子供一同が、記念写真を写した場所は、得難く第二の故郷地と慕い刻み。父母が亡くなった故郷益子町は、空巣の存在となって仕舞った。

今後の益子町は、兄を敬いながらに、親戚や知人友人も多いが、墓参程度に足が遠退くのは、確かな事かな……と胸がきゅんとなった。

其のような、瞬時の思いの中で列車が時刻通りに、振動もなく発車していた。

左右の車窓に流れ見ゆ、種種な高低に色取る高層ビルの、窓や町の明かりが、今夜は灯籠流しの如くに、緩やかに浮き流れ見ゆ様は、何とも母を供養する送り火にも見えて仕舞い。世の移り変わりに光景すら空しい。

そんな、右の車窓に瞬時数回。ビルの谷間にライトアップされた、東京タワーが鮮やかに浮かび見え。子供等（女孫）と母が、観光に上った、往にしのタイムスリップが、昨日のように感じて目頭が熱くなった。

其の時の我が子二人が人並みに成長して、今は、何と、祖母の葬儀用意に困惑しているに違いない。

列車は何度もくねて、都会の幾万とも知れぬ、息衝《いきづ》く明かりを遠ざけながら、直線となった線路を、名古屋に向けてスピードが加速され。左右の間近な灯《あかし》が飛ぶように見えていた。

新幹線のお蔭で、益子町からの涙の蜻蛉《とんぼ》返りも出来、……新富士駅に二十一時十五分に到着。構内はひっそりと乗降客は疎らだった。

駅前から仰ぐ星空に手に取るように浮く、深雪《みゆき》の真っ白な富士山を見据え「五分足らずの距離で済みません」と一言前置きに頭を下げて、タクシー利用で我が家に戻った。

義姉からの連絡で母が亡くなった事は、知らされていたものの、「只今」と帰った、僕の微《び》苦笑《くしょう》な身形に「お帰りなさい」と、僕の顔を真面《まとも》に見ずに、妻も娘二人も出迎えて、ボストンバッグと手提げ袋を受け取りながら、ほろほろと涙を落とした。

して、明日《あす》は一時《いっとき》でもスムーズに出掛けられるように、妻と娘二人が用意万端に、店を三日間臨時休業（店頭に張り紙）など手落ちなく。総ての気配り用意と店の切り盛りに感謝した。

そんな中でも、無念の知らせの労《ねぎら》いに、僕の帰りを待ちながらに、妻子が用意してくれていた、何とも熱熱に飲む甘酒が、五臓六腑にじんと染み渡った。

明けは、紅《くれない》に染め上げた富士山を拝して。店内の現像機や引き伸ばしプリンターなどを、篤と点検をしてから、軽食をしてタクシー利用で、新富士駅九時の新幹線で家族で出発した。

白富士を車窓に置いてきぼりに、軌道に天空晴れ渡る中を、何度も乗り換えて、やっと。懐かし、乗客疎らな真岡線の乗客となった。

先ずは益子迄。些《ち》と安心に落ち着けた車内で、小昼飯程度に食べるかと、早朝三人で協力して作ってきた御握りやサンドイッチを、早くも沿線に白梅がちらほらに、菜の花の咲く香を鼻に御数とし。筑波山を見遣り、お茶にジュースやコーヒーを飲み合いながら、あまり会話する事もなく。空腹を癒やす銘銘の心理に任す中。益子駅には十三時三十分に到着した。

喪主となる長兄の家まで……益子駅から五キロ程東。笠間街道を途中、須田ヶ池を左折した所から一キロ先にあり。地名は益子町道祖土《さやど》だが、小字《こあざ》の大津沢《おおつさわ》の名《な》の部落。山間の二十戸程の集落の此の小字から、字《あざ》の道祖土の周辺に生活を営む人達は、半農などの傍ら、益子焼の粘土製作所や、自営を持たない男女の方其其は、此の地に愛着を抱いている人も多く。……道祖土には、『浜田庄司』先生を中心とした、数多い窯元に職工などとして勤める人が多かった。

其のような益子町の在。往にしは辺り一面道路の舗装もなく、埃塗れに駆け巡ったは、昨日の光景のようだが、今は塵一《ごみひと》つない。滑《すべ》っとした舗装道を、お地蔵様に挨拶する間のない儘に、あっと言う間に、母の遺体の安置してある、長兄の工房兼平屋にタクシー利用で、午後二時頃に到着した。

先ず、正面の入口で、雪眼をするような半紙下がりに、「喪中」の墨黒くの二文字が目に入り心が締め付けられた。

益子町に近い、市町村でのローカル語《ご》だが、現在も一言で誰でもが分かる、常語となっているのが、「じゃんぼ」(葬式の事)に、今や、隣保や組合に部落の人達が、右往左往に言葉を交わしながら、母の葬儀の為に、往にしからの為来《しきた》りに倣い。……斎食は女性が受け持ち。男衆は式や葬列を飾る仏具の数数を木材に竹や金銀などの色紙などで、丹念に手作りをしてくれていた。

其の中には知り合いも交じり。「皆さん御世話様になります」と言葉に会釈をして、主屋に入った。

兄夫婦に一通りの悼《いた》む挨拶と労いを交わしながらに……「外では皆皆様大変ですね」

「最初は葬儀場でと思ったがな。……部落から、母の葬儀を自宅から出しましょうよと言って下さったので、其の『贐《はなむけ》』の気持ちを大切に、母が最後の甘えとなる、種種なお世話を受け入れた方が、母に相応しい見送りが出来るかと、お願いの中を明日は友引なので、今日の内に段取りをしましょうと、寒空の中を頑張ってくれているんだよ」

「成る程。今の話でさ。母ちゃんが如何に、皆様方とのお付き合いでの、人望が良かったかだね。兄さん」

「そうなんだよ。お袋さんの常に一番良い所は、人の悪口を決して言わないのと、人には親身になって、我が身のように尽くしてきた事は評価出来る。善人なんだよ。だから口利き仲人などもも結構しているんだよ」

「へえ、そうなんだ。連合《つれあい》を早く亡くして、貧乏はしたが、子育て気丈に生き抜いて来た。母ちゃんを鏡として、僕も、今からの人生を見直して行くのも、亡くなってからの親孝行になるから、兄さんの今の話を篤と肝に銘ずるよ。……ところで兄さん。葬儀に早く家族できて仕舞ったが、何か家族で手伝う事があれば、何でもさせてもらいたいんですが」

「今の所。手伝ってほしい用件は何もないが、なあ、栄。偶には気休めに、お袋さんが益子に招いてくれたと思って、明日一日。家族を労ってやりなよ。娘さん二人も、益子町を知らない内に、成長しちまったろうしな。宿の方は兄《あに》が用意して置いたので、其所で観光のプランでも考慮為合って、明日は通夜の時間に間に合えば良いので、其れ迄をな、家族団欒に少しでも癒やしてやってくれや」

兄の有り難い心根に、自宅に安置の母と再度。枕辺に対面して、悲泣する妻や娘二人が、合掌し線香を手向け。義姉が用意のお茶に、供養話を聞き語らい。兄が手配してくれてある、部落から一山越した山中にある、益子の観光施設「峠の森」のペンションで、一泊二食付きで宿泊する事になった。

して、往にしは此の雑木山で、種種に食べられる木の実（山桃や野葡萄に木通《あけび》など）を、猿のように木登りして採ったり。茸狩《きのこがり》には（乳茸や箒茸に猪茸など）出ていた彩りの様子を細かに、子供の頃に感動しながら採った思い出を、炬燵に入り夕餉の御数に、泣き腫《は》らした目蓋に、少しでも癒やす妙薬を与えたく、近間から幾山《いくやま》越えて探し回った笑い話を聞かせてあげた。

「わあ、私達も機会があったら、お父さんと一緒に茸狩をしてみたいね」と三人が盛り上がり感喜してくれた。して野天風呂に入り。満天の星空に堪能し安眠となった。

小鳥の囀《さえず》るに起床し、バイキング料理に満喫して、一日《いちにち》観光に義姉から借用の車で、枯枝に振子《ふりこ》の山繭《やままゆ》を背《せ》に出発。先ず益子の秘境と名高い、大川戸《おおかわど》鉱泉の湯治場の湯気に、樹林霧氷の渓谷を車窓より感喜してもらった。

次は程近い山道から、西明寺観音様に観光。

「わあ」っと見上げる、椎の古木生い茂る、長い急な細い石段を上《のぼ》り詰《つ》め山門を潜《くぐ》った。

「わあ、境内は狭いが、三重の塔が美しいね。京都や奈良と違い、こぢんまりの中に少し彼方此方に、雪も残って優麗なお寺さんだわね。貴方」

「ああ、子供の頃から、山続きに数え切れない程お参りに来ているが、心が癒やされる観音様だよ」

「ねえ、ねえ、お父さん。お母さん。此の御堂の中に、恐《こわ》いんだけど笑っているような、大きな閻魔様が坐《すわ》っているよ」

「其れはね。大きさも珍しいが、小さい子供が覗くと恐《こわ》いと泣き出すが、地元の皆さんには『笑い閻魔』として、親しまれているんだよ」

「へえ、そうなんだ。ねえ、美和。此の閻魔様ならお祖母《ばあ》ちゃんに、彼の世に行っても優しくしてくれそうだしさ。お賽銭を奮発してお願いして置こうよ」

娘二人が閻魔様を篤と見据え。暫し合掌してお願いした。

して、勝手知ったる観音堂の裏手から、益子町のシンボル高館山中腹に登り。見晴らし台から、益子町をパノラマに展望する中に稀に見放く。

「わあ、彼所《あそこ》に富士山が」……と娘等が指差す彼方に、小さく真っ白く見放く遠富士に、新たに感動をしながら、記念写真を数枚撮り合った。

光景に堪能して、観音様に戻り。お祖母ちゃんの棺に入れてあげると、娘二人が御守りを買い求め。西明寺を後にした。

して、益子焼のメッカ大狸の迎え立つ、共販センターに立ち寄り。順序良く、轆轤の作陶に、窯焼きなどを見学してから、作品販売展示室に入った。種種な皿や花瓶など数数を見入る中には……「ほら、お父さん。見て見て、伯父さんは『大関光《みつる》』さんだよね。ほら、夫婦湯呑みとか絵皿や御飯茶碗も出品しているよ」

「まあ、お兄さんの作品素晴らしいわ」

「感心してないでさ。何時も貰ってばかりじゃ悪いし本場に来た時ぐらい、売り上げ協力に、何か記念に一つ買ってあげましょうよ。伯父さん喜ぶと思うよ。お父さんは、また気楽に貰えば良いような顔をしてるけどさ」

「いや、そういう気持ちじゃないが、意外に値が高いので、家に有る作品など、粗末に出来ないと思ってね。美和の言葉は迚も有り難いよ。それじゃ、公代や美和に、兄貴の作品で好きな物を、今日の記念に買ってあげるので選んで下さい」

「私達はいいのよ。ねえ、美和」

「何で……」

「私達はさ。何《いず》れ、ブライダルがあるから、其の時を楽しみに、伯父さんにお祝いに頂戴するよ」

「まあ、何時の事やら、ちゃっかりと考えているんだわね」……の母の言葉に大笑いとなった。

「さて、見ていると全部欲しくなるが、何《ど》の作陶品にするかね」

「ねえ、貴方。私が選んでも好《い》いかしら」

「ああ、好《い》いよ」

「此の夫婦湯呑みね。益子焼らしく濃茶厚みに、浅葱《あさぎ》な抽象画の菊の模様が迚も素敵よ。お兄さん母親（菊野）孝行に作ったのかもね」

「それじゃ、お母さん。私達二人が今日のお祖母ちゃんの供養に、プレゼントするよ」

「其れは有り難いが、お父さんのアイディアだが、折角家族で来ているんだし。斯ういう時こそ。割り勘で供養として買えば、毎日使用するものだし。銘銘に思い出が倍に深まり。良い供養と為《な》るように思うが如何かね」

「じゃ、お姉ちゃん。そうするか」……と落款付きの桐箱に入れてもらった。

して、和気藹藹の雰囲気の中で、施設内にある観光レストランに入り。寒さ凌ぎに熱熱の餅入り山菜雑炊を食べて、暫しコーヒーを飲み合って、共販センターを後にした。

其所から、益子町の旧の中心街に出て、往にし五年生の時、学校の引率で確《たし》か？ソ連の「石《いし》の花《はな》」という映画を初めて、映画館（大平座《たいへいざ》）で観賞したことを思い出した。其の館《やかた》の案内も最早無く。其の役場近くで、懐かしくも右肩に生徒が並び「疱瘡《ほうそう》」した雑草路《じ》も舗装道路となり。引き返し見るマンホールの蓋に、日向ぼっこの虎猫が、警笛に迷惑そうに除けたのが車内の笑いとなり。車は便利に彼方此方神社仏閣に拝し回り。僕の通った小学校の桜並木を上《のぼ》り詰め。校門から昔奉《むかしまつ》った「奉安殿《ほうあんでん》」の前で、朝礼に「光兄《みつるあに》」が集合喇叭を吹いた事や、教科書を風呂敷包みで学んだのを話題にした。

「次は新制中学は宇都宮街道にあるので、一寸寄り道をしよう」……車で七分。校門から車窓に見ゆ、二階建て鉄筋の白い校舎が、陽光に眩しく目にする陰りに、霜柱の断層が青鈍に光り見ゆ中で……娘が「迚も周囲に樹木も多く、空気が良さそうな学校だね」

「だからね。彼の木の下で梅干一個の日の丸弁当を、皆で食べ合ったなー」の一言の笑いに……ふと妻や娘等には言い難い。心中に秘めての羞恥な思いが蘇った。

其れは、新制中学三年の一泊二日の楽しみなバスでの修学旅行「江ノ島鎌倉」だった。

旅行間近となって、三百人以上の朝礼に、先生から……「皆さん。修学旅行が近付いたので、全員欠ける人が出ないように病気や怪我など、しないように充分に気を付けて下さい」

其のような訓示があり。健康より最初から、僕は身形に掛かる費用を思うと、旅行は無理と思った。旅費の方は何とか、春夏冬の休みに、陶器所のアルバイトや、草履編みや山菜を採り売りして貯めたお金で、何とか先生に先渡しする事が出来たが、やはり身形を思い、旅行明後日になって、扁桃炎の悪化で欠席するを、文書にて旅行の断念に涙を呑んだ。

今でも修学旅行の土産に頂戴した。江ノ島鎌倉の長方三角形の「栞」は、大切に机に保存し、乏《とぼ》しの力付けにしている。其のようなタイムスリップに、好い先生方と善い学友の顔が、往時の木造校舎と重なり。二宮金次郎銅像を崇めて、人苛めのなかった学校に学んだ。益子を誇れる学舎に、胸がきゅんとなった。

「さあー校舎を眺めただけだが、お母さんの生まれ育った。七井村は五キロ先なので、出発しましょうかね」……妻に古里孝行に田舎風景を、子供等と篤と堪能しつつ間道《かんどう》を走り。妻の実家は和菓子製造業も総て、父母の亡くなった現在、跡取りが無く取り壊し、広い敷地に長女が新築し、婿《むこ》養子のサラリーマン生活に、子供等と墓を守り暮らしている。

往にしの旧家には、父母が存命中に幼い公代（長女）を連れて、親子三人で訪ね。可愛い女孫だと父母に抱っこに、沢山なお菓子を貰い。庭で家族包みで遊んでもらった。

公代は覚えているか如何かは……「ねえ、スミ子。躊躇せずにな。実家の目先にきているんだし、一寸だけでも寄って行こうよ」

僕の言葉に、我慢して妻は首を横に振った。

「折角。目と鼻にきているんだがなー」

「でもね。突然寄っても迷惑になるから」と……生地《せいち》の道の前を四、五回往復しながら、車窓に、今は家屋の景に雰囲気もなく。表札に「金子」を眺む妻が、何度も目頭を拭った。

考えるに、立ち寄れば土産も無く。葬儀の序《つい》で寄りに妻が拘泥《こだわ》ったのかもしれないが、親が存命なら気楽に立ち寄り、家族団欒に楽しさも大になるだろうが、親が亡くなると、忘却を慕うだけとなり。兄や姉に弟と、和気藹藹に大《だい》家族で暮らした実家も、遠慮して寂しく遠《とお》退《の》く里《さと》に親の大切さを新たに実感した。

其の家《いえ》から妻の通った小学校は、目と鼻の先にあり。中学校は一キロ程離れた丘陵にあるを、両校とも校門から暫し、車窓に眺め妻の懐かしい昔話を聞いた。次に町場に行き、生花や供物に線香を求め、実家近くのお寺に立ち寄り。勝手知ったる妻の案内で鐘撞堂《かねつきどう》に上がり。四人で綱を引いて、一気に釣鐘を一叩きに……「私達家族が参《まい》りましたよー」と告げる余韻を耳に、墓地参道の水屋から水桶持参し、金子家の墓地に詣《もう》で、タオルを湿《しめ》して墓石を皆《みんな》で丹念に拭い清め手を合わした。

して、スミ子が父母の戒名を撫で抱きながらに……「長い間の御無沙汰の親不孝を許してね。今日は家族揃ってきましたよ」と下げた頭と言葉で、どっと墓石《ぼせき》に涙を流した。

傍らで公代も美和も、大阪在住の時には、調度良く大阪万国博覧会となり。見学やらにスミ子の父母が、一カ月間滞在してくれたので、一緒に万博や奈良京都見物の思い出も多くあり。墓石に水を掛け摩《さす》り涙を流し、花と線香を手向けては……「楽しかった思い出は忘れないからね」と篤と冥福を祈った。

して、次は何時墓参りに来る事が出来るか分からないので、記念写真を写し合い。再度合掌して、妻の生まれた七井の地を、人生の過去は戻る事無く、寂しく振り返り後《あと》にした。

今日の意義のある家族ドライブの計画を、即座に決めてくれた兄夫婦に感謝しながら、涅槃《ねはん》になってからも、友引の一日《ひとひ》に、お別れ前に子供孝行をしてくれた、母の慈悲な心に、言いようの無い感傷が湧き上がった。

して、落ちて行く夕陽を背《せな》に、湯灌の刻限に間に合うように、兄の自宅に戻って行った。家中《かちゅう》には、地方から兄弟や従姉妹なども駆け付けて、何年ぶりかで涙の再会となった。

窓に弓張月の見え出したのが合図のように、御通夜を前に事が進み。湯灌の時間となって、妻と一緒に娘二人も、ハンカチを手に部屋に入って行った。

　静まりの中でてきぱきと用意した兄夫婦の呼ぶ声に、身内や親戚などが、母の遺体の周りに集まり見えてきたので、母の枕辺に線香を供え直し、妻子に湯灌を促《うなが》し頼み、僕と母の風呂入りの経緯を知る兄に一言了解を得て、合掌にそっと部屋を出て、離れにある玻璃《はり》一窓《ひとまど》の小部屋に入った。

　弦月《げんげつ》が部落を囲む山稜に浮き見える中、母の名を呼びながらに、物悲しい啜り泣く言葉やらに、湯灌の儀が始められた様子だった。

　月光の入《い》る小部屋に祖母と、父の仏壇があり。古い父の位牌を確認して、「父《とう》ちゃん。今ね。母ちゃんを清めて、父ちゃんの待つ、極楽浄土に美しい姿で、明日送り届けるからね。子供の為に素晴らしく生き抜いてくれたお母さんを大切に、デートして下さい」と言葉をかけ、父の位牌を懐《なつ》く撫《な》でながらに、父の亡くなった年齢を超えて、自分が今は父の位牌とに向き合い。温もった位牌に、往にしの父の「拳骨やびんた」が、今は迚《とて》も懐《なつ》くて位牌を頬に撫で、遺伝の扁桃炎に病苦手術で、喉仏の無くなった辺りを擦り、温《ぬく》む其の位牌を湯灌する如く取り出したハンカチで、丹念に拭《ふ》き清《きよ》めて合掌し仏壇の中に戻した。

　して、タイムスリップするかのようにどっと脳裏に蘇ってきた往にしの母だが……化粧品と言えば、白い円筒形の小さな容器に、ピンク色の回し蓋付きの、品名は「マダムジュジュ」のクリームを、日日に塗っていたように覚えている。

其の容器が桐箪笥の上に、楕円形の立て掛けの鏡の前に、ぽつんと何時も一個だけ、置いてあったと記憶している。

其の一個のクリームだけで、髪をポニーテールに纏《まと》めての、モンペ姿の母からは、ほんわかな芳香温《ほうかぬく》さが漂っていた。

今は懐かしくも、其の藁屋は無いが……兄の住む小部屋に置く、往にしの桐箪笥の上の、何と懐かしや、二十八年程前になる、上野の山で花見の記念に写した、我が子五人が母を囲んだ、仕送りしてあげた時の、キャビネ判の写真から、自分をトリミングして御影とした。

微笑の和服姿の額入り四つ切写真が、月光に映ゆるに、目線が釘付けとなった。

見据える写真に、蘇る思い出は尽きぬが、額縁の埃を拭い。ガラスの表面を丹念に磨き、裏側も綺麗にしようと、写真を丁寧に外して、元通りに直そうとすると、写真の裏に何か……真上の裸電球を付け見入った。

其所には何と、平仮名の鉛筆書きで、紛れも無い。母の筆跡に吸い込まれて仕舞った。

其の文章には……「子供らにはだれ一人。こうとうながくもんをさせてやれず、すまなかった。だがな、がくもんや、かねもうけも大切だが、おやからさずかったいのちを大切にな。世の中をよくしり。人を大切に、人と仲良く、人をうらやましがらず、人をうらまず、人をあやめず、自分がけんこうならなんでもできる、かぞく仲良くな、父ちゃんと、みんなのしあわせいのっているよ」と「遺言」に、懺悔《ざんげ》と有り難い訓示が記してあったのにはぞくっと、身に沁み渡る。気丈な母が父を愛情深く添え入れての、十五行の慈悲心《ごころ》の文字を、一文一言《いちぶんひとこと》を暗記して胸が熱くなり。霞む目頭に確と脳裏に焼き付けて、手撫でしながら額の中に戻した。

葬儀に駆け付けてくれている、身内や親戚縁者の皆様方にも、母供養の土産話に、写真裏書きの文章を、見ていただこうかと、再度御影の写真に……「母ちゃん」と一言呼んで、空《むな》しく元通りにリボンを掛け直し、通夜に飾る部屋に持参した。

啜り泣きとなった湯灌も、夕焼けから宵となって、弓張月も徐徐に上《のぼ》って、滲《にじ》む雲が月を遮《さえぎ》り、冷え込む中でのお清めが終わった。

松谷醫院で一緒だった皆様が、母に化粧を施して明日参りますと、会釈に帰られた。

して、時間に段取りも良く。部屋に祭壇を整えられて、香煙の漂う中に、御通夜の香典などの受付の為に、縁側に書机《しょづくえ》を出し、外にストーブに外灯も点けられて、隣保や組合の方によって順序良く事が始められた。

其のような中で東京近郊から駆け付けた、次男や弟妹《ていまい》の家族達と、和やかに近況や供養話をしている所に、長兄の手招きに呼ばれた。

「兄さん。何か手伝ってほしい急用でも」

「いや、用件じゃないがな、俺も家内も打《ぶ》っ魂消《たまげ》て、一言《ひとこと》、御礼と思ってな。ほれ、鴨居《かもい》に張り下げた半紙に書かれている香典よ、『大関栄様一金弐拾万円也』の多額にびっくりしちゃって、隣保や部落の人達の、些《ち》と話題になってるが、そんなに弾んでくれなくとも良かったのに」……と兄が頭を下げた。

「えっ、それはね。兄さん」……と僕の方《ほう》は、何も知らぬが仏で、兄の指差す、半紙の下がる達筆な毛筆の金額の文字に、躊躇しながら見入り。即座の答えに「兄さんが今迄にさ、母ちゃんを、長年に面倒を見てきた事を考えると、当たり前より少ないくらいの御霊前です。まさか、張り出されるとは思わなかったので、僕としては何とも極《き》まりが悪いよ」

そう言って逃れたが、身に覚えの無い金額に思案した。

即座に如何思案しても、妻のスミ子しか考えられないと思いながらに、葬儀業専門の会場と違い、自宅での葬儀では、ローカルな風習が未《いま》だに残り、香典の金額に拘らずに、鴨居などにずらっと書き出し下げられる。

依頼する葬儀式場では、事務的に味気なく定時に終わるが……自宅では葬祭の文字の如く、死者を弔う独特な祭りとなり。賑わしい光景とを篤と見据えながらに、身に覚えのない香典の文字に……妻しか考えられないような仕種に、少し苛立ち、妻をそっと小部屋に呼び出した。

「スミ子。張り出されている香典の件だが、早早と勝手に、もう受付に出したんだよね」と不快に、責めるような口調で聞き質《ただ》した。

「はい、御免なさい。香典の受付が用意され、皆様方が出し始めたので、其れに見習って、早い方が良いと思い出しました」

「はい、出しましたと簡単に言ったってさ、中途半端な金額じゃないだろうに、全く身勝手に呆れるよ。何故に前以て相談をしてくれなかったんだ。亡くなったのは僕の母親なんだぞ、エゴイズムにも程があり気分が収まらないよ」

「申し訳ないと思いますが、其れはね。貴方……訳があるんです」

「今度は何か言い訳かね。今更言い訳など聞きたくはないがね」

「でも貴方、一寸だけ聞いて下さいな」

「何が言いたいんだ、勝手に喋ってみろ」

「貴方、お願い。心を静めて聞いて下さい。私ね、何時も心に有り難く、貴方のお母様を思っているんです。


其れはね。新婚の時に、お母さんが東京の尾久のアパートに訪ねきて、今でも心にじんと残る、人生の教訓になった、優しくも良き思い出があるんです。

其の会話に『なあ、スミ子さんや、二人の新婚生活の贈り物に、前もって作り置きした夜具だが、一寸の油断に独り住まいの借家の雨漏りで、端の方を少し黴《かび》を生《は》やし、香水なら未だしも、黴臭くして仕舞い。栄に気になって聞いたら、スミ子さんは気にせず。良い蒲団だしお母さんの温もりを、大切に使いましょうと、言ってくれたと』嬉しそうにアパートの窓に、その蒲団を干し叩いて、茶飲み話に花を咲かせて立ち上がり『スミ子、御中の子を大切にしなよ』と言って、妊娠（長女公代《きみよ》）六カ月の時、アパートに泊まった時です。益子から態態《わざわざ》持参してくれた、弓の弦《つる》のぷつっと切れたのは、安産に縁起が良いからと、腹帯に入れて一緒に巻いてくれました。

して、近くのスーパーに一緒に買い物に出掛けた時にね。御中《おなか》を撫でてくれながら、私の手をぎゅっと握った、其の手の中に小さく折り畳んだ、聖徳太子の御札《おさつ》の温もりがあり、其れで買い物をしなよの笑顔があったんです。

お母さんの優しい心根に、貴方から聞いている、若い時に夫《おっと》に先立たれて、一人身で益子焼の日用品をリヤカーで、地方に出掛けて売り歩き、少しずつ貯えてきた、身を切るような、大切なお金に違いないと思い。今でも其の御札は、人生の力《ちから》となる宝物として、お守り袋に入れています。

二晩しか泊まらず。貴方を仕事に送った後、益子に帰るお母さんを、上野駅に見送った時に、お土産に買ってあげた下着の入った包みに頬摺りをしながらね。『なあ、スミ子さんや、栄は良い嫁さんに恵まれ。母親としては、此の上も無くスミ子さん迚も嬉しいよ。一《ひと》つお願いだが、栄も一つだけ良い所がある。其れは、誰にも負けねぇような、ど根性なんだ。今は大変な貧乏所帯だろうが、何時かは梲《うだつ》が上がるようにな、スミ子さん。栄の手綱《たづな》を確《しっか》りと頼んだぞ』との、新婚の時の優しさと助言は、今も胸中に染みて忘れていません。

四年後、次女（美和）が生まれた時にも、真っ先に、引っ越し先の越谷市大袋（二所帯住宅）に、私の母と二人三脚で、産後の手伝いにも出掛けていただき、何かと子育てに大切な、人生の様様な厄や相《さが》の生す存在などの生き方など、笑いながらの茶飲み話に授けてもらいました。

無知な私も、貴方のお母さんの生きた苦労の百科事典のお蔭で、子育て奮起にと日日を楽しく頑張れました。

そんな中に、貴方の楽天的な写真撮りの趣味に、七転び八起きに何とかしようと、越谷市から職を替えての大阪に引っ越し。子供達も保育園に幼稚園など落ち着けぬ中、幸いにも引っ越す毎《ごと》に、借家ながらに部屋数《かず》も多くなり。何かと人から人への巡り合わせも良くなり。大阪の頃とか以前を諸諸《もろもろ》飛び越しますが……現在は富士市で、貴方の待望した趣味（写真）のカメラ店（借り店）の自営にもやっと順風に漕ぎ出しましたが、其の日日の忙しさの半面、申し訳ない事に、お母さんのお見舞いを疎かにして仕舞い。楽しみを大にしていたお母さんに住んでいただく、新築の部屋を目前《めさき》にして亡くなられ、私には私なりの心残りが、貴方、沢山あるんです。

所帯初めに、お母さんからの大切な聖徳太子の御札《おさつ》から、父母から頂戴した小遣いなどの金銭は、一切使わずに貯金をし、アルバイトした臍繰り貯金などと合わせて、有り難い事に五十万円以上貯まりました。

其の中の二十万円を御香典にして、残りの三十万円は、玉枝姉《ねえ》さんに、日頃の御無沙汰お詫びと、御供養に差し上げるつもりです。

私の両親には、貴方に実の父母のように、彼方此方にと事ある毎に、見物に飲食と連れて行っていただき。茶飲み話には、身内の前で自慢もし、生前に楽しい良き思い出を胸中にして、彼《あ》の世に旅立ちました。

貴方は日頃よく、私に嫁は他人と同じだなどと仰いますが、貴方との契りから早くも至らぬ儘に数十年。二人の子を授かった私は、今は歴とした大関家の血液の通った嫁であり、大関家の一員と思っております。

逆らったようで、誠に申し訳なく思いますが、私は、香典を張り出される為来《しきた》りも知らずに、貴方に御迷惑を掛け、申し訳ありませんでした。ですが、貴方お願い。お母様の葬儀の最中《さなか》は、私の気の済むように、切り盛りの御供養をさせて下さい。お願いします」

……と妻が正座をして、真っ向から良識を語り。どっと涙を畳に落とし濡れ地図を広げた。

僕は……其の言葉と態度に、二の句すら出せずに呆然となった。

して、呼吸を整えてどんと胸を打たれた妻に、冷静を取り戻して、

「有り難うスミ子。今更ではないが、やっぱり、母ちゃんの言った通り。僕は善《よ》い嫁さんをもらい受けたよ。

葬儀中の事は、スミ子の心の向く儘に、母ちゃん孝行して見送ってやってくれ。母の身体は死すとも、屹度《きっと》、魂《たましい》は生きて感じてくれるに違いない。

先で彼の世の極楽浄土で待っている、お前の御両親との再会にも、母ちゃんには良き冥土への土産話となり、手を携えて喜んでくれるに違いない」

して、妻は湯灌の儀から……我が娘二人を皆皆に紹介をして、従姉妹《いとこ》再従姉妹《はとこ》と気が合い話の中で、お坊様の読経が済み。近隣の人達が帰った後も、母の化粧を手直しし、通夜らしく一睡もせずに、棺を覗き込んでは話し掛け、線香を絶やさずに、叩く鉦《かね》に数珠を手に祈りつづける。

其の鉦《かね》の音《ね》の嫋嫋《じょうじょう》とする中に……僕は彼是と、往にしからつい最近迄の、母との思い出に耽《ふけ》り、走馬灯のように思い浮かべながら、一番鶏を耳にして、実南天の残りに薄ら、大霜の被った朝《あした》を迎え、妻に熱い煎茶を手渡した。

静もる主家の裏戸口から井戸端に出て、薄氷の張っている益子焼の洗面鉢に、撥釣瓶《はねつるべ》の木桶の汲み上げ水を注ぎ、一通《ひととお》り漱《すす》いで穢《けが》れを除《のぞ》き、澄み切る洗面鉢に身を映《うつ》し髪を手櫛《てぐし》した。

往にしから知り尽くす、懐かしいパノラマの景色に目をやると、今や朝餉の煙《けむ》の漂う香を鼻に、靄《もや》立ち上《のぼ》る山間の里に、朝焼けの小山の窪みから、颯《さっ》と陽光のクロスが射し込んで、藁屋《わらや》やトタン屋根の虹なす霜の煌《きら》めきが、徐徐に水煙と化す光景を篤と眺め見渡した。

目線を背《せな》に変えると、主家前に立ち並ぶ献花が、銀色や青に色取る花輪十数基《き》が、異様な長い影模様を作り出す日溜まりに、何も知らぬが仏で、群れて雀等が何かを啄《ついば》みながら、飛び跳ね燥《はしゃ》いでいる。

其のような中に早くも……「お早う御座います」と、隣保や部落の方方が、挨拶に吐く息も白く徐徐に集《あつ》まり出し、儀式の準備と炊き出しやらに、主婦等の真っ白い割烹着姿が特に目線に焼き付いた。

其《そ》れと同時に、母に彼の世への旅立ちに用意された、赤い鼻緒の藁草履に、布袋竹《ほていちく》で作った杖とか、白木造りの飯櫃《めしびつ》や、六道銭を撒《ま》くらしい編み上げた竹籠など、手作りで心の込められた、芸術品を見るような種種の儀式用具が、地方の昔からの為来《しきた》りで、順序良く、軒下や庭先に所狭しと並べられている。

其の色取り取りな仏具を、今や、目を何度擦ってみても、最早、母の死は紛れも無い。白昼夢などの錯覚でもなく、朝《あした》の兄の家の光景の事実に、頬を再度抓ってみても、仏具が証明する。新たに胸をじんと締め付けた。

葬儀に連日お世話下さる、隣保や部落の方方の動作に、改めて敬意に感謝を申し上げ。

篤と母の冥福を心中に祈り綴った。

其のような中、兄夫婦が手配した民宿や観光宿泊所から、マイクロバスなどで、親戚縁者などに入り交じって、娘二人も朝食を済ませ、神妙空《しんみょううつ》ろに戻ってきた。

天空は藍とも言える中に、香煙の頻《しき》りと立ち揺らぐ家屋での葬儀には、父母の先祖代代に繋《つな》がる親戚の面面から、仏事《ぶつごと》などでしか、顔を合わさない遠類《えんるい》の方方など……と言うは容易《たやす》いが、其の人達と、昔から血が繋がっているのだと思うと、大切にしたい面面なのだと、敬意の心で見守った。

して、母とを結ぶ親交のあった皆皆様が、寒風にしばれる中を、数珠を手に早朝から弔問にお出掛け下さっている。

生前の母の和気藹藹とした多くの親交から生まれたこの光景を、棺の中の母に目を開かせて篤と見せてやりたいと思う程の、面喰らうような数の黒衣の集団でごった返していた。

過ぎ去る刻は無情に早く、耳に馴染みの益子町役場の正午を告げるポー（サイレン）の響きを合図のように、お坊様の読経と南無阿弥陀仏に木魚の音が止み。心にじんと染みる、三叩きの鉦《かね》の音《ね》の余韻に会式が終わった。

して、陽光を頂点に、目先《めさき》の山から一陣の風の揺らぎに、松葉耀《かがよ》う散り降る、庭先に於て施主の兄が挨拶。

「皆皆様。本日は寒気身に染みる御多忙な所。遠路を交通の不便や道路事情も悪い中を、益子町は字《あざ》の在所に、早朝より御出掛けいただきまして、亡き母に心より御厚情を賜り。各位様に心より厚く御礼申し上げます。

生前は、各位、御《お》一人御《お》一人様の、誠に良き思い出を数多く心中に宿し、御見送り下さる皆様方に深く感謝をして、母菊野が八十二歳の生涯を閉じて旅立ちます。

其の旅立ちに際しまして、古里の皆様方のお蔭で、我が家で葬儀が出来ました事にも、重ねて深く感謝を申し上げます。

今後の皆様方に、益益の御健勝を御祈りして、本日御会葬謹んで御礼申し上げます」

挨拶が終わって、隣保や組合様方方により、母の棺が運び出され。陽光にスポットされた、レース掛けの白木の棺がハレーションし、皆様合掌の真際に「お菊さん。ありがとさんでしたなー」と誰ぞの悲泣の浴びせ声に、どっと周囲が啜り泣く中で、棺が家屋形《かおくがた》の霊柩車に静静と納まった。

して、葬儀のクライマックスを、烏《からす》とて成り行きを知るのか、枯木に群れて静まり見守る中を、お坊様の「南無阿弥陀仏」の訛声《だみごえ》と、小さな鉦の音に心《こころ》染み入る蛇行に寒風も啼《な》く。

彼の世へのしめやかな葬列の途中で、竹籠が上下左右に振られ、色紙《しきし》交じりの六道銭が煌《きら》びやかに撒《ま》かれるのを、子供等が待ち構え拾う中で、百メートル程進んで葬列が止まり。故郷での見送りの儀式総てが無事終了した。

して、兄が母の御影の写真を、抱《いだ》き乗った霊柩車が、突如大きく、辺りの霜柱を崩すかのように、里に別れを告げるクラクションの木霊に、群れ烏《からす》が舞い。小さな部落を一周し、其の後に続いて、我我近親者家族が、六道銭や飯櫃に杖と草履など小物を持参して、親戚一同がバスに一緒に乗り込み。後続《こうぞく》に自家用車など、各自が列になってくれる中。皆様の合掌の見送りに、先は「身振るい」の火葬場（真岡市）行きに在所を蛇行しながら離れた。

其の山際の凹《くぼ》みに下がる氷柱に映え、黄色い鹿沼土（益子ではアワツチと呼ぶ）が、帯状に露出する中に、往にしの防空壕の跡など、眺めながら村道を出て直ぐ益子町からの一本の往還《おうかん》、笠間街道の丁《てい》形交差点に出た。

目先、目にする須田ヶ池だが……下駄スケートや真っ裸で水浴びに雷魚釣りに、岸辺では野葡萄を我武者羅に食べ合った思い出など、様様な景《けい》が蘇《よみがえ》る中、バスが右折した。

僕には此の近辺、十六歳迄の生まれ育った、往にしの思い出の宝庫、何一つ忘却は出来ない。快楽なオアシスの存在の地でもある。

家族や近所の人達との喜怒哀楽に、仲良し友等との通学や遊戯は忘れられず、我が身だけの風致地域と定め。往時から変貌の無い、見る「夢」に癒やされる、貴重な場所となっている。日日を雀等と共に生活しての、小さな借家（十畳二間）の藁屋は今は跡形も無く、残るは、脳の中の映像だけとなって仕舞った。母の車列に、何とも虚しさだけの光景が過ぎ去って行くが……忘却だけは決して出来ない。

其の往時は、小砂利や石塊だらけで、益子焼の欠片《かけら》の交じる往還《おうかん》だったのを懐かしく思い出す。人人は、草履に下駄に地下足袋や配給のズック靴などで往来する中、乗物は自転車にリヤカー荷車の中に、人力車（医者専用）などに、木炭貨物自動車やバスが砂塵を舞い上げては、偶に走るが、馬車が主役の凸凹道だった。

だが、四方に一日《ひとひ》、太陽の燦燦《さんさん》と注ぐ景観には、松山や雑木林に竹藪などを目と鼻に、山間を蛇行する小川には、清水が耀《かがよ》う流れて、目高や小鮒に水澄ましが煌めき泳いでいた。

其のような中での大気の雰囲気は……空気清浄機から、噴出した空気の旨さがあった。

彼方此方に年中駆け巡った思い出の数は語り尽くせぬ程、どっと湧き上がる景色の趣に、此のような四季の一期一会を思い出す。

春山では、独活の芽に楤の芽や木の芽に蕨など逸早く採り、近所や町の友に届けた。

野や田では、蕗の薹に芹や野蒜などを採り。

男女での遊びには散り桜を針糸に通しレイや冠を作り、女の子にプレゼントし合った。蓮華田ではバリカン虎刈りで腕白相撲に、何度取り組んだか、痩《や》せた体で勝ちは無いが、和気藹藹とした楽しさは忘れられない。夏は兜虫や鍬形虫を沢山捕り、町の学友にプレゼントし、女の子には兜虫を何匹もブローチと胸に付け泣かせ戯《たわむ》れた。其れと地域を流る小川の両岸に、姫女苑《おん》が数百メートルに白蛇《はくじゃ》と化《か》して群れ咲く、その茎に、夜明けと同時に川底から、申し合わせたように、鬼蜻蜓《おにやんま》の水蠆《やご》がうじゃうじゃと這《は》い上がり、所狭しとぶら下がり。旭光を浴びて逆《さか》立《だ》ち軽業《かるわざ》に翻《ひるがえ》って孵化《ふか》し、羽根が虹色に透き耀うに、徐徐に黒や黄斑模様の体形に成長して、小川が銀河と化《か》する景色の中で、一挙《いっきょ》無数に青空に飛び立つ、鬼蜻蜓の勇姿の煌めきに、神秘と趣《しゅ》の感動で拍手喝采をした。

その時の目映《まば》ゆい幽玄な光景に、一時《いっとき》は御伽の国に迷い込んだような錯覚をした。

其れを夏休みの宿題に楽しみを大《だい》に、孵化の順序を色鉛筆で描《えが》いたが、日日に生命の観察が出来たのも、母が早天《そうてん》に、川辺に芹摘みに行き、見付け魅了されて、「なあ、栄よ。朝寝坊よりな、早起きは三文以上の徳だぞ、小川にちょっくら行って、篤と生きた図鑑があるから、観察をしてきてみなせえ」……との事から、友達と誘い合いながら、短期間しか見られないわくわく観察が始まった。

其れと、夏の宵には、ロマンに溢る光景が老若男女を、此の上なく魅了し心を弾ませた。其れは、山間を流れる一跨《ひとまた》ぎする様《よう》な、彼方此方の小川の辺から、イルミネーションが輝き出す如く、蛍の幼虫が数珠つなぎに煌めき出し、数日後の宵は、幾万もの源氏蛍となって、満天の星空と競うかに、飛び舞う蛍火の、実に幽玄優麗さは誠に、真実絶大なる讃美だった。其の舞う蛍火を、友等と手の平に颯《さっ》と何匹掬《すく》い捕《と》れるか、競い遊びをした事もあった。其のような中で、父母の「蛍を捕るも好《い》いが、なあ栄よ。蝮《まむし》の目も光るので、草叢《くさむら》は特に注意しなせいよ」などのアドバイスがあった。

秋ともなれば、空は藍色に澄み渡り。山粧《やまよそお》う錦《にしき》の彩《いろど》る中、夕焼けが染《そ》め上ぐ頃……撥釣瓶《はねつるべ》の横木にずらりと、零戦の如くに赤蜻蛉が、羽根を煌めかしてじっと日没を目玉に映《うつ》す様《さま》の、コントラストの景色は詩趣で、見事な郷里《ふるさと》での光景のロマンに、風呂に水を汲むのすらお預けに、井戸端に座り。宵の明星の輝くまで、度度《たびたび》見蕩《と》れる事があった。

其れと、秋の雑木や松山で土壌の香る中で、得意の茸狩《きのこがり》には松茸や湿地を筆頭に、箒茸に、変わり種に猪茸など、種種な茸の出る自分の場所（城《しろ》）を見付け置き、人に知られずに毎年定め採り。直ぐに根洗いをして、町に売りに行く中で、日替わりに寄っては……運良く生け捕りした「蝮《まむし》」持参は特に喜ばれた。

それと、沢山採れた茸は、隣近所にも配り歩き。残り分は我が家で食べるのがまた楽しみだった。母が丹念に炊き上げてくれる、日替わりの茸御飯や吸物は格別な美味しさがあった。

今でも茸《きのこ》採《と》りや茸御飯が夢に出て来る。

冬には目と鼻の須田ヶ池（農業用溜池）で、得意とした下駄スケートに、母が暇を作っては丁寧に、綻びを縫い直しをしてくれた、井飛白《いがすり》模様の羽織を靡《なび》かせて、スケートの技《わざ》を見せびらかし、燥《はしゃ》ぎ過ぎも調子に乗り過ぎて、薄氷の先に滑り過ぎて、どぼんと落ちて竹竿差し出して助けられ。寒さ泣きべそ震えに、友達等に笑い者にされた事もあった。

其の須田ヶ池だが、往にしはクリスマス頃には、氷が張り詰めたが、現在は温暖で年に一度も氷が張らないと言う。

其れと、小学校の冬休みには暇を作り。農家から調達して置いた新藁や竹の皮と混ぜ合わせ、父母からの手解きの藁草履を、庭や縁側に筵敷《むしろしき》に、日向ぼっこに楽しみながら、父母にも協力してもらい。何足も編み上げて、仲良しクラスメートの上履《うわば》きに持参した。

すると、数人から霜焼けや皹《あかぎれ》に、ズック靴より藁草履の方が良いと話題となり。其《そ》れなら先生も履《は》いてみたいと聞いて、大きな男物や女物を何足も編んで、職員室に届けた。

其のような、慕《した》わしい思い出を目線にし、今は、我がオアシスだった地域を、バスの車窓から、早送りするように過ぎていく景色を見ると村落や土地の光景からは、全《まった》く、昔のあるべき物件が消えて仕舞っている。

其の反面、辺《あた》りにはカラフルな新屋が増えて、今では、横文字の店も点在する中に、コンビニエンスストアまで開店して……紙芝居を店先で楽しんだ事のある、便利に遊ばせてもらった、日用雑貨（万屋）の店も跡形もない。

今は、益子焼の日用品も売れ行き低迷で、我が字《あざ》となる道祖土《さやど》の丘陵地には、可也り大小の登り窯が存在していたが、大手数社が残り。縮小の目立つ景色には『浜田庄司』先生を目指して止《や》まない、外来の陶芸家達で犇《ひしめ》き合いの山間となっている。

近年は、登り窯に代わって、小型ドームの電機窯や瓦斯窯が増えるなどで、彼方此方の丘や小山（小松や雑木）は切り開かれ、森林は陶芸などの観光目的な村落となり。ペンションや民宿の数も多く出来ている。

其れと、往にしを惜しみ店先で手にする現在の益子焼には、地場の泥臭さが感じられず。指で弾く陶器からは、金属音がするなど、陶磁器に近くなり。選び抜いて叩けばドレミファが奏でられそうに、益子焼も大分薄物に、絵模様が多く垢抜《あかぬ》けた美術品になっている。

僕など、今でも益子の方言が抜けきれずに「い」と「え」の発音すら儘ならず。しょっちゅう田舎っぺと笑われ者だが、焼物は尚更に、土地訛《なま》りが伝わるような、伝統の風情な味が居残る、趣の作陶であってほしいと願っている。

『浜田庄司』先生が、益子の粘土は二級品と言われた記事を読んだ事があるが、其の二級品の粘土から生まれ出た、最高の傑作品を気さくにも庄司先生が、旧正月に隣保班の常会に参加され、大炬燵《おおこたつ》の中に母も交わった二十人程の中に、和服姿で先生も気さくに入られた。

地元の方言などの語り合いの無礼講に、番茶に地酒など飲みながらに、豆餅や干柿や茹で玉子に沢庵など、摘みに団欒されて御開きの時刻に、お弟子と頃合いを計り。大風呂敷で持参した中から、一声掛け「皆さん。日頃の御近所付き合いの御印に、貰って下されや」と庄司先生が、自ら銘銘に手渡し下された。

其の桐の小箱の蓋の内側には、何と墨黒く毛筆で……「盃、庄司」の署名に「落款」が押され、箱の中は黄布に包み込んだ、釉薬はクリーム色の、縁《ふち》は分厚い盃に、四カ所に等間隔《とうかんかく》で筆先に濃茶釉薬で点《ちょぼ》な模様を付けた、益子焼らしい艶《つや》な盃を賜った。

其の盃に母が……「人間国宝の大先生の日頃の気さくさから、天にも昇る気持ちで、遠慮なく震えがちな手で、隣保の皆様方と同様に、有り難く頂戴をしたんだが、母ちゃんには勿体無くも、猫に小判で宝の持ち腐れだしな、其の時の温もりに、時《とき》に手触りをするが、最上《さいじょう》の人間から生まれた最高の傑作品を、無闇に飾って自慢するより。本物を篤と見極め見据え、商売する時の心掛けに……〈実《みの》るほど頭の下がる稲穂かな〉を心に繋《つな》がる様《よう》に、目先に置き眺め、常に勢《いきお》いを付けるのも良かっぺよ」……と僕がカメラ店を開く以前に、母から「大切にしなせいよ」と授かった。

其の作品を、此れぞ益子焼と崇《あが》む「盃」を、我が家の家宝とし、特に母の心を大切に、手触りに学び問いして、子供の頃に浜田邸で草毟りした時の、庄司先生の顔が慕わしい。

其の浜田邸を右に見過ごす。三叉路から、車窓を左に見ゆ一景は、母が涅槃《ねはん》をしたように、我が家を展望出来た筈の、山間の田園の中には、想像もしなかった、ホテルが「でん」と建ち。

一昔《ひとむかし》は周辺左右に小川と、中心に谷川が蛇行し耀《かがよ》う流れ、四季を魅了した景観に、数限りない生物（目高・鮒・泥鰌・赤蜻蛉・鬼蜻蜓・蛍）などが、友達だった頃の生活は最早夢物語。今はシンボルの高館山《たかだてさん》だけが、変わり果てた其の光景に重なり見えている。

　往にしを脳裏から取り出して見ゆ。好《よ》い景色の風情は、映像に残す事も出来ず。嘘偽り無きを今や無名の個人が書き残すも、何とも哀れだが、決して此の地を忘却出来ない。

して、小辻《こつじ》のお地蔵様の見送り背《せな》に、部落の景も過ぎて葬列が町にと差し掛かった。

　母が春夏秋冬を、着の身着の儘な姿で、我が家から、此の一本の笠間街道を、町の界隈まで採った山菜などの小売りや、物物交換やら、和服の仕立上がりや預かりと、医者から父の薬を求め、子を帯抱《おびだ》っことに荷物を背負って。一里程の道をてくてくと往復。家族を養う為に、足を磨《す》り減らして、歩き通った此の道。

　今し方、車窓に通過している緩《ゆる》やかな坂を、逆に自転車を漕ぎ主婦が上《のぼ》って行ったが、我が家には自転車も無く、其の為だったのか、母が自転車を乗った姿などはふと思うにも、今以《いまもっ》て、見た記憶が無《な》かった。

　父母も大きな希望を抱いて、所帯を持った掛け替えのない、益子町道祖土《さやど》の山間。

　戦争最中の頃に日頃は甲種合格のような、夫《おっと》の健康な身体が突然に、幕間《まくあい》も無く緞帳《どんちょう》となり不治の病が勃発《ぼっぱつ》、暗転し生活苦となった。

　以後は並な生活苦ではなく、生涯を「喜怒哀楽」の四文字から「喜楽」の二《ふた》文字を抜き取ったような、屈折難儀の人生行路となり。

苦労を子供も手助けする中に、「お父さんが好きで嫁入りして貧乏になったが、父を恨まずに家族団結頑張るべよなー」と子の前では、愚痴一つ言わずに父の介護やら子育てやら総てに、我が身を削る、気丈慈愛の母だった。

だからこそ自分で編んだ、藁草履の底に桐板《きりいた》を付けた物や、地下足袋などにモンペ姿で、黒髪をポニーテールに纏《まと》め、此の益子駅からと続く、笠間街道を歩き通《かよ》った。

今は、往にしの馬車や荷車での、轍《わだち》の凸凹に、ぺんぺん草や蛙《かえる》っ葉《ぱ》（大葉子《おおばこ》）など生《は》えた往還と違い。センターラインの付いた舗装道路となり。すきっとしている屋並みの延びた昼下がり、陽光に日照り映ゆ街道を、スムーズにがたつく揺れもなく、家形霊柩車に肉体を乗せ、最後に通り過ぎる此の道、母の霊魂《たましい》は……今時《いまどき》は何《ど》のように感じて、往にしの道と見比べ見返っているのだろうか、虚《むな》しく町並みに入って行く霊柩車を後追い眺む景に、心で知らせるガイド言葉に「母ちゃん。今はね、城内《じょうない》の下り坂だよ。昔は此の坂の途中観音寺様の庭で、御釈迦様に甘茶を掛けて一緒に甘茶を飲んだっけね。次は内町《うちまち》の父ちゃんが心底《しんそこ》御世話になった、高塩医院の前だよ。次はね、光兄《みつるにい》さんが朝礼に特技として、集合喇叭を吹いた、小学校入口の所だよ」などと、呼び掛けながらに、早くも、母が家族の幸せの為に、幾度も神《かみ》に手を合わせて、祈る姿が浮かび来る。

益子町のメーンストリートでもあった、鹿島神社の鳥居を霊柩車が車体に映やし、あっという間に通り抜け、今度は二度と肉体では戻れない。町を境にしたような、益子駅を右に見て、左右に延びる単線の日溜まりに、仏の座や蒲公英などが入り交じり咲く、遮断機の付いた踏切りを、金銀色《しょく》の霊柩車が瞬時に車体を、辺りに映《は》やしゆっくりと通り抜けた。

して、葛折に通って行く、まだ益子町の在所でもある、塙地《はなわち》の雑木林や田園地帯を通る中に、未《いま》だに小部落に少数残り見る、往にしを思わす一軒の藁屋農家に、古木譲葉《こぼくゆずりは》の生《お》い茂る。艶な枝葉の耀うを眺む道沿いには、左右や空地に、紫色《ししょく》鮮やかに仏の座が、送り火の様《よう》に群れ咲く中に、遠くに高館山を見納める様《よう》に、其の間道《かんどう》を葬列が抜け、真岡市の繁華街を少し走って、毛無し丘陵《きゅうりょう》樹林囲ぃの火葬場に到着をして仕舞った。

バスから彼の世への旅立ちに必要な用具など、銘銘が抱き抱えるように、下車をした火葬場、きょろり見渡す目線の日溜まりに、青苔の生えた屈折した老木が盆栽風に剪定され、三分咲きの白梅の枝に、線香の煙が巻き込むように、漂い流れているのが見えていた。

其のような中で、霊柩車から直ちに隣保の人達の手で棺が運び出されると、制帽を被り白い手套《しゅとう》をした、係員の指示に誘導されながら、静静と棺が火葬される台車に乗せられて、軒下の冷え込んだ通路から、陰翳《いんえい》となった洞窟を感じる入口から一方通路となり。

続いて我等も入って行ったが、其の薄暗い室内からは、何とも、他家の火葬の音響なのか、どどどっと、静寂な中に耳にする異《い》の音に、身振るいを感じながら次室に入ると仄暗《ほのぐら》い中に……目先目線の黒板《くろいた》に、白文字の名前で『大関菊野様』と名札の付けられた、火葬扉があり、其の前に、母の棺が台車ごと安置された。我が身の震える中で、直ぐ様に御影の写真が、簡粗な供養台に飾られ。手前に焼香炉が設けられて、お坊様の読経と鉦の音の余韻に、数分間の焼香が終わると同時に、棺の上部の蓋が開けられた。

篤と集中して見入る。母の安らかな血の通ったかに、生き返るような化粧の美顔だった。療養を一緒だった皆様方や、スミ子と一人娘の節子も丹念に「弁財天」の姿を見る如くに、施しての化粧に美しきかな母の顔。其の頭髪には八十歳を過ぎても白髪一本とて、不思議と無かった。

正に《まさ》「烏の濡れ羽色《からす》」の髪を減少された明かりが映《は》やしている。

「節子。一人娘の御前が一番相応しいので、此の『鼈甲《べっこう》の櫛《くし》』をな、母ちゃんの髪に差し飾ってやってほしい」と……耳元に瞬時小声で託して櫛を握らせた。

「えっ、兄さん」……何も言うなの目眴《めくば》せに、妹が素早く髪に差し飾った。

黒髪に櫛がよく似合っての美顔を、目蓋のシャッターで切り。篤と網膜に焼き付けた。

其のような中で、今は「菊野」の名に相応しく今生の別れに一人一人、悲泣に手に携えた、菊の生花で棺の中が埋め尽くされた。

して、係の方が丁重に「これで宜しゅう御座いますか」の言葉に……スミ子が「済みません」と躊躇して何らかの封書を、母の胸元に差し入れた。

続いて節子も、係の方に頭を下げて、分厚い封書を組み合った腕の中にそっと置いた。

僕は、今し方の二人の慈悲な寸意とに、心の中で、母に……「母ちゃん。一人娘の節子も嫁に行った先の御両親を立派に見送り。冥土での皆さんとの再会を、楽しくとの手紙や写真かもね。スミ子と一緒に入れたからね。母ちゃんの子供や孫や身内は、母ちゃんの成仏を篤と祈っているから、父ちゃんと仲良く彼の世で幸せにね」

して、棺に石で釘打ちに蓋を閉じる寸前。躊躇したが未練に、母の顔をそっと見撫《みな》でし「母ちゃん。お土産だよ」と、僕も母の胸元に、写真同封の手紙を差し入れた。

だが、心が押し上げる未練に、今の認《したた》めた内容を「茶毘《だび》」に付《ふ》す寸前に、彼是と思いを返し見送りたかった。

其れは、母にも勧められて、愛一筋に所帯を持った当時、東京のアパート（四畳半）住まいで長女（公代）に越谷の二所帯住宅では次女（美和）が生まれ、二人の子に感喜した。
其のような中で年月を重ねずに、束の間に又も二度目となる引っ越しをした。
新幹線が開通した当時、北千住の皮革手袋製所勤務から、義兄のアドバイスにより。
新たな夢を抱いて、家族包《ぐる》みで大阪に職替えをして出発した。

して、大阪在住の五年間の中で関西の善《よ》い人達に恵まれ、仕事（毛皮やレザー関係のメンズ洋服のセールスなど）で、三ルームの住居を提供していただき、仕事順調に家族安住の中に運良くも、大阪市での万国博覧会となり。我が住居を宿に、妻の父母も見学に逗留。

我が母も実妹《じつまい》と逗留し、万博には何と実妹と共に、夫《おっと》に先立たれた二人、万博見学は後《のち》の、冥土への良き土産話になると、何日も世界の館内を巡り。話題のアメリカ館では、長蛇の列に長時間待ち。人類が初めて月面に着陸した、人気一番でのアポロ十一号のカプセルも展示されて、アームストロング船長が、操縦して座った椅子に、母が感喜しながら実妹と交互に座る事が出来た。

して、其の満足な様《さま》に……「よう、粋な母ちゃん宇宙士」と、掛けた一声とに紅潮な微笑みを見せた瞬時を連写した。

其のワンピース姿の、写真の出来映えは母が殊の外、気に入ってくれてたので、母が涅槃となった姿に帰る時には、其れを逸早く御影写真にと思ったが……家族全員での、絆に囲まれた写真を御影にとの母の遺言に、母の慈愛の深さに親の心子知らずに頭が下がって仕舞った。

だが、今は唯、未練にせめてもの事だが、彼の世への旅立ちには、宇宙船での椅子に座った姿は、実に相応しいと思い直した。

最後に託する母への土産写真として、彼の世の父にも、豊富な話題に花が咲く事を願い。其の他にも我が生まれた、藁屋だった場所の写真と土や、上野の文化会館前での、家族の写真と其の場所の土に、我が富士宮市の新築間近の写真など、母に思い出多く心残りが無いように、最近使用の眼鏡に目薬に他の薬品なども一緒に種種を纏めた。

某所で余分に考慮したのが、彼の世で「父ちゃんと楽しく読んでね」と入れた、「二十年ぶりのパチンコ」の本である。温泉地などでパチンコをした事はあるが、或る日店《みせ》から帰る途中に、開店で賑わうパチンコ店の花輪を車窓に見て……「ねえ、貴方、パチンコを遣《や》ってみない」との妻の言葉に賛同した。

入店し、玉を下さいに笑われ、パチンコ台では隣の台に入金してお客様に睨まれ。やっと二台空《あ》いてる台に、妻も僕も丁寧に中心を目掛け、一発一発打ったがチューリップに一度も入らず損失。背《せな》で店長が……「初めてのパチンコですか」との言葉に……「はい」と苦笑しながら答えた。

「それではお客様、此方の台にどうぞ」と妻を座らせ、打ち玉を提供に連発の打ち方を教え……「暫らく打ってみて下さい」と去った。

妻が打ち始めて直ぐ……「わあ、わあ、又入った入った。貴方又又入った」の感喜に、休みなく働く妻を癒《い》やせて良かったと見守る中、グリーンの平箱に五段も玉重ねした。

一時の娯楽が終わり。店長さんに楽しさを有り難うのお礼に帰ろうとすると……「此の出玉《でだま》はお客様の取り分です。現金と引き換えて下さい」との言葉に、手振りに遠慮すると、再度の言葉でシャープペンシルの芯を山程貰い、現金と交換せずに持ち帰った。

後日、其のシャープペンシルの芯を使い「二十年ぶりのパチンコ」と題して短編小説を書いた。其れを「フーコー」主催のコンテストに応募し、優秀賞となり。「星雲社」から各短編小説と交じり発売された。

其の本をスミ子も彼の世で、自分の父母にも回覧して読んでもらおうとの、優しい気持ちが汲み取れた。

今や情況に悼む心で……「母ちゃん。父《とう》ちゃんに篤《とく》と伝えて下さいね。父母の絆のお蔭で、栄が此の世に生まれたこと、迚も感謝をしているとね」……などと総《すべ》ての文字を読み易いように、ぎっしり認《したた》め託した文章を、母の胸元に一緒に纏《まと》め入れた。

最早目先の儀式は、時を無情に早鐘《はやがね》を打つ如くに、一秒とて待つ事はなく。親族など銘銘が棺《ひつぎ》の蓋を、丸い黒石《くろいし》で釘打ちする火花が、何とも「送り火」となり。終ゆると同時に、母の火葬される棺が台車ごと進み、目前の扉が真っ黒く開いて、棺が暗黒星雲《あんこくせいうん》を思わすような中を見送るに……其の先に、千手観音に抱《いだ》かれ微笑む、母の姿を眼中に願う合掌に、全身がわなわなと震《ふる》える中。五十歳にして……生まれて此《こ》の方一度《かたいちど》たりとも「母ちゃん」と呼《よ》ぶ以外に、呼び名を変えて呼んだ事すらなかった。其の母ちゃんから生きた事典となった、生き甲斐の「言霊」の口移しは、何《ど》れだけ身に沁み役に立ってくれただろうか、最早聞く事も出来ず。読経《どきょう》を耳に忘我《ぼうが》に慕う中に……「あっ」目の当たりにして切羽詰まり……「わあ、わあ」彼《あ》の世へ扉が閉まる。……此の世からブラックホールに肉体が消え。別世界に招かれ「霊魂」となる慕わしい母に、栄が最後の「言霊《ことだま》」を浴びせ見送る。

「母ちゃーん」

＊

人間身体が尽きても、形の蘇りは残せませんが、私は、生きた証の真実の蘇りを「言霊」で残せるのは、小説ではないかと、長年こつこつと書き綴ってきましたのが『母言霊に生き湯灌』です。

大関　栄（おおぜき　さかえ）

1936年　栃木県益子町に生まれる
益子町新制中学校卒業。其の後は夜学に独学
現在は静岡県富士宮市万野原新田在住

1990年頃より、短歌歴70年以上、アララギ派恩師、角海武氏に師事

2000年頃より、NHK名古屋放送局朝一番ラジオ放送（選者、杉本容子氏）に10年間以上、応募読投

1955年　東京千住（カツミカメラ）写真は原義雄氏に師事

1955年頃より、『カメラ芸術』『フォトアート』『日本カメラ』『日本フォトコンテスト』など各誌に活躍中に秋山庄太郎、佐々木昆両氏に直に数度、アドバイスを賜る

1992年頃より、NHK富士山写真コンテスト、当初より応募読投

1987年　「オオゼキニューカラー」JR富士駅南口に写真店開業（22年間）

1996年　個展（写真）「心象の富士」題名代わりに短歌を添付し東京新宿（野村ビル）にて開催

1996年頃より、富士市「大興製紙㈱」の富士山カレンダー短歌添付にて11年間手掛ける

1997年　「手紙祭り」富士市比奈かぐやの里に松本貞彦（富士市市議会議員）、佐野貢（岳南朝日新聞記者）両氏と３人で発起人となる（祭りは現在も継続）

1997年頃より、富士市成人学校写真教室講師を20年以上務める傍ら、写真展示会など応援

1998年頃より、富士市最大のカラオケ教室（大石信義氏主催）に在籍し、数年、会長を務める

1998年頃より、富士駅南「小《こ》木《ぎ》の里まつり」写真コンテスト審査委員長、現在も務めている

2000年　短編小説「20年ぶりのパチンコ」（新風舎）優秀賞

2008年　写真集『心象の富士』（日本写真企画）出版

母言霊に生き湯灌

2024年３月25日　初版第１刷発行

著　　者　大関　栄
発 行 者　中田典昭
発 行 所　東京図書出版
発行発売　株式会社 リフレ出版
〒112-0001　東京都文京区白山 5-4-1-2F
電話（03）6772-7906　FAX 0120-41-8080
印　　刷　株式会社 ブレイン

ISBN978-4-86641-703-5 C0095
Printed in Japan 2024